徐凝诗注评

王顺庆 著

ZHEJIANG UNIVERSITY PRESS
浙江大学出版社

图书在版编目（CIP）数据

徐凝诗注评 / 王顺庆著. — 杭州 ： 浙江大学出版社，
2020.10（2021.3重印）
ISBN 978-7-308-20621-1

Ⅰ．①徐… Ⅱ．①王… Ⅲ．①徐凝—唐诗—诗歌研究
Ⅳ．①I207.227.424

中国版本图书馆CIP数据核字（2020）第185457号

徐凝诗注评

王顺庆　著

责任编辑　吴　庆
责任校对　蔡　帆
装帧设计　叶泽豪
出版发行　浙江大学出版社
　　　　　（杭州市天目山路148号　　邮政编码　310007）
　　　　　（网址：http://www.zjupress.com）
排　　版　杭州林智广告有限公司
印　　刷　浙江印刷集团有限公司
开　　本　787mm×1092mm　1/16
印　　张　16.5
插　　页　16
字　　数　270千
版 印 次　2020年10月第1版　2021年3月第2次印刷
书　　号　ISBN 978-7-308-20621-1
定　　价　88.00元

序

最早知道唐代诗人徐凝，是缘于苏东坡的一首诗："帝遣银河一派垂，古来唯有谪仙词。飞流溅沫知多少，不与徐凝洗恶诗。"这首诗有个比正文还长的标题：《世传徐凝瀑布诗云"一条界破青山色"，至为尘陋；又伪作乐天诗称美此句，有"赛不得"之语。乐天虽涉浅易，然岂至是哉！乃戏作一绝》。在我的心目中，苏东坡是神一样的存在，他的话自然不可轻忽。于是找出徐凝的"恶诗"，即《庐山瀑布》："虚空落泉千仞直，雷奔入江不暂息。今古长如白练飞，一条界破青山色。"读之再三，仍然消除不了心头的疑惑："一条界破青山色"怎么就"至为尘陋"了呢？后来所读书略多，知道后世也有不少诗界大咖对东坡的评语不以为然，为徐凝抱不平的。

第二次对徐凝有深刻印象，也是在好多年前，读到他的《题缙云山鼎池二首》其一："黄帝旌旗去不回，空余片石碧崔嵬。有时风卷鼎湖浪，散作晴天雨点来。"不禁又产生了疑惑。我老家在丽水市莲都区（旧丽水县）的乡下，与缙云接壤。读初中时参加夏令营，游览缙云仙都，景区导游隆重介绍了这首诗，说是大诗人白居易留给缙云人民的珍品。这首诗确实写得好，和白居易的大名一起，深深印在我的脑海里。现在说是徐凝的作品，又是怎么一回事？

古代诗歌名篇中，"一诗二主"的现象并不鲜见，有的因证据湮没，已经成为悬案。但这首咏鼎湖峰七绝的版权归属，并没有那么复杂，从文献流传来看，毫无疑问是属于徐凝的。只是由于元至正年间仙都山道士陈性定编集的《仙都志》误录为白居易作，此后明万历《括苍汇纪》、清《缙云县志》均沿其误。历代各地志书，因为编纂者水平和认真程度不同，质量良莠不齐，有些志书对史实的处理比较随意，出现张冠李戴的现象也不足为奇。《仙都志》"题咏"类收录唐宋诗人吟咏仙都之作六十余首，大多不录诗题，于体例已极不规范；起首将徐凝《题缙云山鼎池二首》一拆为二，系"其一"于白居易名下，并未交代有何版本依据，从白居易的作品流传、生平经历等方面也找不到其他佐证，在学术层面本来不值一驳。但由于白居易名气大，后人或许出于"傍名人"的心态，乐传其讹，以至官方宣传也都采此误说，一些作家还绘声绘色地演绎出白居易游仙都创作此诗的故事。徐凝为缙云仙都留下令人搁笔的佳作（《唐诗纪事》引《郡阁雅谈》说徐凝题此诗，"自后无敢题者"），当地人却用剥夺其署名权的方式予以回报，这对徐凝来说是很不公平的。为此我写过一首七绝："诗人络绎入仙都，徐子遗篇耀鼎湖。借问古今贤地主，剩将何物答琼琚？"算是我作为丽水人向徐凝聊表愧疚之情吧。

徐凝是唐代睦州分水县人。睦州，有时又称严州、严州府，历史上曾是浙江的大州，为"浙西重镇"，后并入杭州；分水则于1958年并入桐庐县，成为一个镇。王顺庆先生生于1944年，可谓严格意义上的徐凝同乡。无论分水还是桐庐，睦州还是杭州，皆为人文荟萃之地，代有才人。王顺庆先生出身书香门第，立志于乡邦文献的整理，数十年来笔耕不辍，编著《分水访碑录》《分阳诗稿选赏》《分阳书画》，参与编撰《悠悠分水》《古邑分水》等，硕果累累。王先生好诗词，擅吟咏，由他整理注评徐凝诗作，可谓得其人也。他耗费五六年心血，编成《徐凝诗注评》，不耻下问，询及刍荛，让我得以先睹为快。

翻阅《徐凝诗注评》初稿，具见王顺庆先生用力之勤、搜罗之广，这是迄今最全面最权威的徐凝诗读本。一篇近两万字的前言，详细介绍了徐凝的生平、徐凝诗作流传情况、徐凝诗的艺术特点，言之有据，绝无浮泛之语。正文搜集现存徐凝诗作一百余首，一一作注释、评析，不避难，不取巧；而王顺庆先生所具有的"分水人"和"诗人"这两重身份，使他对徐凝诗的理解别有会心，注评文字因而也更能切中肯綮。尤其是对徐凝的名篇，如《庐山瀑布》《自鄂渚至河南将归江外留辞侍郎》《忆扬州》等，除疏通字词典故外，复广征博引，介绍创作背景、汇集历代评论、分析艺术特色，剥茧抽丝，题无剩义。徐凝诗散佚不少，是一大遗憾；但千载之下能遇到王顺庆先生这样的有心人，又是一件幸事。

近年来，在全社会关注传统文化的大背景下，各地日益重视地方历史文化资源的开发。这是个系统工程，涉及文献整理、学术研究、普及推广、创新应用等层面，其中的文献整理是一项基础性工作。没有扎实的文本支持，其他工作难免根基不稳，甚至成为空中楼阁。如果各地多一些像王顺庆先生这样的文史工作者，能够静下心来，脚踏实地从事乡邦文献整理，则不仅可以告慰先贤，更能为传统文化"创造性转化、创新性发展"提供源头活水。

今《徐凝诗注评》即将付梓，王顺庆先生命我略缀数语。固辞不获，想起我也算是与徐凝有些子因缘，于是拉杂书此。不当之处，敬请读者指正。

庚子春于杭州

前　言

一

　　徐凝，唐代睦州分水县柏山村人（今浙江省桐庐县分水镇东溪柏山村）。生卒年不详，约与同乡进士施肩吾（780—861）年龄相近，即唐德宗李适建中元年（780）至唐懿宗李漼咸通二年（861）。笔者为寻找徐氏（凝）宗谱，多次到分水民间采访，如到徐凝祖居地分水百江罗山松村，即徐凝诗中所吟到的《再归松溪旧居宿西林》中的松村村。有徐氏后人徐年富家藏有《分阳徐氏宗谱》，谱中记述，该徐氏家族自宋太平兴国二年（977），从明州（宁波）象山迁徙到严州府分水县松溪（今百江镇松村）。始祖徐荣，字国华。徐氏家族后裔居住在原分水县七管松村。明洪武二年（1369），刘基撰《徐氏偃王祠堂记》。该谱有清光绪十一年（1885）、民国八年（1919）两个版本。这与唐代徐凝祖上应是两个不同的徐氏家族。据《光绪分水县志·营建》载：在分水县西四十五里有"徐偃王庙碑"，唐徐凝建。又志载：徐蕊，唐金部侍郎凝裔孙，嘉定（宋）间张福寇城堡势张甚，诏将军安丙讨之。蕊以武经郎为前锋，率所部兼程进，夜半与贼遇，贼发劲弩，蕊束草为人以收之。率前队奋击，贼遁。蕊乘夜衔枚深入，直捣其巢尽歼焉。以功授殿前都点检。明代徐大吉，唐金部侍郎凝裔孙，东乡佘源人，寿登百岁，五代同堂。天启时知县蔡钟有亲造焉，问以养生术，对曰：

惟淡然无欲耳，钟有作《百岁翁传》以表之。

2007年笔者参加桐庐县非物质文化遗产普查和分水镇非物质文化遗产普查工作，分水镇东溪柏山村支书郎忠根说，他家故居原在柏山村陈家边，老房子于十多年前卖给一户村民，他叔叔等告诉他，老房子屋基下有一块碑上有徐凝字样，不知是什么碑，他数次问询长者，大家都说是有这样一块碑。2007年春节期间郎忠根与该村民商量，把屋基下面的这块碑挖出来，给他一定的经济补偿，该村民也同意。但在挖掘时，从地洞里钻出来两条蛇，村民就坚决不同意再挖了，说这家蛇是他家祖宗，今后发生灾祸要家破人亡的。这就让郎支书犯难了，虽明知这是迷信，但现在乡村中信佛信鬼神的人还有不少，万一这户人家出了问题，他们必然把它归咎于造成后果的原因，谁担当得起责任。郎忠根并不灰心，今后还是要想办法解决这个问题，争取把徐凝碑挖出来，丰富和考证分水的历史文化。如果这是块徐凝什么碑的话，可能上面有徐凝生卒年的记载。

唐时，施肩吾在分水县庆云山读书，其时徐凝与施肩吾是同窗，《光绪分水县志》载：元和十年（815）庆云山上一日现五色祥云，占为大魁之兆，后施肩吾于元和十五年（820）进士及第，皇帝钦赐状元，庆云山改名五云山。又志载：徐凝与肩吾同时以诗名，同举进士，官至金侍郎。肩吾居招贤，凝居柏山，今有施、徐二村……施肩吾是中年得举，徐凝其时也应在三十至四十岁之间。另从徐凝的诗作背景时间看，与白居易的唱和诗有多首作于大和三年至六年（829—832），开成二年（837）白居易在李睦州的陪同下，到分水柏山村访徐凝。晚年徐凝在故乡分水隐居，徐凝诗歌多不着时地，所以对其生平研究只能依据他为数不多的朋辈间的赠答诗以及《云溪友议》《唐摭言》《唐语林》《容斋随笔》等笔记小说以及地方志之类的记载。加之徐氏宗谱之湮没，我们只能估计其大约生卒年与施肩吾相差不远。

史上对于徐凝有否为官，有两种不同的说法，《唐诗纪事》《雍正浙江通志》卷一二三、《全唐诗》徐凝小传、孟二冬《登科记考补正》卷十九据胡可先对《登科记考》的匡补、《乾隆严州府志》《光绪分水县志》等均认为徐凝登科进士及第，后官至金部侍郎。然而亦有不少人持否定态度，待考证。

二

由于许多历史资料的湮没，特别是《分阳徐氏宗谱》徐凝家族支脉宗谱无存，对了解徐凝生平年谱与传记缺乏史料。一般来说宗谱上对本族优秀人物都有传记，像徐凝这样的人物更应如此。现有关徐凝的行游与亲友交往，我们只能从零星的相关资料及他的诗歌作品中了解。

徐凝到过哪些地方？徐凝，两《唐书》无传，宋代计有功撰写《唐诗纪事》的时候，就苦于"凝之操履不见于史"而只好简略为之了。之后如《唐才子传》等于其生平亦言之不详。从徐凝诗歌所历足迹，约到过京城长安、河南洛阳、四川蜀州、福建武夷山、湖北鄂渚、江苏扬州、安徽、江西庐山等及两浙各地。所交人物有元稹、白居易、韩愈、李睦州、日本使、李补阙、陈司马、李德裕、施肩吾、方干、唐彦谦、李频、喻凫、雍陶、沈亚之、海峤丈人、潘先生、寒岩、僧人、道士、歌女、渔叟等，亦可谓交游广泛。因古代不比现代，那时交通不方便，要行游这许多地方也实属不易了。

据许多古今学者研究认为，现在存世的徐凝诗作应是徐凝诗的一部分，远非全部。如果事实如此，那徐凝的行游之地及相交人物亦并非仅如上一些。据笔者调查，分水县自唐至民国，共出刊本土作家创作的书有656卷。2014年11月，我遵分水镇人民政府嘱，到国家图书馆古籍部、善本部等部门搜阅有关原分水县历史文化资料，我特将这些书的书目抄下，到国家图书馆查阅这些书，经仔细询问查核，遗憾的是除仅有一卷宋王日休的《净土文》尚存，其余655卷无一存档。当然，这也可能这些作品当时就有部分未存档在国家图书馆，但在浙江图书馆、桐庐县图书馆、分水镇图书馆及民间都已不复存在，这许许多多珍贵的乡土文化遗产在历史长河中湮没了，历代乡贤用心血凝成的文化成果付之东流，实在使人心痛！可见文化传承之难！

之前我在参与非遗普查工作时，对分水民间各氏宗谱进行过调查，据村民们反映，不下几十套各氏宗谱毁于"文革"时。但也了解到许多氏族后人为保存家谱作出努力，如天英村尚保存六本《龙川何氏宗谱》，在"文革"期间，何家媳妇怕这套家谱被毁掉，用衣服包裹家谱，外面用塑料纸捆扎，再在外面套上塑料袋，挖土三尺埋在地下，过了几年后才取出来，现今保存完好；东辉翰坂村的一套《分阳冯氏宗谱》，家人把它卷起来，用大毛竹筒凿空一头，把谱塞进去，在谱上装进稻粮种子掩盖，放到粮仓最下层，得以保存。合村乡茆源村一罗姓村民，得通知要他将家谱交出来，他竟彻夜抄写宗谱至天明，至今他还保留宗谱手抄本（部分）。

由此，我们可以推测徐凝保存下来的诗歌远非其全部。宇文所安对此有一个判断，他说："如果我们想要自己评价徐凝的诗歌，我们会发现徐凝存留下来的诗歌几乎全是绝句。其原因并不是徐凝更喜欢绝句。在宋代为人所知的徐凝诗歌的唯一文本是在洪迈(1123—1202)的手里。洪迈采录了他所能找到的所有唐代绝句，编辑了一个庞大的唐代绝句集，即《万首唐人绝句》。如果考虑到绝句与其他体式诗篇的一般比例，我们对徐凝诗歌的散佚程度，便可以有一个大致的估计。"宇文先生的这一论断或许还有可以商榷的地方，但它对我们重新认识唐代诗人诗歌流传的复杂程度无疑具有重要意义。对于晚唐诗歌，我们所拥有的或许只是"零星片段"，那么用"残骸"和"弃物"来评价一个诗人，就不得不谨慎了。由于资料缺乏，徐凝诗集的具体情况，今不得其详了。除了百十首诗歌流传后世外，徐凝另有两幅行书为人称道。宋佚名《宣和书谱》卷十记载："凝之字画有行法，固当因时而见。况其笔意自具儒家风范，非规规于学字者，存而论之，亦一种人物也。今御府所藏行书二：《黄鹤楼诗》《荆巫梦思等诗》。"①

三

徐凝诗歌学习白居易，朴实平易，笔墨流畅、自然，别具情致，张为《诗人主客图》将其列为"广大教化主"白居易及门弟子之一。徐凝诗歌的题材个人化较为明显，僧道隐士、节候天气、山水花木、行旅交往是他写作的主要内容。在艺术表现上，徐凝颇能对诗歌题材进行锻炼加工，使其诗在素材的剪裁、结构的设置等方面不落俗套，从而在平凡的外表下给人以新奇的感受。徐凝诗尽

---

① 桂第子译注：《宣和书谱》，湖南美术出版社1999年版，第198页。

可能在明了易懂的基础上创造出美感，并不靠词汇的富丽精工取胜。另外，在题材、用字、句法的选择上，徐诗还有意借鉴乐府民歌，再加上诗意的浅显易懂，其朴实平易的风格显得较为突出。

徐凝的诗在内容上具有一定的文献价值。陈尚君《〈新唐书·艺文志〉未著录唐人别集辑存》云："《徐凝诗》一卷，见《秘书省续编到四库阙书目》卷一、《宋史·艺文志》七，《遂初堂书目》作《徐凝集》。"①洪迈《容斋随笔》卷十"徐凝诗"条："予家有凝集，观其余篇，亦自有佳处，今漫记数绝于此。"可见宋代尚有徐凝的诗集，后不传。李军《徐凝诗歌新论》②则从徐凝诗歌写景题咏诗、应酬唱和诗、行旅送别诗、怀古咏史诗、宫怨诗、咏物诗六个方面详细论述了徐凝诗风的多种特征，以此来突出徐凝唐诗史上的重要地位，是对徐凝诗歌较为全面的评论。

徐凝诗歌的艺术特点：

一、**精剪题材，巧筑佳篇**。从而在平凡的外表下给人以新奇的感受。徐凝在构思上的巧妙之处主要体现在以下几个方面。首先，徐凝善于选择有启发性的片段来反映生活，并能对其所选择的题材进行不落俗套的处理，并获得一些新意。其次，徐凝诗歌构思的巧妙还体现在其不同凡响的想象。面对一个普通的对象，徐凝常常能生发奇妙的联想，这种联想既与对象有关，又能超越对象的现实层面。

二、**不事雕琢，自然流畅**。这种自然流畅还体现在诗人的语言选择上。不论对仗还是散句，徐凝的绝句很少选用艰涩的词语，基本不用僻典，也很少对语言进行雕饰，他追求的效果是尽可能在明了易懂的基础上创造出新奇，而不靠词汇的富丽精工取胜。

三、**乐府情调，别有情趣**。徐凝的绝句中，有许多以"词"和"曲"命题的作品，如《汉宫曲》《莫愁曲》《宫中曲二首》《山鹧鸪词》《郑女出参丈人词》《览镜词》等，更有如《白铜鞮》《杨叛儿》等沿用旧歌谣名和乐府旧题的，还有

① 陈尚君：《〈新唐书·艺文志〉未著录唐人别集辑存》，《陈尚君自选集》，广西师范大学出版社2000年版，第98页。
② 李军：《徐凝诗歌新论》，《伊犁师范学院学报》（社会科学版），2011年第2期。

的干脆直接用《乐府新诗》来做诗歌的题目。从这些诗歌中我们可以看出诗人有意借鉴乐府民歌的努力。一方面，这种努力体现在徐凝采用乐府旧题同时又能在诗歌中翻出新意的尝试。另一方面，徐凝有意借鉴乐府民歌的努力还体现在其题材、用字、句法的选择上。在题材的选择上，徐凝吸收了民歌尤其是南朝民歌中多写男女爱情的特点。如《杨叛儿》，同时，徐凝也会选用"郎""欢"等南朝民歌中常用的字眼，来增加其民歌风味。句法方面，徐凝这些具有乐府情调的诗歌同样注意追求民歌的口语化及其自然流利的特点，像"骀荡郎知否""留欢住不住""厌著龙绡著越纱""柳条无力花枝软""早嫁城西好少年""拔却一茎生两茎"等都是明显的例子。

四、朴实平易，自具风格。 北宋陈师道在其《后山诗话》中提倡"宁拙毋巧，宁朴毋华"的诗歌风格。而徐凝的诗歌也确实具有朴实平易的风格。徐凝诗歌的这一风格除了体现在上面所提到的句法之不事雕琢、自然流畅以及所具有的乐府情调外，更体现在其诗意的浅显易懂上。由于徐凝的绝句很少用典，而且句法并不追求警奇，所以，他的诗歌读起来很容易明白。但同时，徐凝也注意避免浅显带来的缺乏诗味，这一努力一方面体现在上面所分析到的他对题材的精心剪裁以及巧妙的构思，另一方面还体现在诗中所具有的情致。关于这一点，洪迈在《容斋随笔》卷十中有过记载，也能做到语言流丽，情致温婉。

四

《唐才子传·徐凝》曰："凝，元和间有诗名。方干师事之。"同书"方干"条亦曰："徐凝初有诗名，一见干器之，遂相师友，因授格律。"则方干受识于徐凝，应无疑问。"方干"条接着又说："干有赠凝诗云：'把得新诗草里论。'时谓反语为村里老，疑干讥诮，非也。"关于方干赠诗戏师之举，又见于《唐摭言》卷四"师友"条、卷十"韦庄奏请追赠不及第人近代者"条等。《唐诗纪事校笺》卷五二"徐凝"条亦载此事，计有功评论云："方干，世所谓简古者，且能讥凝，则凝之朴略稚鲁，从可知矣。"由此可知，徐凝是个大肚可容之人，也是个随和可亲之人。

徐凝出生在分水县柏山村一个普通的耕读之家，这是个山清水秀、民风淳朴的地方。关于徐凝家庭及祖上情况，由于缺乏史料不得而知，虽是山野农家，但可以想象其家风是淳正的，他通过自己的刻苦努力成为一个饱学之士，实属不易。我们从他的诗歌和经历中可从中了解他的性格与人品。

为人正直，不事奉迎。一个人的思想性格的形成，有客观环境因素，亦有一部分属天性禀赋，俗语云，江山易改，秉性难移，说的就是这个道理。物以类聚，人以群分；近朱者赤，近墨者黑。一个人喜欢结交什么样的人，他们的性格应该志同道合，徐凝所相交接近的元稹、白居易、韩愈、沈亚之、寒山子等等，他们都是忧国忧民、淡泊清廉的正直之士。凡正直之人都喜欢凭自己的真才实学报效国家与百姓，不善钻营勾利，徐凝当时因没有拜谒诸显贵，不愿炫耀才华，竟不成名。

风流倜傥，质朴近人。徐凝爱好旅游，曾到多处去饱览祖国大好河山。古代不比现代交通便捷，但他不辞辛劳，乐在其中。他常怀古，也喜吟山水风光、花草树木、风花雪月美人词，如《忆扬州》《杨叛儿》《白铜鞮》《金谷览古》等。徐凝所描写僧道隐士大多没有什么名声，有些甚至连姓名亦不可知，如上清人、员峤先生、海峤上人、独住僧等，这当与徐凝本人的个性有关。徐凝为人质朴，并不怎么善于同人交际，而对于那些无名隐者，他或许更容易获得一种亲近感。

知遇感恩、情真意切。徐凝的诗情真意切、感人肺腑。《自鄂渚至河南将归江外留辞侍郎》云："一生所遇唯元白，天下无人重布衣。欲别朱门泪先尽，白头游子白身归。"徐凝为人"朴略椎鲁"，不善钻营，最终功名无成，落魄而归。唯元稹、白居易对其赏识，多加爱护，故诗中表达了徐凝对元、白知遇之恩的感激，一个"唯"道尽情感之深。

清高达观、纵情诗酒。徐凝在诗中很少表达贫困给自己带来的窘迫，当然，这并不是说徐凝隐居后生活富足，正如其笔下所钟爱的僧道隐士一样，他的自适更大程度上来源于其恬淡随性、无欲无求的心态。他晚年归隐故里，纵情诗酒，颐养天年。总之，他是一个才华出众的正直之士，幸为我们留下了一百多首美丽的诗篇和宝贵的精神财富。

五

元和十五年（820）徐凝与施肩吾同登进士及第，初游长安，因不愿炫耀才华，没有拜谒诸显贵，竟不成名。南归前作诗辞别侍郎韩愈："一生所遇惟元白，天下无人重布衣。欲别朱门泪先尽，白头游子白身归。"这首诗，首句就开门见山地表白了诗人对元稹、白居易的深厚友情和感恩之心。为了弄清诗人与元稹、白居易的交往与友情，我们必须对元、白的为人和为政有所了解。

（一）徐凝与元稹的交往

元稹（779—831），字微之，别字威明，官至宰相，唐代洛阳人（今河南洛阳）。元稹十五岁即明经及第入仕。贞元十九年（803）春天，二十五岁时通过四项科目的考试，最终及第吏部乙科，这一年的知贡举是吏部侍郎权德舆。元稹能够及第与权德舆、郑珣瑜、裴珀的爱才重才的品行有着莫大的关系。同时登第者有白居易、崔玄亮、王起、李复礼、哥舒大等十八人，元稹是最年轻的一个。元稹与白居易同登科第，俱授秘书省校书郎，开始相识。

元和元年（806）初，元、白参加了制科考试，这本来应由唐宪宗主持的考试改由宰相韦贯之与张弘靖主持。韦贯之是一名敢于主持正义敢于负责，不怕丢官贬职的宰相。他把元稹拔为第一名，原因是韦贯之看到元稹制第中"指病危言，不顾成败"的热血肝胆，大加赞赏。韦贯之的所作所为深深影响着元稹日后的人生道路。及第之后，元稹拜左拾遗，白居易出为盩厔县尉。

元和四年（809）二月，由于时相裴珀的提名启用，元稹得以出任监察御史。由于元稹东川之行惹恼了庇护地方恶势力的权臣杜佑等人，权臣以"分务东台"的名义把元稹逐出京城。为了检举揭发权臣的不法行为，元稹不怕丢乌纱帽得罪大人物，他明知认真执法将会给自己带来不利后果，而是认真付之行动，坚决依法办事。又如元和五年（810）一月，浙西观察使韦皋抓住鸡毛蒜皮的问题，无缘无故就命令军将把湖州安吉县令孙澥当堂打死。元稹毅然向上司举奏，同时下令将行凶的军将逮捕，绳之以法。

元稹也与韩愈相知交，此前韩愈因上疏缓赋税、罢宫市，而贬职为阳山县令。韩愈对元稹的为人以及人品极为赞赏。元稹了解了甄济不肯就范安禄山的高贵品质，写信给时为史馆编修的好友韩愈，要求将其忠贞不屈的事迹存名史籍，故《旧唐书·忠义传》留下了甄氏不屈淫威的记载。

元和十五年（820）正月二十七日，宪宗突然亡故，起用元稹等人是穆宗初登位时的政治与组织需要。长庆元年（821）二月，元稹被提拔为翰林学士、中书舍人。长庆元年进士科试案震动朝野，考官钱徽录取势门弟子而榜落寒门举子。裴度、郑覃等为了子弟及第奔走钻营，李宗闵、杨汝士利用职权为亲故登弟排斥理应及第的寒门举子，元稹深怒其事。元稹在这次科举案中，得罪整个李唐朝廷的官僚集团，而葬送的是他自己的整个人生。元稹在长庆元年科试案中的所作所为，说明元稹反对徇私舞弊、反对科举腐败，而对有真才实学的举子元稹则宠爱有加，即使他们是寒门弟子也不例外，庞严和蒋防就是两个明显的例子。元稹慧眼识珠，拔用庞严这样一身正气，关切国事，对国家有用，反对宦官专横的人才。李逢吉是策划历史冤案、无中生有诬陷元稹刺裴度的罪魁祸首。庸君穆宗非常清楚元稹冤屈一事，竟答应李逢吉、裴度的无理要求，将元稹罢官。

长庆三年（823）秋天，元稹调任浙东观察使，其时徐凝也为元稹所邀，数次赴越与元稹相会，写有《奉酬元相公上元》："出拥楼船千万人，入为台辅九霄身。如何更羡看灯夜，曾见宫花拂面春。"《春陪相公看花宴会二首》："丞相邀欢事事同，玉箫金管咽东风。百分春酒莫辞醉，明日的无今日红。""木兰花谢可怜条，远道音书转寂寥。春去一年春又尽，几回空上望江桥。"另一位桐庐诗人章孝标也与元稹唱和，其《上浙东元相》："婺女星边喜气频，越王台上坐诗人。雪晴山水勾留客，风暖旌旗计会春。黎庶已同猗顿富，烟花却为相公贫。何言禹迹无人继，万顷湖田又斩新。"

唐文宗即位后，锐力改革唐穆宗和唐敬宗两朝的弊政，放宫人、停羡馀、减冗员、贬斥李逢吉党徒，并陆续召回李绛、崔群、白居易、张正甫等正直官员。大和三年（829）七月和九月，李德裕和元稹也分别被召回京，李德裕为兵部侍郎，元稹为左尚书丞。大和五年（831）七月二十二日，元稹在巡视遭受水灾的岳州时，不幸暴病身亡，卒于武昌节度使任内，时年仅五十三岁。

徐凝与元稹颇有交谊，吴企明撰《唐才子传校笺·徐凝》认为："徐凝与元稹交游乃在长庆四年（824），元稹出任浙东观察使时。"[1] 徐凝所作与元稹交往之诗今仅存四首[2]：

酬相公再游云门寺

远美五云路，逶迤千骑回。

遗簪唯一去，贵赏不重来。

春陪相公看花宴会二首

丞相邀欢事事同，玉箫金管咽东风。

百分春酒莫辞醉，明日的无今日红。

木兰花谢可怜条，远道音书转寂寥。

春去一年春又尽，几回空上望江桥。

奉酬元相公上元

出拥楼船千万人，入为台辅九霄身。

如何更美看灯夜，曾见宫花拂面春。

前两题三首为大和三年（830）前在越州酬和元稹之作；后一首，卞孝萱《元稹年谱》认为最早作于长庆四年（824）上元[3]，朱金城《白居易研究》认为作于大和四年（831）赴鄂渚谒见元稹时[4]，当时元稹任检校户部尚书，兼鄂州刺史、御史大夫、武昌军节度使。其原唱，据周相录《一首署名徐凝的元稹诗作》考辨，就是全唐诗中署名徐凝的《正月十五夜呈幕中诸公》，"因徐凝集收录了

---

① 傅璇琮主编：《唐才子传校笺（第三册）》，中华书局1987年版，第97页。
② （清）彭定求等编：《全唐诗》，中华书局1960年版，第5376、5382、5385页。
③ 卞孝萱：《元稹年谱》，齐鲁书社1980年版，第437页。
④ 朱金城：《白居易研究》，陕西人民出版社1987年版，第143页。

元稹原唱而日久作者被刊落之故。"① 故这首诗应是元稹的作品。《奉酬元相公上元》云"出拥楼船千万人，入为台辅九霄身。如何更羡看灯夜，曾见宫花拂面春。"《正月十五夜呈幕中诸公》云："宵游二万七千人，独坐重城围一身。步月游山俱不得，可怜辜负白头春。"从诗韵和诗意看，均很有道理。

从《自鄂渚至河南将归江外留辞侍郎》所称"一生所遇惟元白"来看，徐凝受元稹知遇之恩匪浅。遗憾的是，元稹与其交往之诗，仅存被误收入《徐凝集》中的《正月十五夜呈幕中诸公》了。

（二）徐凝与白居易的交往

白居易：唐代宗大历七年（772）白居易出生于郑州的新郑县（今河南新郑）。

中唐的社会现实是，虽然安史之乱已平定，但是由此造成的藩镇割据却绵延不断，此起彼伏，局部地区甚至烽烟时起。朝廷里宦官专权、朋党恶斗的政局则使得朝政黑暗，国势衰弱。

贞元十五年（799），28岁的白居易在宣州（今安徽宣城）参加州试，取得"乡贡"的资格，就是有资格到长安参加进士考试了。第二年（800），白居易在长安应进士试，以第四名及第。贞元十六年（800）那一榜，一共录取了十七名进士。唐代的制度规定，进士及第的人还得通过吏部的铨试才能真正被授予官职，要想提前进入仕途，就必须参加吏部举行的科目试。白居易又于贞元十八年（802）参加了名叫"书判拔萃科"的科目试，第二年被朝廷授予"校书郎"的官职。与他同时通过的有元稹等人，元白二人从此订交，成为终生不渝的好友。三年以后，元和元年（806）四月，35岁的白居易和元稹一起参加了名为"才识兼茂明于体用科"的制科，元稹考中第三等，白居易考中了第四等（一、二两等空缺，等于虚设的）。从贞元十五年到元和元年（806）短短六七年间，白居易"三登科第"。考中制科后，白居易于元和元年被任命为盩厔县尉。传颂千古的名篇《长恨歌》就是从盩厔写出来的。

元和二年（807）冬季，36岁的白居易先是进京任京兆府进士试官，后被委任以集贤院校理，紧接着又被召入翰林院去考试制诏的写作，随即被授翰林学

---

① 周相录：《一首署名徐凝的元稹诗作》，《江海学刊》，2004年第4期。

士。到了第二年（808）四月，白居易才被正式任命为左拾遗，左拾遗的职责是"言国家遗事，拾而论之"。翰林学士的地位相当重要，成为皇帝身边最亲近的顾问和机要秘书，人称"内相"。他的政治热情空前高涨，他甚至写出"誓心除国蠹，决死犯天威。"这样的诗句。这是白居易初入政坛时的政治宣言和行为准则。

白居易对当时骄横不法的豪权重臣进行了毫不留情的尖锐抨击，在短短三年时间里，他先后上书弹劾山南东道节度使于頔、荆南节度使裴均、岭南节度使王锷、河东节度使严绥和淄青平卢节度使李师道的贪暴不法行为。中唐最大的弊病就是宦官专权，在这种政治氛围中，白居易敢于无所忌讳地接连抨击俱文珍等大宦官，体现了他忠心报国、不顾自身安危的高尚品质。

白居易在朝为官时，他的目光不仅盯着高高在上的不法权臣，也注视着社会下层的民生疾苦。他的一系列奏状，系统地体现了儒家以民为本的政治思想和杀身成仁的政治风范。

元和六年（811），白居易母亲去世，他回故里守丧三年。元和十年（815）六月三日凌晨，当宰相武元衡与御史中丞兼刑部侍郎裴度前往早朝走到半路，被埋伏的刺客突然袭击，当场杀死武元衡，裴度负伤。白居易闻讯怒不可遏，上书朝廷迅速捉拿刺客，查明幕后主使，予以严惩。可是朝中的宦官和权臣们大为不悦，欲加其罪何患无辞？一些权臣造谣说白居易母亲是因看花坠井而死，白居易却写《赏花》诗，大逆不孝，没有资格担任"太子左赞善大夫"，宰相韦贯之奏请朝廷把白居易贬为"江州司马"。其实真正的原因是白居易屡次上书指责身居高位的宦官和权臣，是假公济私的政治陷害。

白居易写了一百七十多首讽喻诗，著名的如《卖炭翁》《杜陵叟》等，他的出发点是对朝廷的无限忠诚，是要想让君主了解社会真相和政治弊病，从而施行仁政。这些诗表现的是人民的心声，白居易悲悯地注视着社会的各个角落，观察到民间疾苦的方方面面。可是官吏们明明知道遭受天灾，但为了多收赋税，以求得优良的"政绩"，置人民痛苦于不顾。这些诗的矛头刺痛宦官和权臣，揭露了他们骄奢淫逸的生活。

白居易在元和十年（815）遭到朝中权贵的诬陷打击，七月下旬被贬为江州司马。白居易忠而见谤，满腔怒愤，他的思想也从早年的志在济天下而转向独善其身。

元和十三年（818）十二月，白居易接到朝廷的敕书，被朝廷任命为忠州（今重庆忠县）刺史。第二年九月就被朝廷召回长安。唐穆宗长庆三年（822）51岁的白居易已对朝廷失去信心，主动请求外任。七月，他被任命为杭州刺史。白居易在杭的功绩是治理西湖。唐敬宗宝历元年（825）三月，白居易被任命为苏州刺史。大和三年（829）九月元稹回朝廷任尚书左丞，白居易以太子宾客分司洛阳，大和九年（835）64岁的白居易又升为太子少傅官至二品，会昌元年（841）70岁的白居易罢太子少傅，次年以刑部尚书的官职致仕。

徐凝与白居易的交往（唱和）诗有13首：

1.《寄白司马》："三条九陌花时节，万户千车看牡丹。争遣江州白司马，五年风景忆长安。"元和十四年（819）

2.《题开元寺牡丹》："此花南地知难种，惭愧僧闲用意栽。海燕解怜频睥睨，胡蜂未识更徘徊。虚生芍药徒劳妒，羞杀玫瑰不敢开。唯有数苞红萼在，含芳只待舍人来。"长庆三年（823）

3.《和白使君木兰花》："枝枝转势雕弓动，片片摇光玉剑斜。见说木兰征戍女，不知那作酒边花。"长庆三年（823）

4.《奉和鹦鹉》："毛羽曾经剪处残，学人言语道暄寒。任饶长被金笼闭，也免栖飞雨雪难。"宝历二年（826）

5.《侍郎宅泛池》："莲子花边回竹岸，鸡头叶上荡兰舟。谁知洛北朱门里，便到江南绿水游。"大和三年（829）

6.《和秋游洛阳》："洛阳自古多才子，唯爱春风烂漫游。今到白家诗句出，无人不咏洛阳秋。"大和三年（829）

7.《和川守侍郎缑山题仙庙》："王子缑山石殿明，白家诗句咏吹笙。安知散席人间曲，不是寥天鹤上声。"大和三年（829）

8.《和侍郎邀宿不至》："蟾蜍有色门应锁，街鼓无声夜自深。料得白家诗思

苦,一篇诗了一弹琴。"大和四年(830)

9.《和夜题玉泉寺》:"岁岁云山玉泉寺,年年车马洛阳尘。风清水冷水边宿,诗好官高能几人。"大和四年(830)

10.《和嘲春风》:"源上拂桃烧水发,江边吹杏暗园开。可怜半死龙门树,懊恼春风作底来。"大和五年(831)

11.《自鄂渚至河南将归江外留辞侍郎》:"一生所遇唯元白,天下无人重布衣。欲别朱门泪先尽,白头游子白身归。"大和六年(832)

12.《凭李睦州访徐凝山人》:"郡守轻诗客,乡人薄钓翁。解怜徐处士,惟有李郎中。"开成二年(837)

13.《答白公》:"高景争来草木头,一生心事酒前休。山公自是仙(一作山)人侣,携手醉登城上楼。"(所写年份待考)

综上所述,我们对元稹、白居易的生平为政和与徐凝的交往有了大致的了解,他们的友谊是以基本相同的政治态度为坚实基础的。在文学上也持有非常接近的观念,政治与文学两方面的声同气应,使他们成为名副其实的知心朋友。封建时代的士大夫,凡是比较正直、比较忠诚的人,都会怀有仁政爱民的政治理想。当然,徐凝与元、白的交情不仅限于以上资料,由于年远史湮,许多细节未能详知。我们仅从"一生所遇惟元白"一句,可想而知他们感情之深厚了。

"天下无人重布衣",在门阀和等级观念重重的封建社会里,许多官员用"势"与"利"的眼光量人、用人,致使许多平民阶层的人才难以脱颖而出。"不怕文章深如海,只怕朱笔不点头。"自古以来,有无数饱学的优秀人才被埋没掉。但古代也有不少圣明的君主重才爱才,广招天下贤才,努力使之"野无遗贤"。处在社会生活底层的广大百姓,他们最大的愿望是公平正义,在法律面前、在社会待遇上做到人人平等。我们衡量一个社会、一个组织、一个官员是否好的最重要的标准,就是看他们为人处事是否做到公平正义。而徐凝所处的那个时代,宦官掌权、藩镇割据、社会风气肮脏,那些手握大权,决定别人命运的人巧取豪夺、营私舞弊,元和元年的科举舞弊案就是最明显的例证,积重难返。故徐凝在忿懑之下吟出"天下无人重布衣"之句。他的感叹与怒愤不仅是对自己的，而是深刻的谴责与鞭挞当时的社会现象。

"欲别朱门泪先尽，白头游子白身归。"诗人经历了坎坷的仕途，他不愿在这种恶劣的政治生态环境中为官，抛弃了对功名利禄的追求，返归故乡分水，以诗酒自娱，野老终生。其时有不少著名诗人以诗相赠送，如唐彦谦有《寄徐山人》、李频有《送徐处士归江南》、喻凫有《冬日寄友人》、雍陶有《送徐山人归睦州旧隐》、白居易有《凭李睦访徐凝山人》等。都同情徐凝的命运，对徐凝的人格评价极高，并表露了深挚的友谊和敬仰之情。

六

说起扬州，人们首先想到的是"腰缠十万贯，骑鹤下扬州"的洒脱，也有"二十四桥明月夜，玉人何处教吹箫"的诗意。而还有一首诗，也堪为扬州的代言词。"萧娘脸下难胜泪，桃叶眉头易得愁。天下三分明月夜，二分无赖是扬州。"这首《忆扬州》的作者就是桐庐籍诗人徐凝。这是个与状元施肩吾同时代的人物，然而今天的人们对于他所知的却并不是很多。那么就让我们揭开历史笼盖的重重迷雾，去发掘这位诗人的故事。

"天下三分明月夜，二分无赖是扬州。"扬州也赢得了"月亮城"的美誉。"二分明月"也成了后人形容扬州繁华昌盛的景象、比喻当地的月色格外明朗的一种习惯和风尚。虽然在徐凝前后，也有不少赞美扬州月色风姿的佳句，像杜牧的"二十四桥明月夜"、张祜的"月明桥上看神仙"等诗，但在题写扬州的唐诗之中，徐凝的这首"二分明月"流传最广。后来的不少诗人在写作时，都将"二分明月"直接引用到他们的诗中，包括元代诗人乔吉的"二分明月，十里红楼"、清代曹寅"二分明月扬州夜，一树垂杨四百桥"等。

后人分析徐凝的这首《忆扬州》是其怀地忆人之作。"两句诗极言扬州之美。"由诗文揣测，徐凝在诗中除了赞扬扬州的地方文化和月色之美以外，也与扬州的美女们结下了不解之缘。"萧娘、桃叶都是指的美女。徐凝通过回忆扬州的月色，也借此来怀念自己曾经在扬州发生的一段爱情故事。"

徐凝在扬州游历过哪些地方已不可考证。但是徐凝写出"二分明月"的佳句后，他的美名就留于扬州，也留在了中国诗歌史上。明嘉靖年间，扬州城建新城所开东门便门便命名为"徐凝门"，此门系扬州唯一以人名命名的城门。如今，徐凝门古城门已经不复存在，但扬州城内尚有徐凝门大街和徐凝门桥横亘在穿城而过的运河之上。除了徐凝门，扬州"二分明月"典故的遗存还有著名的"二分明月楼"。清代盐商员氏依徐凝诗意建成此园，并取名为"二分明月楼"。位于现在的扬州广陵路 263 号。

七

徐凝的诗，为历代诗家所称道，中唐时期，徐凝虽算不上佼佼者，但在高手如林的当时也占有一席之地，算得上是上逼名流、下傲士林的种子选手。然而，宋代以后，因苏东坡的一首游戏之作"帝遣银河一派垂，古来唯有谪仙词。飞流溅沫知多少，不与徐凝洗恶诗"，徐凝的诗名大受损伤。因了苏东坡的这首诗，一些不求甚解、人云亦云的人认为徐凝的诗不值一提，只有嗤之以鼻的份儿，这是极不公正的。徐凝并没有因为李白题了《望庐山瀑布》诗就不敢再题，这种不随名人而俯仰的举动，本身就是一种自信和大气。难道李白写了庐山瀑布，别人就不能写了吗？苏东坡在这里流露的是霸道和尖刻。他对徐凝的这种诗评，钻皮出羽，洗垢求瘢，给诗人名声造成不小的伤害。徐凝的诗虽没有李白的诗好，但是，徐凝的诗视角独到，气势雄健，完全够独树一帜的资格。雷奔、界破等词坚定有力，白练、青山色彩鲜明。雷奔二字在诗情画意之外平添了听觉效果，给人以身临其境的现场感。而白练的比喻完全可以和李白的银河相媲美。除李白外，能超过徐凝的不多。明代诗人杨基的《舟抵南康望庐山》中，有"李白雄豪绝妙诗，同与徐凝传不朽"之句，清代诗人蒋士铨在他的《开先瀑布》中也写道"太白已往老坡死，我辈且乏徐凝才"，这既是对苏轼酷评的一个反驳，也算是给了徐凝在天之灵一个安慰。后代有不少专家学者对苏东坡的诗给予批评，看来名人失误也是难免的。

《随园诗话》云："徐凝《庐山瀑布》云'今古长如白练飞，一条界破青山色’，确是佳语。而东坡以为恶诗，嫌其未超脱也。然东坡《海棠》诗‘朱唇得酒晕生脸，翠袖卷纱红映肉’，似比徐诗更恶矣。”苏东坡名扬四海，人们顾虑于他的名声，不敢轻易寻根问底，评论其优劣，这正如同应劭所说的“随声附和的人很多，而细细审视考察的人却很少”。许多当代学者也秉着公正的态度而为徐凝抱不平，兹摘录部分评述如下，亦可见斑窥豹。

1. 南京师范大学刘洪胜：徐凝《庐山瀑布》诗在艺术上确实有不成熟的地方，苏轼言其为“恶诗”与他自己的文学理念有关，而后人极尽讽刺诋毁之能则显面目可憎。身为文学后进，对先辈们引而未申时的词卑志苦，大度包容才是正确的态度。苏轼之前，并没有人对徐凝的《庐山瀑布》诗有负面评价，自苏轼“恶诗说”出现以后，仿佛这首诗的坏处被一下子发掘出来了一样，被人们反复申说，几成定评。把炒卖“恶诗”这类典故当作学问来做是根本犯不着的。

2. 浙江师范大学陈耀东：对于苏轼，我素以崇敬的心情待之。当我第一次读到此诗时，觉得苏氏认为“不与徐凝洗恶诗”，说得有些过，怎么也不敢苟同了，心里老是的咕着：“这不是很好的吗？怎么会是‘尘陋’、会是‘恶诗’呢？”何梦桂《潜斋集》卷五《徐祥叔诗序》有云：徐凝《庐山瀑布》非“恶诗”也，坡翁“飞泉溅沫”之句，欲与凝之“洗恶”，盖其泄漏太甚，故为庐山解嘲，非“恶”凝诗也。静山徐祥叔凝之云礽其所为诗，以“恶稿”自命！骚人墨客好自矜大，从古而然，祥叔乃独取众人所共“恶”者以自号，此其志，岂浅浅者所能识？盖将翻庐山之泉，以与古人一洗之，凝在九京，当复起生魄，实为苏轼解嘲。其实人无完人，哪怕“圣人”“贤达”也不例外。

3. 江苏盐城工学院李军：徐凝诗歌数量不是很多，但其质量很高，其诸多佳作名篇如《题开元寺牡丹》、《忆扬州》“天下三分明月夜，二分无赖是扬州”等脍炙人口，在当时就广为流传，至今仍为诗评家与广大读者所称道。《庐山瀑布》诗，后来竟遭到宋代大文豪苏东坡的“戏评”，以致其蒙垢、埋没至今。然是非曲直当自有公论。喜调侃、善戏谑的东坡先生之恶评则未免显得有点过于狭隘、尖酸、刻薄与偏激了，后人对此多有不满。传王安石读到东坡的评论后，亦认为徐诗无可非议，亦写诗批驳：“界破青山无俗气，子瞻何事逞专横？只缘方寸多俗物，信口雌黄贬徐凝。"

4. 广西师范学院张兴：从整个诗歌发展史上来看，徐凝的成就算不上十分突出，但其对于中晚唐诗歌的承前启后的作用却不容忽视，其诗歌的价值和对后世的影响也值得关注。徐凝诗歌中，最著名的莫过那首给他带来声名也带来贬斥的《庐山瀑布》诗，这首诗写得很具特色。诗首句直接描写庐山瀑布的形状，"虚空落泉"四字极言源头之高，气势不凡。次句则进一步描写瀑布奔腾而下不可阻挡的气概，诗的后两句则写得越发精彩，"与太白'疑是银河落九天'句，同一刻画。"后世文人如明人杨慎、琅瑛，清人瞿祐、胡寿芝等对此诗亦多有议论，或褒或贬，不一而足。甚至直到近代，对于此诗的议论还未平息，或为东坡鼓吹，或替徐凝不平，而不管褒贬，也从一个侧面证明徐凝这首诗至少是有生命力的，因此才会历千年而不衰。牟国相先生认为此诗虽非一流作品，也很有特色，不能被他人的言论所左右。而是应该一切从实际出发，客观地看待这首诗。诗人徐凝的成就是多方面的，其影响也颇为深远。

5. 青年文学家张慧：总体上说徐凝诗朴实无华，笔墨流畅、自然，很有作诗以自娱的特色。对待徐凝诗我们确实应该拣其精华而读之，但决不能以古人的偏见而全盘的否定，既然《全唐诗》收录了他这么多的诗作，就说明它们的存在有其合理性，这足以引起我们的重视。

6. 沧州师范专科学校牟国相：孙直书"瀑布飞流"界道，徐则用"一条（白练）"借指，显得灵动，颇有出蓝之色。这飘荡的白练把苍翠的青山画出一条鲜明的界限，是那么清晰，又那么显赫，可谓万绿丛中一线白。青山因瀑布而添彩，瀑布依青山而增辉，色调谐和，妙趣天成。此句又可看成瀑布在庐山景物中所占地位的公正评价。全诗就在这赞美声中悠然而止，给人留下对奇丽景色的无限回味。《庐山瀑布》的确可视为一首比较好的诗。这样一首歌咏庐山瀑布的诗，1980 年江西出版社出版的《庐山历代诗选》竟未收录，不能不说是件憾事。诗坛应怒绽各种花，一花独放岂成春？苏的"恶诗"说有点太武断了。分析作品要从实际出发，不能被他人的过激言论所左右，哪怕他是名家之论。臧克家先生在分析李白《望庐山瀑布》一诗时说："平心而论，斥徐诗为'恶诗'，似乎太过。"徐凝《庐山瀑布》，虽非绝唱，确是佳篇。

7.辽宁大学王文坤：因为徐凝的诗歌成就，晚唐张为在《诗人主客图》中将其列为白派之及门弟子，对徐凝予以肯定。他的诗歌历代褒奖有加，在当时就广为流传。徐凝作为白派诗人之一，研究现状与其诗歌成就颇为不符。宋人对苏轼的"恶诗"一说大体上来看均是反对，如：宋人龚颐正在《芥隐笔记》，又宋人吴聿《观林诗话》，肯定了徐凝这首诗歌的艺术价值。又宋阮阅《诗话总龟前集》卷十五《留题门上》引潘若冲《郡阁雅谈》。元代亦有关于此事的评论，支持徐凝的如：李冶《敬斋随笔》卷八中支持徐凝，并以苏东坡的诗句来反驳苏东坡自己的评价。到了明朝，依旧争论不断，支持者如明人杨基《眉庵集》卷五"长短句体"中赋诗云"李白雄豪妙绝诗，同与徐凝传不朽"，肯定了徐凝的诗歌价值，认为徐凝的庐山诗和李白的诗都有着高超的艺术水准，不应该厚此薄彼。到了清朝，对此学案依旧是多种声音。支持徐凝者如胡寿芝《东目馆诗见》，袁枚之语可谓是对此学案的一大总结，也道出了很多人因为苏轼的地位而未能对此事公允表态，按照苏轼的诗歌批判对象，他自己的诗歌亦未能免俗，那么又何来徐诗为"恶诗"这一刻薄的评价呢。徐凝的诗歌作为学案的争议核心，亦在文学史的长河中不断散发出自身的学术价值。探究徐诗学术价值的过程，亦是在探究白派诗人在诗歌史上的历史意义。徐诗本身以及徐诗所引发的学术争议，为中国古代诗歌学术史增添了具有浓厚的研究价值。

诗人徐凝，在光耀千古的唐诗中不仅占有一席之地，还以他杰出的诗才留下了不少辉煌的诗篇，一首《忆扬州》最为著名，以致后来扬州人民为纪念这位对扬州做出不凡贡献的诗人，在扬州建造了"徐凝门""徐凝桥""徐凝街""徐凝门社区"等。徐凝因一首诗为扬州增添了荣耀，也因一首诗为扬州、为后世读者所纪念，从这一点看，诗人是幸运的。自徐凝此诗出，"二分明月"便成为扬州的代称。那么在徐凝之后咏叹扬州的历代诗作，是不是也要在这轮千古皓月的映衬之下成为"恶诗"了呢？

王顺庆

2019 年 9 月 1 日

目录

附录

后记

参考文献

徐凝诗九十五题一百零五首注评

徐凝，生卒年不详，睦州分水人。与施肩吾同时以诗名，同举进士，官至金部侍郎。肩吾居招贤乡，凝居柏山，今有施、徐二村。凝所为诗，心惊元远、闲淡孤清，翛然自得于言外。《全唐诗》卷四百七十四收徐凝诗九十一题，一百零一首；《全唐诗外编》第四编"全唐诗续补遗"收徐凝诗四题，四首。

1. 送马向①入蜀

游子出咸京②，巴山③万里程。白云连鸟道④，青壁遭猿声⑤。
雨雪经泥坂⑥，烟花望锦城⑦。工文人共许⑧，应纪蜀中行。

注　释

徐凝诗均录自《全唐诗》卷四百七十四、《全唐诗外编》卷八中唐四。①马向：待考。②游子：离家远游的人。咸京：咸阳，本为秦都，中心在今西安。③巴山：大巴山的简称。大巴山在四川、陕西、湖北三省边境。这里指蜀中。④鸟道：形容山径高峻入云。⑤青壁：青色的悬崖峭壁；遭猿声：意为回荡着猿猴的啼叫声，形容深邃野古。遭，据《辞源》，去往。⑥坂：阪的异体字。崎岖险阻的山坡，常有风霜雨雪。⑦烟花：指春天艳丽的景物。时到春天，成都艳丽非常。锦城：锦官城，旧时四川成都的另一称谓。⑧工文人共许：你的诗文人人都称赞。

析　评

这首诗为徐凝送友人马向入蜀时所写。文句优美，意境深远，饱含友情。诗人在长安送别马向，离京前往蜀中。想象一路山高路远，崎岖险峻，气候多变，表达对友人的关切。"烟花望锦城"锦城应是马向此去的目的地，赞扬其美，表示对友人的安慰与钦慕。最后赞扬其诗文与才华。

徐凝的行旅送别诗多情真意切、感人肺腑。虽是客中送别，却对友人充满期待。其中间两联写景清新流丽，对仗工稳，令人称道。

2.送李补阙①归朝②

驷马③归咸秦④，双凫⑤出海门⑥。还从清切⑦禁，再沐圣明⑧恩。
礼乐⑨中朝贵，文章大雅⑩存。江湖多放逸⑪，献替⑫欲谁论。

注 释

①李补阙：补阙，官名。唐武则天时置，职务为对皇帝进行规谏，并举荐人员。左补阙属门下省，右补阙属中书省。北宋时改为左右司谏。李补阙或即李纾。②归朝：返回朝廷。③驷马：古代一车套四马，以称一车所驾之四马或驾四马之车。④咸秦：秦都城咸阳。唐人多借指长安。⑤双凫：《后汉书·方术传上·王乔》："王乔者，河东人也。显宗世，为叶令。乔有神术，每月朔望，常自县诣台朝。帝怪其来数，而不见车骑，密令太史伺望之。言其临至，辄有双凫从东南飞来。于是候凫至，举罗张之，但得一只舄焉。乃诏尚方视，则四年中所赐尚书官属履也。"后用为地方官的故实。⑥海门：指长江出口入海处。⑦清切：清贵而切近。指接近皇帝的官职。⑧圣明：英明圣哲，无所不晓。旧时称颂皇帝的一种谀辞。⑨礼乐：礼节和音乐。古代帝王常用兴礼乐为手段，以求达到尊卑有序，远近和合的统治目的。⑩大雅：谓诗歌之正声。称德高而有大才的人。泛指学识渊博的人。也可指高尚雅正。⑪放逸：放纵逸乐。⑫献替：指劝善规过，提出兴革的建议。

析　评

　　李补阙乘着驷马车回到了长安。他是皇帝的近臣，曾受任出海门办差使或巡访，今完成任务复京，受到皇帝的恩宠。当时朝廷对礼乐、文章很重视，但江湖（域内四方）地方上多放纵逸乐。李补阙提出要兴革的建议，以维护统治阶级的利益，使政策能贯彻落实。

　　或谓李补阙即李纾。《旧唐书·李纾传》："少有文学，天宝末，拜秘书省校书郎，大历初，吏部侍郎李季卿荐为左补阙……纾通达，善诙谐，好接后进，厚自奉养，鲜华舆马，以放达蕴藉称。"当知李补阙在天宝末年任秘书省校书郎，大历初回朝入职，正符合了"还从清切禁，再沐圣朝恩"，其为人的"放任蕴藉"也符合"江湖多放逸"，故《送李补阙归朝》当作于大历初（766）年。（待考证）

3. 送日本使①还

　　绝国将无外②，扶桑③更有东。来朝逢圣日④，归去及秋风。
夜泛潮迥际，晨征苍茫中。鲸波腾水府⑤，蜃气⑥壮仙宫。
天眷⑦何期远，王文久已同。相望杳不见，离恨托飞鸿⑧。

注　释

　　①日本使：日本派遣来中国完成某种任务的人员。②绝国：极为辽远的邦国。无外：指远方。③扶桑：古国名。《梁书·扶桑国传》："扶桑在大汉国东二万余里，地在中国之东，其土多扶桑木，故以为名。"故后相沿用为日本的代称。④圣日：犹圣时。唐·张乔《北山书

事》诗："圣日雄藩静，秋风老将闲。"⑤鲸波：惊涛骇浪。水府：神话传说中神或龙王所住的地方。⑥蜃气：由于不同密度的大气层对光线的折射作用，把远处景物反映在天空或地面而形成的幻景，在沿海或沙漠地带有时能看到。古人误认为是大蜃吐气而成。也叫"海市蜃楼"。本句形容海景壮观。⑦天眷：指帝王对臣下的恩宠。⑧飞鸿：比喻书信。

析 评

诗句写得很有气势。第三、四两联，真把波澜壮阔、变幻莫测的大海写活了，写绝了！大海每到夜间有泛潮、回潮现象，早晨的大海则是一派苍茫，也时有惊涛骇浪出现，几乎要把龙宫都掀翻了，时常变幻的海上气候，有时会出现海市蜃楼，壮似仙宫的景色。

中国与日本的往来，可以上溯到秦始皇派徐福求仙，徐福带千人至日本。至今日本保存着不少徐福活动的遗迹。西汉时期，居住在日本岛上的民族被称为倭人，分为大小不等的100多个小国，他们主要通过朝鲜半岛与汉朝往来。隋唐时期，日本派出了大批的遣隋使、遣唐使。从贞观（627—649）至乾宁元年（894）的200多年间，日本派往中国的遣唐使共19次，实际到达16次。有些日本留学生长期滞留中国，甚至终生不还。鉴真（687—763）晚年受到日本僧人的邀请，到日本传播佛学。从天宝元年（742）至天宝七载（748）六年间，鉴真先后五次率众东渡，天宝十二载（753）六十七岁高龄的鉴真开始了第六次东渡，受到日本政府的隆重接待。著名的空海和尚，于贞元二十年（804）来到中国，跟长安青龙寺僧人惠果学习密宗的同时，对中国的文学、文字都有深刻研究，空海回国时，把180多部佛经带回日本，为中日文化交流做出了重要贡献。唐朝与日本的矛盾冲突，源于朝鲜半岛的军事纷争。从整体来看，和平交往是唐代中日关系的主流，军事斗争只是其中的插曲而已。（部分引自《正说唐朝二百九十年》，施建中主编。）

从诗中我们可以了解到，作为分水进士的徐凝，当时活跃在唐都长安，不仅与京官多人有往来，还与外国使节有交往，特别是作为外交使臣，不可能与一般市民都有往来，可见徐凝当时在科举或文化层面上是有一定地位和影响力的。

在唐王朝鼎盛时期，日本多次派遣遣唐使来大唐长安朝拜和结交友谊，诗人用诗歌的形式记录下了这段历史佳话，显得弥足珍贵。其与李白《哭晁卿衡》"日本晁卿辞帝都，征帆一片绕蓬壶。明月不归沉碧海，白云愁色满苍梧"诗一样，弥补了相关史料的不足，有着重要的历史文献价值。

4. 题开元寺牡丹①

此花南地知难种，惭愧僧闲用意栽。
海燕解怜频睥睨②，胡蜂未识更徘徊。
虚生芍药徒劳妒③，羞杀玫瑰④不敢开。
唯有数苞红萼⑤在，含芳只待舍人⑥来。

注　释

①开元寺：寺名，旧址在杭州。牡丹：原产中国西北部，为著名观赏植物。②海燕：海星纲，海燕科动物。我国北部沿海习见。睥睨：侧目窥察。③芍药：一种著名草本花卉。妒：因为别人好而忌恨。④玫瑰：又被称为刺玫花、徘徊花、刺客、穿心玫瑰。蔷薇科蔷薇属灌木。⑤数苞红萼：苞，花未开时包着花朵的叶；红萼，指红色的花。萼是花萼，花下面的一个托盘。⑥舍人：官名。此指白居易。

析 评

此诗把开元寺的牡丹写得出神入化。开元寺僧人惠澄,近于京师得此花,始用心栽植于庭院中,时春景方深,牡丹盛开,惠澄还小心翼翼地设油幕覆其上加以保护。时值徐凝从家乡分水来到杭州,观花后题诗于开元寺壁上。此时白居易任杭州刺史,一日到开元寺观牡丹花,见壁上题诗,阅后大加赞赏,命寺僧邀来徐凝,在寺中设宴款待,饮至同醉。恰巧此时张祜亦至,题牡丹诗一首:"浓艳初开小药栏,人人惆怅出长安。风流却是钱塘寺,不踏红尘见牡丹。"徐凝又题牡丹诗一首:"何人不爱牡丹花,占断城中好物华。疑是洛川神女作,千娇万态破朝霞。"白舍人更是拍手称绝。张、徐二人都希望能得到白居易的荐爱,争夺解元。白居易遂以《长剑倚天外》赋、《余霞散成绮》诗试之,试讫解送,白居易判凝为优,张祜次之。张祜乃恃才傲物之人,遂行歌而迈,凝亦鼓枻而归。二生终身偃仰。韩愈得知徐凝与张祜较量"牡丹花诗"一事后,曾寄诗一首与白居易,题为《戏题牡丹》:"幸是同开俱阴隐,何须相倚斗轻盈。陵晨并作新妆面,对客偏含不语情。双眼无机还拂掠,游蜂多思正经营。长年是事皆抛尽,今日栏边暂眼明。"

开元寺比牡丹诗虽尘埃落定,但后世对此案贬褒不一,有说白公妒才的,有说白公偏私的,有说白公看走眼的等。宋计有功《唐诗纪事》卷五十二"徐凝"条评述说乐天荐徐凝,屈张祜,论者至今郁郁,或归白之妒才也。……祜初得名,乃作乐府艳发之词,其不羁之状,往往间见。凝之操履不见于史。然方干学诗于凝,赠之诗曰:"吟得新诗草里论。"戏反其辞,谓村里老也。方干,世所谓简古者,且能讥凝,则凝之朴略椎鲁,从可知矣。令狐楚以祜诗三百篇上之,元稹曰:"雕虫小技,或奖激之,恐害风教。"祜在元、白时,其誉不甚持重。杜牧之刺池州,祜且老矣,诗益高,名益重。然牧之少年所为,亦近于祜,为祜恨白,理亦有之。余尝谓文章之难,在发源之难也。元、白之心本乎立教,乃寓意于乐府雍容宛转之词,谓之"讽喻",谓之"闲适"。既持是取大名,时士翕然从之,师其词,失其旨,凡言之浮靡艳丽者,谓之"元白体"。二子规规攘臂解辩，而习俗既深，牢不可破，非二子之心也。所以又有后代及近现代专家学者对此事做出种种不同的见解。

笔者以为，古今文人对名的追求甚为殷切，有文人相轻互不服气的，也有互相吹捧、互相攻伐的。如文艺作品比赛之类，作品的优次，确没有很精确的量化仪器和标准。往往根据评委的个人感觉，也有可能受到各种因素的干扰而难于公正。文坛向来是是非之地、争鸣之处。有后来学者对有失公平的人和事提出议论和批评，是非自有后人评说。

对计文中提到方干讥凝一事，寥寥数语，难察详情。笔者以为如确有其事，是使方干大跌身价的，老师如有差错，也不能用诗来讥讽吧。更况徐凝的诗在唐诗中有较高的质量和影响力，有不少是佳句名篇，为世人所公认，徐诗的艺术价值也并不是"吟得新诗草里论"一句所能否定的。

5. 香炉峰①

香炉一峰绝，顶在寺门前。尽是玲珑石，时生旦暮烟。

注　释

①香炉峰：在江西庐山。

析　评

香炉峰的隐约、神秘，在于它本身的奇特地貌。香炉峰区域气候奇特，谷壑深远，四季云蒸雾腾，难见真容。就是在极晴朗的日子，也是时而轻纱遮面，羞涩可人；时而烟笼峰顶，似香火兴旺；时而风云突变，恰似刚揭盖的蒸笼。烟云渐升渐薄，这时的香炉峰似嫦娥沐浴若隐若现，又似嫦娥拂起彩袖，翩翩起舞。故被诗人称为绝色景观。

诗人大约是站在一座更高的山峰上的寺庙前向下俯瞰，香炉峰的峰顶笔挺挺地展现在寺门前。到处是妙趣天成、晶莹剔透的玲珑怪石，早晨和傍晚常常云烟缭绕，若隐若现，蔚为奇观。庐山约高 1500 米，地处江西省北部的鄱阳湖畔，雄峙在长江南岸。庐山山体呈椭圆形，长约 25 公里，宽约 10 公里，绵延 90 余座峰，犹如九叠屏风，屏蔽着江西的北大门。庐山以雄、奇、险、秀闻名于世，素有"匡庐奇秀甲天下"之美誉。当年诗人徐凝为饱览祖国大好河山远跋而至，开阔眼界，陶冶心胸，写下了这首绝句，寥寥二十字，囊括了香炉峰之绝美。

除了浙东一带，徐凝另外一个经常活动的地方是庐山。据康熙《江西通志》卷九六引《庐山志》："徐凝，睦州人，元和中官至侍郎，常居庐山，题咏甚多。徐凝的作品中涉及庐山的有《香炉峰》："香炉一峰绝，顶在寺门前。尽是玲珑石，时生旦暮烟。"《庐山独夜》："寒空五老雪，斜月九江云。钟声知何处，苍苍树里闻。"《庐山瀑布》："虚空落泉千仞直，雷奔入江不暂息。今古长如白练飞，一条界破青山色。"从这几首诗可以看出，徐凝对庐山的描写主要突出其环境的清幽以及远离尘嚣的美好。这很好理解，因为庐山的自然环境本就当得这份荣誉，加之诗人选择这一格调就再自然不过了。

比如《香炉峰》。在李白的笔下——"日照香炉生紫烟"，香炉峰在太阳的照耀下呈现的是一种明媚的状态，诗人突出的是祖国大好河山的秀丽画面，背后折射出的当然是诗人阔达开朗的胸襟。然而到了徐凝这里，和高高的香炉峰同时出现在画面里的是一座寺院，其位置关系正好相对，可以想象，诗人在寺院中，望着眼前的香炉峰顶，反倒有李白"相看两不厌，唯有敬亭山"的味道了。徐凝也写到了香炉峰上的烟雾，但他恰好把李白笔下被日光照耀的时间段截去，独衷于其早晚清冷朦胧的状态。

6.白铜鞮①

腰褭锦障泥②，楼头日又西。留欢③住不住，素齿④白铜鞮。

注　释

①白铜鞮：古乐府的曲牌名，是梁武帝萧衍在襄阳民歌的基础上，加工创作并形成定制的一种歌舞形式。在古代诗歌中，"白铜鞮"有多层含义。一是指用白铜装饰的门上的饰件，鞮同提。例如韦庄《浣溪沙》："绿树藏莺莺正啼，柳丝斜拂白铜鞮。"二是指六朝时期襄阳城的一条繁华街道的名称。在后人的诗中常常借指繁华之地，例如崔国辅《襄阳曲》："城中美少年，相见白铜鞮。"三是指舞曲名称，李白的《襄阳歌》："襄阳小儿齐拍手，拦街争唱白铜鞮。"②褭：用丝带系马。锦障泥：用织锦做成的马鞍垫子，垂于马腹两侧，用以遮挡尘土。③留欢：留客欢宴。④素齿：洁白的牙齿娇艳的红唇，形容女子美丽的词。

析　评

白铜鞮是当时襄阳城内一个著名的歌舞饮宴与游乐之地。李白等名人到此游玩过。唐代诗人崔国辅写的《襄阳曲》："蕙草娇红萼，时光舞碧鸡。城中美少年，相见白铜鞮。"据《襄阳府志》载："铜鞮坊，在府城隍庙西，在郡城山南东道楼（即昭明台）左。楚人好唱白铜鞮，因以名坊。"

诗人徐凝曾到襄阳白铜鞮游玩，时近傍晚，即"楼头日又西"，太阳已在歌楼的西边。要不要在这里住上一夜？这里的美女朱唇素齿，很是娇艳，但不知留住留不住自己心爱的人。

《白铜鞮》，《乐府新诗》亦是有关男女爱情题材的。在用字方面，像"博山炉"、"白门柳"等都是乐府民歌中现成的词汇，同时，徐凝也会选用"郎""欢"等南朝民歌中常用的字眼，来增加其民歌风味。句法方面，徐凝这些具有乐府情调的诗歌同样注意追求民歌的口语化及其自然流利的特点，像"骀荡郎知否""留欢住不住""厌著龙绡著越纱""柳条无力花枝软""早嫁城西好少年""拔却一茎生两茎"等都是明显的例子。

7.杨叛儿①

哀怨②杨叛儿，骀荡③郎知否。香死博山炉④，烟生白门柳⑤。

注 释

①杨叛儿：一作"阳叛儿"，原为南北朝时的童谣，后来成为乐府诗题。②哀怨：由于受了委屈而悲伤怨恨。③骀荡：放荡。舒缓荡漾的样子。④博山炉：古香炉名，在香炉表面雕有重叠山形的装饰，香炉像海中的博山，下有盘，贮汤，使润气蒸香，以像海之回环。⑤白门柳：刘宋都城建康（今南京）城门。后代指男女欢会之地。

析　评

唐代诗人李白写过一首《杨叛儿》："君歌杨叛儿，妾劝新丰酒。何许最关人？乌啼白门柳。乌啼隐杨花，君醉留妾家。博山炉中沉香火，双烟一气凌紫霞。"意为：君为我唱一曲《杨叛儿》，妾为君奉上一杯新丰酒。哪里才是君所最流连之处呢？金陵西门旁上有乌啼的大柳树下。双乌在杨花架处的巢中欢啼，因为那里是它们的家。君今痛饮何惧醉，妾家就是你的家。博山炉中沉香燃起的两股烟在空中追逐缠绕，渐渐地融为一体直凌云霄。这就是君与妾的爱情象征啊！

徐凝写的这首《杨叛儿》，别有一番感慨和哀怨之情，唐代经济繁荣，社会风气比较解放，男女欢情不足为鲜，但是不可放荡无羁。当你进入那情场一场欢愉之后，你的醉留，正如沉香投入炉中，爱情的火焰立刻燃烧起来，情意融洽，像香火化成烟，双双一气，凌入云霄。那是醉魂销骨的地方啊！

《杨叛儿》这个题目是乐府旧题，属《清商曲辞·西曲歌》。《旧唐书》和《新唐书》的《乐志》里都提到"杨叛儿"的本事：说南朝萧齐隆昌年间，有个太后守寡，但她喜欢一个女巫的儿子，这个人叫杨昱。杨昱从小生在宫中，太后看着他长大，越长越好，长成了一个莲花般的少年，就和他好上了。太后爱上了女巫的儿子，但这种爱情是不能长久的。纸包不住火，最后事情败露，太后失去了杨昱，而且天下人都知道了这件事。所以民间童谣就唱："杨婆儿，共戏来所欢！"可能因为小朋友吐字不准，大家讹传成了"杨叛儿"。而后《杨叛儿》演变为西曲歌的乐曲之一。这就是杨叛儿典故的由来。古词为："暂出白门前，杨柳可藏乌。君作沉水香，侬作博山炉。"骀荡：放荡。博山炉：是一种炉盖成重迭山形的熏炉。白门柳：白门，刘宋都城建康（今南京）城门。南朝民间情歌常常提到白门，后代指男女欢会之地。

8.春寒①

乱雪从教舞，回风任听吹②。春寒能作底③，已被柳条欺。

①春寒：指春季寒冷的气候。②回风：回旋的风。任：由着，任凭。③作底：如何，怎样。

暴风雪铺天盖地而来，回旋的北风尖鸣嘶叫，初春的寒冷已经到了非常严重的程度，但是风雪又能如何？河边的柳条不是照旧在抽条发芽吗？并不因风雪厉害而停止它顽强的生命力。

这是一首时景诗，也是一首喻世诗。世上有时黑势力占了上风，但这是暂时的现象，正义的力量不会被吓倒，它们必定能战胜困难，迎来绚丽的春天。

9. 庐山独夜①

寒空五老雪，斜月九江云。钟声知何处，苍苍树里闻。

注　释

①庐山：今江西庐山。独夜：一人独处之夜。

析　评

江西庐山五老峰，位于江西庐山的东南侧，为庐山著名的高峰，海拔1436米，山顶苍穹，下压鄱阳湖，削壁千仞，绵延数里，山峰岩层形成既相互分割又彼此相连的五个雄奇的峰岭。五座主峰若五老并坐，故名五老峰。李白有《望庐山五老峰》诗："庐山东南五老峰，青天削出金芙蓉。九江秀色可揽结，吾将此地巢云松。"

徐凝独自在庐山上宿了一夜，时在冬天，地冻天寒，五老峰上一片皑皑白雪，银装素裹。眺望四野，九江上空乱云飞渡，斜月穿云，夜间更显得寂静凄寒，苍苍树林深处传来寺庙的钟声，仿入禅境，这是诗人一个难眠之夜。

此诗描绘了庐山夜晚苍茫的景象，寒空、老雪、斜月、江云，本就是空远的景色，再加上未知何处的钟声，苍苍的树林，一派寂寥的景象跃然纸上，可谓境界高远，气象雄浑。

10.天台独夜^①

银地秋月色，石梁夜溪声。
谁知屐齿^②尽，为破烟（一作苍）苔行。

注　释

①天台：山名，位于浙江省中东部。②屐齿：屐，鞋子的一种，屐齿指足迹。

析　评

天台石梁景观，风景奇独，为天台山风景名胜精华所在，在丛山翠谷之中，一石横跨天际（6米多长），瀑布喷涌而下，"昼夜起风雷"，历代文人骚客为之倾倒，留下无数壮丽的诗篇，被誉为"天下第一奇观"。千古石梁，瀑以梁奇，梁以瀑险，山、石、水奇妙结合，这座天然石梁桥，横跨两侧，势极雄奇险峻。人在石梁桥下翘首仰望，只见长空雷鸣，水从天降，瀑布冲入潭中，飞瀑若舞，散沫似珠，蔚为壮观，令人叹绝！

诗人早在1200多年前，胸怀游历祖国大好河山的雄心壮志，到天台山上观石梁飞瀑，还独自一人在那里宿了一夜。时在秋夜，银色的月光洒满山间，待在山上聆听石梁溪声，享受大自然馈赠的极妙音乐。在已断了游人足迹的路上，诗人破踏苍苔而行，生怕有更好的景色被遗漏，整个身心陶醉在观赏这诗情画意之中。

11. 送寒岩^①归士

不挂丝纩^②衣，归向寒岩栖。寒岩风雪夜，又过岩前溪。

～ 注　释 ～

①寒岩：天台山第一大洞，称"寒岩洞天"。唐代闻名国内外的白话隐约诗人寒山子曾长住于此，洞前有寒岩寺遗址。洞口有块大石，称"宴坐石"，是寒山子宴坐之处。寒山子，唐代贫士，不知姓字，隐于天台始丰县西七十里寒岩幽窟中，以桦皮为冠，布裘弊履，或长廊唱咏，或村墅歌啸，人莫识之。②丝纩：纩，亦作"絖"，絮衣服的新丝棉。

～ 析　评 ～

这首诗是徐凝送寒岩即寒山子的，诗中描写寒山子朴素隐逸的生活情趣，也表露了诗人与寒山子的交情。"天台三圣"又名"天台三贤"，是天台寒山子与天台山国清寺僧丰干、拾得三人的并称。拾得原是孤儿，被国清寺高僧在道上拾得收养，故名拾得。这首诗是唐代最早题咏寒山子的诗。据《唐才子传》和《唐诗纪事》载，徐凝为中唐诗人，睦州分水人。徐凝曾游过天台山，赋有《天台独夜》诗。这也是时人唯一题赠寒山子的一首诗，弥足珍贵。作为有诗才和学识的隐约之士，徐凝和寒山子有许多共同之处，他在元和、长庆或早些年结识寒山子，两人写诗唱和，互相题赠，是完全有可能的。《全唐诗》中除寒山诗与徐凝此诗外，几乎没有以"寒岩"入诗者，这虽是一首小诗，留给后代许多专家学者考证历史，提供了有力的证据。寒山子的生卒年约为 730—830 年。

徐凝描写僧人、道士、隐者 (其中，僧道之流亦多具隐者风范) 的诗歌有 12 首 (《送寒岩归士》《送陈司马》《和嵩阳客月夜忆上清人》《员峤先生》《寄海峤上人》《寄潘先生》《独住僧》《伤画松道芬上人》《柬白丈人》《寄玄阳先生》《回施先辈见寄新诗二首》)，约占其总数的八分之一，数量算是可观。

这首诗显著的特点是，四句话中不论每句内部还是句与句之间都没有通过悖论形成诗歌的张力，与此相反，每句话的意图都指向了同一个方向，为同一个目的服务，其合力最终使一个典型的寒岩归士形象清晰起来，并获得持久的力量。诗中反复出现寒岩，而围绕寒岩的是风雪与溪水，这些意向所共有的一种质感是寒冷，而唯一用来保暖的丝纩衣在诗中的出现恰恰又是被否定的。寒在诗中被不遗余力地强调，给我们留下了这样一种印象：这里根本不适合人居住，更别说对一个"不挂丝纩衣"的人了。可正如柳宗元《江雪》诗中在"千山鸟飞绝，万径人踪灭"的环境下出现了"孤舟蓑笠翁"一样，徐凝的这首诗中，在我们认为不适宜人生活的环境下出现了"不挂丝纩衣"的寒岩归士。更重要的是，这一"不挂丝纩衣"的寒岩归士在我们觉得不堪的环境中没有丝毫窘迫，正像那位"孤舟蓑笠翁"在"独钓寒江雪"时心态之淡然一般。

12. 送陈司马^①

家寄茅洞中，身游越城下。宁知许长史^②，不忆陈司马。

注　释

①司马：官名。唐为郡的佐官。陈司马，待考。②长史：官名。唐制，上州刺史、别驾下，有长史一人，从五品。许长史：待考。

析　评

　　真正解读、赏析出古人的诗词作品，做到正确无误，是非常不容易的。因有些作品作者仅标明其官职，其人到底是谁就是个谜，必须参阅有关作者的大量资料，并对其时代背景、人际交往等方面做深入细致的研究，可以说所花的时间和精力是非常大的。就如本诗中的陈司马与许长史，这二人究竟是谁？我查阅了许多信息，但都未有明确的答案。限于本人功力水平，只能根据诗句作探讨性的理解。

　　这位许长史，他家住在茅洞中，经常到越城（诸暨、绍兴一带）下游行。但诗人对他的生平事迹还不甚了解，故诗人很想与他交流熟悉，而对陈司马大概比较熟悉，也无须多回忆了。或是否想从陈司马那里对许长史有所了解。笔者因对许、陈二人是谁不知道，很难作进一步深入的挖掘，存此，祈请方家指教。

　　有一位老师作如下解读：

诗中的"家寄"意味着陈司马的老家不在茅洞中,"茅洞"是形容他住所简陋还是一个地名?抑或兼而有之?估计和"越城"形成对比,是否表达作者徐凝对陈虽官职卑微而积极向上的褒扬?后两句中,"宁知"和"不忆"的对象,作者已说,但主语是谁?作者并未明说,是作者自己,还是世人?不管是谁,估计是许长史所作功绩更为人知晓,所以是"宁知",而陈司马可能未能显现才能,所以"不忆",或许是对陈司马的鞭策?整首诗有褒有砭,表达了一个长者对年轻人的希望和嘱托。

13.武夷山①仙城

武夷无上路,毛径②不通风。欲共麻姑③住,仙城半在空。

注 释

①武夷山:广义的武夷山在福建、江西两省边境。狭义的武夷山在崇安县城西南十公里,为福建省第一名山。②毛径:指细小的路。③麻姑:麻姑为道教所尊的女仙。

析 评

诗人曾到福建武夷山游览,见武夷山满目青翠,植被茂密,几乎找不到上山的路,那些小径更是密不通风。诗人岂肯就此罢休,他奋力登上山后,见山上还有古城似的建筑,简直是一处仙境,一座仙城,那旖旎的风光使诗人流连忘返,能在这里居住,就如与仙人生活在一起啊!

14. 避暑①二首

一株金染密②，数亩碧鲜疏。避暑临溪坐，何妨直钓鱼③。

斑多筒簟④冷，发少角冠⑤清。避暑长林下，寒蝉又有声。

注　释

①避暑：到凉爽的地方度过炎热的暑期。②金染密：是一种开花很好看的植物。③直钓鱼：历史上有姜子牙不用鱼饵直钩钓鱼的传说。④筒簟：供坐卧用的竹席。⑤角冠：道冠。

析　评

　　一个炎热的夏天，诗人在家乡分水县柏山村避暑。他看见山上有一种叫金染密的植物，繁花开得非常鲜艳好看；柏山村又叫柏山坞，是一处东西两边群山夹坞，向里延伸近六七里深的垅田，也像那诸葛亮在隆中躬耕垅亩的地方吧。坞口的数亩山田，黄昏在夕阳照射下，把那苍松翠竹的疏影反映在田野中，也别有情趣。诗人爱好钓鱼，白居易曾称他为钓翁，傍晚暑气渐减，他拿了钓竿到坞口的望江潭边临溪坐下，钓鱼必须有诱饵的，他想到那个不用鱼饵的姜太公在渭水边直钓，那是别出心裁的在钓人啊！

　　因夏天被烈日晒过的礁石是很热的，诗人自带了可以坐卧用的竹席，这样凉快多了。由于年岁已老头发已稀疏，倒显得清爽些；那江边长有一排排高大的白杨树，可以遮挡暑气，北边有长垅山风，南面有临水江风，吹来倒也舒适；树上的知了开始了烦噪的鸣叫，这些天然的歌手竞相表演、此起彼伏，鸣声嘹亮，似也给诗人带来快乐。

15.浙西李尚书^①奏毁淫昏庙

传闻废淫祀^②，万里静山陂。欲慰灵均^③恨，先烧靳尚^④祠。

注　释

①李尚书：即李德裕（787—850），字文饶，赵郡人（今湖北省），宰相李吉甫子。曾在唐文宗大和七年（833）和开成五年（840）两度为相。②淫祀：指祭祀不合时或祭祀不在国家祀典当中的神明。《祀记·曲礼》谓："非所祭而祭之，名曰淫祀。淫祀无福。"③灵均：即屈原（约前340—前278年），我国战国时期楚国的大诗人。名平，字原，又自名正则，字灵均。④靳尚：战国时楚怀王侍臣，又得楚怀王夫人郑袖信任。张仪为秦使楚，因曾欺骗楚王，被拘囚，将被杀。由于他进说楚王，又通过郑袖言于王，张仪得释。不久为张旄所杀。一说即上官大夫。

析　评

长庆二年（822）九月，李德裕任浙西观察使，当时江南崇尚鬼神，李德裕对他们进行道德教化，还奏准拆毁淫祠一千多所，罢私邑山房一千四百六十所，以清盗寇，安定了社会秩序。李德裕是唐朝晚期最有作为的政治家，历任宪、穆、敬、文、武、宣六朝，兴利除弊，锐意进取。他疾恶朋党，最后为宣宗所贬，死于贬地崖州（今海南三亚）。

徐凝得知李尚书奏毁淫昏庙，非常高兴，毁掉那些乌七八糟的淫祀，对弘扬社会正气，净化人们的心灵有极大的好处，也使万里江山得到安宁。特别是像靳尚这样的奸邪小人的祠庙，更应首先烧毁，只有这样才能使正直的人扬眉吐气，慰抚屈原在天之灵。

《史记·屈原列传》："上官大夫与之同列，争宠而心害其能。怀王使屈原造为宪令，屈平属草稿未定。上官大夫见而欲夺之，屈平不与。因谗之曰：'王使屈平为令，众莫不知，每一令出，平伐其功，以为"非我莫能为"也。'王怒而疏屈平。"

这首诗，歌颂李尚书的政绩，也是诗人正义心灵的写照。

诗中典故运用的也十分巧妙。"灵均"者，屈原也。其《离骚》诗曰："名余为正则兮，字余为灵均。""靳尚"者，楚怀王时任上官大夫，是迫害屈原的谗臣。作者借用屈原和靳尚的典故，爱憎分明，说明了"废淫祀"的必要性和紧迫性，既显得含蓄委婉，又对比鲜明，使人信服。

16.酬相公再游云门寺①

远羡五云路，逶迤千骑回②。遗簪③唯一去，贵赏不重来。

注　释

①酬：答谢。相公：这里指元稹，元稹曾拜相。云门寺：在今浙江省绍兴市。②逶迤：形容道路山脉、河流等弯弯曲曲延续不

绝的样子。千骑：形容人马很多。③遗簪：比喻旧物或故情，留下踪迹的意思。

析　评

云门寺坐落在绍兴城南十五公里的平水镇里头村，秦望山麓脚下的一个狭长山谷里。云门寺始建于东晋义熙三年（407）。据史载：晋大书法家王献之曾于此隐居。义熙三年某夜王献之在秦望山麓之宅处，其屋顶忽然出现五色祥云，晋安帝得知后下诏赐号将王献之的旧宅改建为"云门寺"。门前石桥改名"五云桥"。王氏传家之宝《兰亭序》真迹由僧人辨才收藏，后来被唐太宗派来的御史萧翼设法赚去。唐会昌年间(841—846)云门寺遭唐武宗毁佛毁废，至唐宣宗大中六年（852）观察使李褒奏重建，然非复旧址。元稹是于长庆三年（823）的秋天调任浙东观察使，其时云门寺尚在。

从题中可知，诗人徐凝再次受元稹之邀同游云门寺。云门寺虽地处山僻，但名气很大，游人很多。元稹为官清正，不忘旧友故交，徐凝为之感动。

"遗簪唯一去，贵赏不重来。"诗人既有对其超凡脱俗、不食人间烟火、清净无扰之寺庙禅房生活的一丝丝钦佩、羡慕与向往之情，又有一种对黑暗、不公的社会现实的强烈逃离愿望，显示出其对社会的不满与反抗，然此是深藏于诗歌的字里行间的，需要读者反复、仔细体味才能觉察。徐凝在长庆四年(824)与元稹游云门寺，写了这首诗。

17.杭州祝涛头^①二首

不道沙堤^②尽，犹欺石栈^③顽。寄言飞白雪，休去打青山。

倒打钱塘郭，长驱白浪花。吞吴休得也，输却五千家。

＊＊＊　注　释　＊＊＊

①涛头：浪涛前端。②沙堤：防沙堤。③石栈：在山间凿石架木做成的通道。

＊＊＊　析　评　＊＊＊

　　钱塘江位于我国浙江省，最终注入东海，在它入海口的海潮即为钱塘潮，天下闻名，每年都有不少游客前来观看这一奇景。海潮到来前，远处先呈现出一个细小的白点，转眼间变成了一缕银线，并伴随着一阵阵闷雷般的潮声，白线翻滚而至。几乎不给人们反应的时间，汹涌澎湃的潮水已呼啸而来，潮峰高达3—5米，后浪赶前浪，一层叠一层，宛如一条长长的白色带子，大有排山倒海之势。潮头由远而近，飞驰而来，潮头推拥，鸣声如雷，喷珠溅玉，势如万马奔腾。观潮始于汉魏，盛于唐宋，历经2000余年，已成为当地的习俗。

　　涛头来时沙堤尽没，那白练犹如飞雪，"休去打青山"一句，其意未明，待析。

　　尤其第二首，把潮水与民众生死攸关联起来，认为潮水淹没了民居达五千人家。言外之意越国的胜利是用相当的代价换来的，即白白丧失了许多人的生命！这是难得的历史材料，其文献价值更不待言。

徐凝对于钱塘江潮的描写，可作为钱塘潮的原始资料。钱塘潮是钱塘江著名的景观，其声如万马奔腾，其势如排山倒海，清人费饧璜有云："春秋时，潮盛于山东，汉及六朝盛于广陵。唐、宋以后，潮盛于浙江……"（《广陵涛辩》）可见在唐宋时，观钱塘潮才真正成为一种风尚。白居易在杭州做刺史时，就留下了"山寺月中寻桂子，郡亭枕上看潮头"的名句。而作为当地人，徐凝对于钱塘潮的描写自然必不可少。其直接描写钱塘潮的诗有三组四首，除了本组二首外，还有《观浙江涛》以及《题伍员庙》，这些诗歌都是关于钱塘潮的较早较完整的记载，具有极高的文献价值。

18. 问渔叟①

生事同漂梗②，机心③在野船④。如何临逝水，白发未忘筌⑤。

注 释

①渔叟：渔翁。②漂梗：随水漂流的桃梗，引申指漂泊者。③机心：心思、机谋；机巧之心。④野船：指乡村小船。⑤筌：捕鱼的竹器，亦为钓鱼用具的通称。《庄子·外物》："筌者所以在鱼，得鱼而忘筌。"

析 评

诗人平生也爱垂钓，白居易《凭李睦州访徐凝山人》诗："郡守轻诗客，乡人薄钓翁。解怜徐处士，唯有李郎中。"徐凝晚年长在故乡分水，以垂钓为乐，以诗酒自娱。诗中渔叟，可能就是徐凝的"钓友"吧。

徐凝故里分水柏山村（村口原名豪渚埠），南面的洲上有数块很大的礁石，分水江流经这里，一个"之"字形大转弯，冲击成一个深潭，叫"望江潭"，礁石就在深潭边上，徐凝吟咏之余，常戴笠披蓑，坐在礁石上垂钓。山青、水碧、树绿、天蓝，他整个身心都沉浸在大自然宁静淡泊的拥抱之中。对岸是龙潭村，常有渔翁驾野船在水域捕鱼。分水江的鱼味道特别鲜美，因分水江河床卵石流沙，不带任何泥土腥味，这些鱼是吸吮着无数支山泉的灵汁孕育而成。直至明代，严州府分水县，还有向明太祖朱元璋妃子敬献贡品的"分水棍子鱼"这道名菜。

另一种说法：这首诗中的渔叟未必实有其人，《楚辞》中的《渔父》即运用了这种手法，以渔父代表智者，答人事所问。而徐凝的渔叟，作者给予了讽刺的味道，嘲笑其并未忘却人事纷扰，只是伺机而动，其实这又何尝不是作者的自问与自嘲呢。曾经遍谒京师，壮志未酬，自然充满了遗憾与无奈，这首诗即是作者在这样矛盾的心境下写出的。

19. 云封庵①

登岩背山河，立石秋风里。隐见浙江涛，一尺东沟水。

注　释

①云封庵：在浙江临安天目山。

析 评

诗人某年到天目山游览，登上天目山西北巍峨高峰的岩石上，也就是建有云封庵的这座山上，立在飒飒秋风里，向远处眺望，可隐约看见钱塘江的大潮，可见此山之高峻。由于相距遥远，那原本宽阔的钱塘江和汹涌奔腾的钱江潮，犹如东边远处一尺多宽的沟水。

云封庵，在浙江杭州市临安区天目山之西北，即许真君（许迈）旧隐处，极平敞，俯视群山高下奔轶，若万马然。寺庵常有云封窗扉，故号"云封庵"。东晋名道许迈（300—349），丹阳句容（今属江苏）人。《历世真仙体道通鉴》载，他潜心慕道，辞家不归，入临安悬雨留山、桐庐恒山等地学道、采药，相传他到天目山，故有许迈礼斗处。

20. 汉宫曲①

水色帘前流玉霜，赵家飞燕②侍昭阳。
掌中舞罢箫声绝，三十六宫秋夜长。

注 释

①汉宫曲：乐曲名。②赵家飞燕：赵飞燕，原名宜主，西汉成帝的皇后、汉哀帝的皇太后。赵飞燕是一位在中国历史上的传奇人物。《汉书》中对她的描述只有少数几句，但野史关于她的记载却有许多。在中国民间和历史上，她以美貌著称，所谓"环肥燕瘦"讲的便是她

和杨玉环，而燕瘦也通常用以比喻体态轻盈瘦弱的美女。同时她也因貌美而成为淫惑皇帝的一个代表人物。

析　评

这是一首宫怨诗。写一人争宠而各院凄凉，只"秋夜长"三字，已意在言外。妙就妙在只是直叙，不下断语，而怨意愈见。

赵飞燕是汉朝人，出身音乐之家。与妹妹为一胎双生，两人都聪明美丽。妹妹歌声动人，她则舞蹈出众。父亲死后，经济来源断绝，姐妹二人被迫流落长安街头，靠打草鞋为生。在一次偶然的机会中，汉成帝发现了她们，遂先后召她姐妹两人入宫。不久，原来的皇后被废，赵飞燕被立，于是成了皇上的掌上明珠，专宠于昭阳宫。

赵飞燕身材窈窕，体态极其轻盈，举步翩然若飞。传说她竟能站在掌上起舞，就像仙女在万里长空中迎风而舞一样优美自如。汉成帝死后，朝中群臣痛斥她不为皇室生个后代。汉平帝时她被贬为平民，最终被迫自杀，悲惨地离开了人间。

《汉宫曲》运用汉成帝和赵飞燕的典故，委婉地表达了对统治者沉湎女色、不思进取的批判。以汉代唐是唐人诗歌中常用的一种手法，如杜甫的"汉皇开边意未已"、白居易的"汉皇重色思倾国"等都是著名的例子。就唐代诗人自身而言，本朝人评述本朝事是有诸多不便的，更不用说写作讽刺、揭露的诗篇来直抒胸臆了，所以徐凝就巧妙地借用了赵飞燕的典故，委婉而安全地表达了自己的看法，起到了劝诫的作用。

21.和嵩阳^①客月夜忆上清人

独夜嵩阳忆上仙，月明三十六峰^②前。
瑶池^③月胜嵩阳月，人在玉清^④眠不眠。

注　释

①嵩阳：寺观名。在河南登封太室山下。北魏太和年间建，初名嵩阳寺，唐改名嵩阳观。宫前有唐徐浩书《嵩阳观圣德感应颂》石刻，境内有古柏三株，传为汉武帝登嵩山时所封。参阅《清一统志·河南·河南府一》。②三十六峰：太室山三十六峰：太白峰、望都峰、观香峰、积翠峤、立隼峰、独秀峰、玉女峰、玉人峰、虎头峰、玉镜峰、子晋峰、会仙峰、河带峰、玉柱峰、卧龙峰、胜观峰、十老翁峰、华盖峰、凤凰峰、桂轮峰、三鹤峰、起云峰、金壶峰、松涛峰、狮子峰、遇圣峰、浮丘峰、周到峰、万岁峰、黄盖峰、悬练峰、鸡鸣峰、青童峰、春震峰、翠盖峰、玄龟峰。③瑶池：神话传说中西王母的住所，在昆仑山上。④玉清：道家三清境之一，为元始天尊所居。亦以代称元始天尊，在"三清"之中位为最尊，也是道教神仙中的第一位尊神。

◆～　析　评　～◆

　　诗人这夜独自一人在河南登封嵩阳观，这夜明月皎洁，把太室山三十六峰照耀得熠熠生辉。清风明月之夜，又独宿山寺，使人倍感孤寂和惆怅，这样的境地，也易使诗人触景生情催生诗意。

　　诗人虽非道教徒，但与同乡进士施肩吾有深厚情谊。施于元和十五年（820）中状元，但徐凝却淡泊名利，追求神仙的生活境界胜于当官的欲望。遥想瑶池那王母颐养生息的地方，那明月应更清辉有加，胜过这嵩阳月吧？在这样的环境中住宿，你还能入眠吗？诗人仿佛已到仙境，快乐之至。人除了现实生活外，还有一个理想的、向往的精神世界啊。

　　在这首诗中，诗人对仙境的憧憬更为明显："独夜嵩阳忆上仙，月明三十六峰前。瑶池月胜嵩阳月，人在玉清眠不眠？"在他的《见少室》中作者更是直言不讳，表明隐居仙山的愿望："青云无忘白云在，便可嵩阳老此生。"

22. 八月望①夕雨

今年八月十五夜，寒雨萧萧不可闻。
如练如霜在何处，吴山越水万重云。

◆～　注　释　～◆

①望：这里指看的意思，并非指希望。

析　评

这一年，八月十五中秋夜，雨水不断，诗人很感郁闷厌烦。秋天本应是天高气爽的季节，秋夜繁星满天，中秋夜明月高照，晚风习习，丹桂飘香，使人倍感舒畅。可是今夜寒雨萧萧，那如练如霜的月光在何处啊？吴山越水，即指江浙一带，云层厚重，这一年一度的中秋夜不见明月，使人遗憾。

23.观浙江涛①

浙江悠悠海西绿②，惊涛日夜两翻覆③。
钱塘郭里看潮人，直至白头看不足。

注　释

①浙江：水名。即钱塘江，上游为富春江、新安江。涛：大的波浪，如"惊涛骇浪"。另一诗名《观浙江潮》。②悠悠：遥远。这里指江水浩渺的样子。海西：古县名。绿：青黄色。③翻覆：来回；翻飞，翻滚。

析　评

前两句，浩渺的浙江波涛翻滚直奔海西而来，形成的巨涛极为壮观。后两句，钱塘城里众多的看潮人，年年看，月月看，就是看到白头也看不够。

诗的妙处在于：描写浙江潮，不从正面下笔，而是从侧面入手。通过观潮人的反应，表现浙江潮非凡的气势和动人心魄的魅力。

诗人以钱塘江畔的老者热爱观潮为诗歌主体，凸显出浙江潮的恢宏气势引人入胜，从而映衬出自己对观潮的热爱，有着健朗的艺术特色，笔法老到。

24. 庐山①瀑布

虚空落泉千仞直，雷奔入江不暂息。
今古长如白练飞，一条界破青山色。

注　释

①庐山：在江西省九江市南部，耸立鄱阳湖、长江之滨。

析　评

徐凝的这首"庐山瀑布"诗，历代评家的意见大相径庭。中唐时期，徐凝虽算不上佼佼者，却在高手如林的当时也占有一席之地，算得上是上逼名流，下傲士林的种子选手。然而，宋代以后，因苏东坡的一首游戏之作"帝遣银河一派垂，古来唯有谪仙词。飞流溅沫知多少，不与徐凝洗恶诗"，徐凝的诗名大受损伤。因了苏东坡的这首诗，使一些不求甚解、人云亦云的人认为徐凝的诗不值一提，只有嗤之以鼻的份儿，这是极不公正的。徐凝并没有因为李白题了《望庐山瀑布》诗就不敢再题，这种不随名人而俯仰的举动，本身就是一种自信和大气。难道李白写了庐山瀑布，别人就不能写了？苏东坡在这里流露的是霸道和尖刻。他对徐凝的这种诗评，钻皮出羽，洗垢求瘢，给人造成不小的伤害。

徐凝的诗虽没有李白的诗好，但是视角独到，气势雄健，完全够独树一帜的资格。雷奔、界破等词坚定有力，白练、青山色彩鲜明。雷奔二字在诗情画意之外增添了听觉效果，给人以身临其境的现场感。而白练的比喻完全可以和李白的银河相媲美。除李白外，能超过徐凝的不多。明代诗人杨基的《舟抵南康望庐山》中，有"李白雄豪绝妙诗，同与徐凝传不朽"之句，清代诗人蒋士铨在他的《开先瀑布》中也写道："太白已往老坡死，我辈且乏徐凝才"，这既是对苏轼酷评的一个反驳，也算是给了徐凝在天之灵一个安慰。后代有不少专家学者对苏东坡的诗给予批评，看来名人失误也是难免的。

《随园诗话》云："徐凝《庐山瀑布》云：'今古长如白练飞，一条界破青山色。'确是佳语。而东坡以为恶诗，嫌其未超脱也。然东坡《海棠》诗：'朱唇得酒晕生脸，翠袖卷纱红映肉。'似比徐诗更恶矣。人震苏公之名，不敢掉罄。此应劭所谓'随声者多，审音者少'也。"苏东坡名扬四海，人们顾虑于他的名声，不敢轻易寻根问底，评论其优劣，随声附和的人很多，而细细审视考察的人却很少。

《庐山瀑布》诗，"虚空落泉千仞直"，起句脱俗不凡，凭空写出庐山千仞绝壁耸立的巍峨险峻。飞泉从碧空直落而下的壮阔气势，给读者以心灵的震撼；次句"雷奔入江不暂息"，先从其雷霆般轰鸣的巨大声响，表现其威震巍巍山岳、滔滔江水的骇人声势，继以其汹涌澎湃、奔腾入江的壮观景象。给观众与读者以强烈的听觉、视觉冲击。"千古长如白练飞，一条界破青山色。"既写庐山瀑布形成的时间之久，以及亘古不变的英姿，将蔚为壮观的庐山瀑布定格为永恒，又把瀑布比成一条长长的白练而镶嵌在青青的山色中间，从色彩和形态上反映其给人们所带来的神奇和飘逸的美感。全诗仅以"落""雷""飞""破"四字为点睛之笔，道出了庐山瀑布之"势""声""形""色"的重要特征，可谓言简意赅。徐诗虽不能与意气飞扬、自然流畅、天然浑成的李白《望庐山瀑布》诗相媲美，然自有其特色在，其视角独特、气势雄健、笔力千钧、诗情画意等特色，以及给人一种身临其境的强烈现场感，都是令人称道的。在歌咏庐山瀑布的诸多诗歌中，徐凝之诗是远高出张九龄、顾况、韦应物等名家的。与徐凝写诗的自信和大气相比，喜调侃、善戏谑的东坡先生之恶评则未免显得有点过于狭隘、尖酸、刻薄与偏激了，后人对此多有不满。如《全唐诗话》引潘若冲《郡阁雅谈》云："凝官至侍郎，多吟绝句，曾吟《庐山瀑布》，脍炙人口。"传王安石读到东坡的评论后，亦认为徐诗无可非议，亦写诗批驳："界破青山无俗气，子瞻何事逞专横？只缘方寸多俗物，信口雌黄贬徐凝。"洪迈《容斋随笔》说："徐凝以'瀑布界破青山'之句，东坡指为恶诗，故不为诗人所称说。……观其余篇，亦自有佳处。"

李白与徐凝的诗作正如春桃、秋菊一样，既各擅胜场，亦各有所长，更各有特色，故不应粗暴而简单地褒此而贬彼尔。庆幸的是此公案终有了公道之论。徐凝的山水题咏诗多形神具备、意境高远，给读者留下深刻而难忘的印象。

平心而论，《庐山瀑布》这首诗写得很具特色。诗首句直接描写庐山瀑布的形状，"虚空落泉"四字极言源头之高，"千仞直"则运用夸张的手法，写出了瀑布直泻而下，高耸陡峭的形象，七个字就把瀑布的整体轮廓给勾勒了出来，气势不凡。

次句则进一步描写瀑布奔腾而下的气势，"雷奔入海"从听觉角度来写瀑布奔涌的巨大声响，"不暂息"则从视觉角度写出瀑布的呼啸而下，不可阻挡的气概，给人一种全方位，多角度的视觉听觉享受，虽然未亲临其境，而瀑布的形象已经如在目前。为下文进一步描写瀑布作了很好的铺垫。

诗的后两句则写得越发精彩，"古今长如白练飞"，运用比喻手法，把瀑布比作白练，形象贴切。把庐山瀑布比作飞练，出自郦道元《水经注·庐水》："悬流飞瀑，近三百许步，下散漫千数步，上望之连天，若曳飞练于霄中矣。"而诗人在这里加以改动，把"飞练"改作"白练"，不仅更加生动，还在字里行间流露出作者对庐山瀑布的喜爱之情，"古今长如"四字则把瀑布的永恒、奔流不息的状态凸显了出来。清人黄叔灿《唐诗笺注》评价这一句说："与太白'疑是银河落九天'句，同一刻画。"此言不差。

末句"一条界破青山色"则把瀑布与庐山当作一个整体来写了，如果庐山整个是个混沌天地的话，那么瀑布则是盘古那开天一斧，这条飘荡的白练把苍翠的青山划出一条明显的界线，如此清晰，如此触目惊心。此诗在当时也反响颇大，问世不久就得到了大诗人白居易的称道，据王定保《唐摭言》卷二《争解元》记载：

> 白乐天典杭州，江东进士多奔杭取解，时张祜自负诗名，以首冠为己任。既而徐凝后至，会郡中有宴，乐天讽二子矛盾，祜曰："仆为解元宜矣。"凝曰："君有何嘉句？"祜曰："《甘露寺诗》有'日月光先到，山河势尽来。'又《金山寺诗》有'树影中流见，钟声两岸闻。'"凝曰："余无野人句云，'千古长如白练飞，一条界破青山色。'"祜愕然不对，于是一座尽倾，凝夺之矣。

可见不仅徐凝本人对此诗颇为得意，时人对此也是很为倾倒的。

然而到了苏轼游庐山后，看到了此诗，就大为不屑，斥其为"恶诗"。苏轼说：

> 世传徐凝《瀑布诗》云：一条界破青山色。甚为尘陋。又伪作乐天诗称美此句，有"赛不得"之语。乐天虽涉浅易，然岂至是哉！乃戏作一绝：帝遣银河一派垂，古来唯有谪仙词。飞流溅沫知多少，不与徐凝洗恶诗。

苏轼"恶诗"的评语对后世的影响很大，至今还有人赞同此说，千百年来，几乎成了对徐凝诗歌的定论。而到了明代的"后七子"之一的王世贞，不仅重复苏轼的"恶诗"说，而且更进一步，连带着贬低白居易。其在《艺苑卮言》里说：

> 白（居易）极重刘（禹锡）"雪里高山头白早，海中仙果子生迟"，"沉舟侧伴千帆过，病树前头万木春"，以为有神助。此不过学究之小有致者。白又时时颂李颀"渭水自清泾自浊，周公大圣接舆狂"，欲模拟之而不可得。徐凝"千古长如白练飞，一条界破青山色"，极是恶境界，白亦喜之，何也？风雅不复论矣，张打油胡钉铰，此老便是作俑。

把白居易、刘禹锡、李颀、徐凝等人批了个遍，可见其态度之偏激。然而早就在宋代，就有人对苏轼的说法做出了解释。著名的如宋人洪迈的《容斋随笔》说："徐凝以'瀑布界破青山'之句，东坡指为恶诗，故不为诗人所称说。予家有《徐凝集》，观其余篇，亦自有佳处。……皆有情致，宜其见知于微之、乐天也。但俗子妄作乐天诗，缪为赏激，以起东坡之诮耳。"

后世文人如明人杨慎、琅瑛，清人瞿祐、胡寿芝等对此诗亦多有议论，或褒或贬，不一而足。甚至直到近代，对于此诗的议论还未平息，或为东坡鼓吹，或替徐凝不平，而不管褒贬，也从一个侧面证明徐凝这首诗至少是有生命力的，因此才会历千年而不衰。笔者比较认同的是牟国相先生的观点，牟先生认为此诗虽非一流作品，也很有特色，不能被他人的言论所左右。而是应该一切从实际出发，客观地看待这首诗。

本诗的前两句描写了庐山瀑布恢宏的气势，自千仞之上飞流直下，体现出了庐山的高耸陡峭，作者夸张其飞落速度之快，像闪电一样奔流入江，没有片刻歇息。"雷奔"二字除了极力渲染瀑布飞流之迅速，也表达了瀑布其雷霆般的轰鸣之声，这种骇人的气势给人以震撼。而后两句更是本诗的点睛之笔，飞流的瀑布如白色的绸缎一样，亘古奔流在那里，而用白练来比喻，一方面诗因为颜色，另一方面也突出了瀑布作为水流的飘逸流动性，而这一比喻与前面的"千仞直"并不冲突，"千仞直"诗形容庐山瀑布的气势宏伟，汹涌澎湃，给人以自天而降，毫无阻滞。而形容其为"白练"给人以立体层次之感，使得瀑布的形象除了笔直之外，还有运动奔流，水流缓急相映，如白练般流动飘逸。郦道元曾在《水经注·庐水》中这样描述庐山瀑布："悬流飞瀑，近三百许步，下散漫千数步，上望之连天，若曳飞练于霄中矣。"

徐凝在这首诗歌中给予了"飞练"以色泽，既有瀑布的倾泻之状，又有了湍急的水花飞白的色泽，可谓虚实相生，使得庐山瀑布雄伟的形象跃然而生。这首诗歌具有一种画意之美，除了将瀑布立体而有层次地描绘出来，还在于色彩的对比描写，"一条界破青山色"，瀑布之白将山色之青一飞为二，用语奇绝，一方面体现出了瀑布通天立地的气势，另一方面又在这种恢宏气势之下给了山色以点缀。即便是对比李白的《望庐山瀑布》（日照香炉生紫烟，遥看瀑布挂前川。飞流直下三千尺，疑是银河落九天。），这首诗也独具特色，自有令人称道的一面，特别是徐凝通过形象思维将瀑布的形象描绘得生动，有"千仞"的长度，"雷奔"的声音，有着"青山色"映衬下的"白练"的色泽，相比起其他名家的山水作品，该诗在景物形象的艺术特色上可谓有过之而无不及的，难怪明人杨基在他的诗歌《舟抵南康望庐山瀑布》中所言："李白雄豪绝妙诗，同与徐凝传不朽。"将这首诗歌与李白的诗歌相提并论，尤见对这首诗作的佩服之情。总的来说，这首诗歌代表了徐凝的山水题咏诗的艺术特色，以明快的语言描述景物，独具慧眼、别具特色，从而使得意象明丽，情景交融。

宋代何梦桂则从另外一个角度去评论此事，认为苏东坡之语并非是认为徐凝诗为"恶"，只是在为庐山"洗恶"。《潜斋集》卷五《徐祥叔诗序》有云：

徐凝《庐山瀑布》非"恶诗"也，坡翁"飞泉溅沫"之句，欲与凝之"洗恶"，盖其泄漏太甚，故为庐山解嘲，非"恶"凝诗也。静山徐祥叔凝之云礽其所为诗，以"恶稿"自命！骚人墨客好自矜大，从古而然，祥叔乃独取众人所共"恶"者以自号，此其志，岂浅浅者所能识？盖将翻庐山之泉，以与古人一洗之，凝在九京，当复起生魄。

25. 嘉兴寒食①

嘉兴郭②里逢寒日，落日家家拜扫回。
唯有县前苏小小③，无人送与纸钱来。

注　释

①嘉兴：今浙江省嘉兴市。寒食：节令名。清明前一天（一说清明前两天）。②郭：外城，古代在城的外围加筑的一道城墙。③苏小小：（479—约502），生平无详考，相传是南齐时钱塘名妓。

析　评

　　诗人在嘉兴时正逢寒日节，黄昏时候见家家祭拜祖先扫墓的人络绎归来。唯有县前苏小小的墓上，没有人来烧纸钱。因苏小小生前孤苦伶仃，身后又无子嗣，她死后至唐代元和时已有 340 多年了。但是，即使高官富翁，300 多年后仍有子孙后代前来扫祖墓的也极为稀少，墓穴能保存 300 多年，除非是大名人。而苏小小墓却仍坐落在嘉兴县前，这是因为苏小小不仅是个世传的绝色美女，更是一个能大胆追求爱情并助人为乐的奇女子。她曾作诗："妾乘油壁车，郎跨青骢马。何处结同心，西陵松柏下。"至今仍脍炙人口。她的爱情故事凄婉动人。南齐时滑州刺史鲍仁为了纪念苏小小，给她建墓筑亭。诗中所述之墓在嘉兴，而在杭州西泠桥畔也有苏小小墓，哪座是真？或是仿建？各有说法。

　　清代诗人袁枚曾戏刻一私印，用唐人"钱塘苏小是乡亲"之句（袁枚是杭州人）。有位尚书路过金陵，向袁枚索要诗集看，见书上盖有这枚章，尚书对袁枚进行了很严厉的训斥。袁枚谦虚致歉，并说是戏刻，但尚书还是斥之不休，于是袁枚严肃地对他说："您认为这印章不伦不类么？从现在看，你身为尚书，地位尊贵，而苏小小卑微低贱，然而恐怕百年之后，人们只知道有苏小小，却不知道有你这个人哪。"在座的人听了都忍俊不禁。人的名声的传播真的不在于官位高低啊。又如韩愈的子孙韩衮，中状元后，人们只知道有普通百姓方干，却不知道有状元韩衮。

　　此诗写嘉兴城内寒食节与苏小小事相关联，苏小小是南朝齐时钱塘（今浙江杭州）名妓，她的坟墓在西陵（又作西泠）桥下，古词云："妾乘油壁车，郎跨青骢马。何处结同心，西陵松柏下。"李贺《苏小小墓》歌，亦谓"西陵下，风吹雨。"沈原理《苏小小歌》："西陵墓下钱塘潮，潮来潮去夕复朝。墓前杨柳不堪折，春风自绾同心结。"郭茂倩《乐府诗集》卷八十五"杂歌谣辞三"《苏小小歌·序》："《乐府广题》曰：'苏小小，钱塘名倡也，盖南齐时人。'西陵，在钱塘江之西，歌云'西陵松柏下'是也。"白居易《和春深》之二十："钱塘苏小小，人道最夭斜。"宋人钱易《南部新书》卷五："白乐天任杭州刺史，携妓还洛后却遣回钱唐，故刘禹锡有诗答曰：'无那钱唐苏小小，忆君泪染石榴裙。'"今西泠桥旁仍有苏小小的坟墓，然刘禹锡《送裴处士》诗云："忆得童年识君处，嘉禾驿后联墙住。垂钩钓得王馀鱼，踏芳共登苏小墓。"张祜《苏小小墓》、徐凝《嘉兴寒食》都说苏小小墓在嘉兴。又晚唐罗隐《苏小小墓》诗："魂兮檇李城，犹未有人耕。"也说苏小墓在嘉兴。陈子兼《窗间纪闻》："嘉兴县西南六十步地，记云：晋歌妓苏小小墓，今有片石在。"祝穆《方舆胜览》卷三《嘉兴府·苏小小墓》："在嘉兴县西南六十步，乃晋之歌姬，今有片石在通判厅，题曰'苏小小墓'。岂非家在钱塘，而墓在嘉兴乎？"明人周婴《卮林》卷二谓"则小小墓又在嘉禾，岂丽媛妖姬两地争以为重乎？"徐凝、刘禹锡、元、白、张祜皆同时人，"嘉兴说"可视为一种文献资料，供人参考。

《嘉兴寒食》："嘉兴郭里逢寒食，落日家家拜扫回。唯有县前苏小小，无人送与纸钱来。"则是苏小小墓在嘉兴的有力证据。苏小小是南齐时钱塘名妓，不仅容貌无双，而且多才多艺，奈何红颜薄命，不幸早夭。虽然昔人已去，历代传颂其事迹的文人骚客却是络绎不绝。大诗人白居易也有"钱塘苏小小，人道最夭斜"（《和春深》其二十）的句子。作为浙江人，徐凝自然对其很是熟悉，加之与徐凝差不多同时的刘禹锡、张祜等均有诗歌证明苏小小墓在嘉兴，而不是前人所说的钱塘，那么苏小小墓在嘉兴的可能性就得到了有力的证明。

26. 忆扬州^①

萧娘^②脸下难胜泪，桃叶^③眉头易得愁。
天下三分明月夜，二分无赖^④是扬州。

注　释

①扬州：今江苏省扬州市。②萧娘：南朝以来诗词中男所恋女子常称萧娘，女所恋男子称萧郎。③桃叶：《古今乐录》载"晋王献之爱妾名桃叶"，这里用以代指所思念的佳人。④无赖：可爱无比，可爱之极的意思。

析　评

徐凝，在光耀千古的唐诗中不仅占有一席之地，还以他杰出的诗才留下了不少辉煌的诗篇，其中"忆扬州"为最著名。以致后来扬州人民为纪念这位对扬州做出不凡贡献的诗人，在扬州建造了"徐凝门""徐凝桥""徐凝街""徐凝门社区"等。

扬州是一座美丽的古城，留有许多名家吟咏的诗句，如李白的《送孟浩然之广陵》："故人西辞黄鹤楼，烟花三月下扬州。孤帆远影碧空净，唯见长江天际流。"杜牧《赠别》："娉娉袅袅十三余，豆蔻梢头二月初。春风十里扬州路，卷上珠帘总不如。"《遣怀》："落魄江湖载酒行，楚腰纤细掌中轻。十年一觉扬州梦，赢得青楼薄幸名。"《寄扬州韩绰判官》："青山隐隐水迢迢，秋尽江南草未凋。二十四桥明月夜，玉人何处教吹箫。"欧阳修《答许发运见寄》："琼花芍药世无伦，偶不题诗便怨人。曾向无双亭下醉，自知不负广陵春。"清伊秉绶《扬州》："扬州绿杨郭，十室九歌舞。舟荡邯郸倡，市列洛阳贾。"徐凝这首《忆扬州》之作，历代诗家评价极高。《容斋随笔》："唐使盐铁转运使在扬州，尽斡利权，判官多至数十人，商贾如织，故谚称：'扬一益二'，谓天下之盛，扬为一而蜀次之。"杜牧之有"春风十里扬州路"之句，徐凝诗云"天下三分明月夜，二分无赖是扬州"，其盛可知矣。《唐诗笺注》："极言扬州之淫侈，令人留恋，语自奇辟。"《唐人万首绝句选评》："月明无赖，自是佳句，与扬州尤切。"

这首"忆扬州"实际上是"忆人"之作，诗人是在回忆自己于扬州时的红颜佳人，皎皎明月夜，因为有了这些"萧娘""桃叶"的陪伴，而变得格外醉人，故而有"二分无赖"的感叹。"无赖"二字，绝不能以今意解，辛弃疾词有曰："最喜小儿无赖，溪头卧剥莲蓬。"无赖小儿和无赖月色，当然都是可爱无比，可爱之极的意思了。自徐凝此诗出，后世读者读此诗，对扬州的向往如醉如痴，致使"二分明月"成为扬州的代称。

诗中，"萧娘"语出《南史·临川靖惠王宏传》，本指梁宗室萧宏。传云："魏人知其不武，遗以巾帼。北军歌曰：'不畏萧娘与吕姥，但畏合肥有韦武。'"戏称萧娘，后世泛指女子。这里指扬州的歌妓。"桃叶"本指王羲之爱妾，这里也指歌妓。两词虽有典故，但用在这里又极其自然。"前两句将桃叶、萧娘对举，属同义替换，借指所思念的女子。从脸下、眉头，写出了那位女子的孤独与愁思。那恼人的月光更使人情绪无所寄托而烦闷。正是抒写诗人在三五月明之夜，对所爱恋女子的深切怀念，以及挥之不去的缱绻之情。"如此丰满的意蕴通过明白如话的"天下三分明月夜，二分无赖是扬州"表现出来，可见诗人用心之巧了。

萧娘和桃叶都是故事中对美人的泛称，徐凝的这首名为《忆扬州》的诗作用这两个词代之自己思念的扬州佳人，意思便是作者思念扬州，思念那时与佳人分别的场景，泪水与愁眉，惹人追忆别情。而后两句尤令后人称道，有悖常理地分割月色，扬州独占两分，"无赖"二字本有无理取闹的意思，在这里也有着"无奈"的含义，但其却说明了扬州那种充满活力的优美夜色，就犹如佳人一样，独占姿色，哪怕是愁容也惹人相思。这种月色因所处环境不同的情景构造，令人联想到了杜甫的《月夜忆舍弟》"露从今夜白，月是故乡明"句，同样是思念某地某景而放大此地此景的月色，虽与常理不合，诗人运用了想象与夸张后得到的生动艺术形象，反倒令人津津乐道。思景念人，交相辉映，诗家之语，可见一斑。

扬州二分明月楼，以唐代著名诗人徐凝句"天下三分明月夜，二分无赖是扬州"而得名的。二分明月楼现位于广陵路263号，始建于清代中叶，原主人姓员，清光绪年间由盐商贾颂平购得。园中有山林一区、长楼7间，楼上悬清代钱咏书题"二分明月楼"匾额。

27. 八月灯夕①寄游越②施秀才③

四天净色④寒如水，八月清辉⑤冷似霜。

想得越人今夜见，孟家珠⑥在镜中央。

～　注　释　～

①灯夕：旧俗于农历正月十五日元宵夜张灯游乐，故称其夕为"灯夕"。八月灯夕，指八月十五夜，张灯游乐。②越：州名。隋大业初改吴州置。治会稽（今绍兴），辖境相当今浦阳江流域、曹娥江流域及余姚市地。③施秀才：施肩吾。④净色：单色，空气纯净。⑤清辉：清光。多指日月的光辉，这里形容月光皎洁。⑥孟家珠：《乐府诗集》中有一组南朝时歌咏爱情的组诗，题名为"孟珠"，后将"孟家珠"用作咏爱情的典故。

～　析　评　～

这是诗人写给游越的施肩吾秀才的。

诗如一枚素淡的香花，虽文句简朴，但韵味浓郁。八月十五灯夕之夜，夜空碧净如洗，八月十五夜的月亮皎洁而又冷峻，射出的清辉似在一切物体上抹上了一层白霜。你我身在两地，你在越地一定要好好欣赏这难得的美好景色。诗人展开浪漫的想象，那月中朦胧的影子，就像孟珠在歌舞。徐凝与施肩吾是同乡，常有诗书往来。诗人似乎独爱月夜，在他的诗稿中有多首是描写月夜的。

施肩吾在游越时，还写有《越溪怀古》："忆昔西施人未求，浣纱曾向此溪头。一朝得侍君王侧，不见玉颜空水流。"诗人来到西施故里诸暨的苎萝山下越溪畔游览。这条清澈的溪水当年曾是西施浣纱的地方，它如一面明镜常常映照出西施那美丽的身影。西施为国家雪耻和复兴，毅然去了吴国，完成她神圣的使命。溪水仍在年复一年汩汩地流淌，但此后再也见不到那美丽的容颜了，使人倍感惆怅与流连。伊人虽逝，但西施那绝色美丽的形象和她的大义之行为永垂青史，苎萝山、浣纱溪也永远刻入人们的心中。

28.八月十五夜

皎皎①秋空八月圆，常娥②端正桂枝鲜③。
一年无似如今夜，十二峰前看不眠。

注 释

①皎皎：形容很白很亮。②常娥：同"嫦娥"，神话中后羿之妻。后羿从西王母处得到不死之药，嫦娥偷吃后，遂奔月宫。故事见于《淮南子·览冥训》与高诱注。③桂枝鲜：传说月亮里有一棵高五百丈的月桂树，汉朝时有个叫吴刚的人，醉心于仙道而不专心学习，被贬到月亮里砍月桂，但月亮中的桂树随砍随合，砍伐不尽，因而后世的人得以见到吴刚在月中无休无止砍伐月桂的形象。④十二峰：应是巫山十二峰。

✑ 析 评 ✑

　　诗人在巫山玩得很开心，他写有《荆巫梦思》一首。他游赏了楚水荆门，巴山蜀水的暮雨景色，八月十五中秋之夜在巫山度过，天上高悬着皎洁的明月，仔细看，嫦娥仿佛端正地坐在宫中，那株被吴刚砍了千百年仍砍不倒的桂花树，仍挺拔地屹立着。一年当中能有几天能像今夜这样浪漫美好，那巫山十二峰在银辉的照映下，显得更神秘可爱。看来今夜诗人不想睡了！

　　此诗描写的八月十五夜是一个晴朗的夜晚，晴朗的八月十五夜里，圆月当空，诗人的预期得到了极大的满足，于是对那晚的月亮丝毫不吝赞美。

29. 题伍员庙①

千载空祠云海头，夫差亡国已千秋。
浙波只有灵涛在，拜奠青山人不休。

✑ 注 释 ✑

①伍员庙：在今浙江省杭州市吴山上。

✑ 析 评 ✑

　　伍员庙，又名伍公庙、忠清庙，在杭州西湖畔吴山，始建于春秋时期。司马迁《史记》称：伍子胥被赐死后，浮尸江上，吴人怜其忠，立祠山上。吴山伍公庙是杭州有记载的最早禅祠之一。伍子胥被视作潮神，因伍子胥忠心耿耿而反遭迫害，抛尸于江中。钱江大潮将杭城围住，民间便有了伍子胥在江中着素车白马来讨公道的传说。杭州知州上奏朝廷，要祭伍公，尊伍公为潮神，经皇帝批准，每年春秋两祭，"水患顿息"。

诗人怀着敬仰与悲痛的心情来到吴山祭拜伍公。伍子胥（？—前484年），名员，字子胥，春秋时楚国人。公元前522年，伍子胥因父伍奢、兄伍尚被楚平王追杀，而避难逃奔吴国，后结识吴公子光，并策划刺死吴王僚，帮助公子光夺得王位，成为吴国重臣。吴王阖庐死后，其子夫差继位，战败越国，越王勾践请和，夫差许之。伍子胥建议应彻底消灭越国，夫差不听，吴国太宰伯嚭受越国贿赂，谗言陷害伍子胥，被吴王赐死。诗人悲叹虽时过千载，但夫差亡国的教训仍深深刻入人们的心中，忠奸不辨，何治江山？浙江潮似在怒吼不平，伍子胥忠灵永在，前来怀念祭奠的人络绎不绝。

此诗构思巧妙，把亡国的罪魁祸首的夫差与为国捐躯献身的伍子胥作鲜明的对比。伍子胥成就了吴王的霸业，却因小人进谗而被吴王夫差赐死。最后吴国灭亡，夫差自杀，夫差杀伍子胥可谓是咎由自取，自毁长城。虽然吴国灭亡已经千载，但人们还是对夫差十分不齿，与之对应的，忠臣伍子胥却光照日月，受到人们的敬仰和崇拜，甚至直到千年后，祭拜他的人仍绵绵不绝。诗人将褒贬之情寓于叙事之中，对比鲜明，立意新颖，发人深思。

诗人不直言善恶忠奸，却在吊古，只是以隐喻对比的手法，表达了自己的情怀，王朝兴废后，有的人被后人唾弃，有的人却万古流芳。这首诗一方面在批判统治者不分是非、歌颂忠义之士的同时，也是对唐王朝当世的统治阶级的讽谏，这与中晚唐时期统治阶级朝纲不正、党羽纷争、信用奸佞、排斥忠贤的社会现实是分不开的，讽时刺世的态度极为明显。

30.员峤先生

员峤①先生无白发，海烟深处采青芝②。
逢人借问陶唐主③，欲进冰蚕④五色丝。

注 释

①员峤：神话中的仙山名。《列子·汤问》："渤海之东不知几亿万里，有大壑焉，其中有五山焉：一曰岱舆，二曰员峤，三曰方壶，四曰瀛洲，五曰蓬莱。"②青芝：灵芝，又称灵芝草，有紫、赤、青、黄、白、黑六种。中国古代认为灵芝具有长生不老、起死回生的功效，视为仙草。③陶唐主：古帝名。即唐尧，帝喾之子，名放勋。初封于陶，后徙于唐。④冰蚕：传说中的一种蚕。《拾遗记》卷十："员峤山……有冰蚕，长七寸，黑色，有角，有鳞。以霜雪覆之，然后作茧，长一尺，其色五色。织为文锦，入水不濡，以之投火，经宿不燎。唐尧之世，海人献之，尧以为黼黻。"《拾遗记》，十卷，十六国时期前秦人王嘉撰。第十卷为记诸大名山，体例有些奇特，想象力丰富，颇有科学幻想成分。故事情节曲折，辞藻赡丽，刘勰在《文心雕龙》中称它"事丰奇伟，辞富膏腴"。

析 评

这里员峤先生应是指人，或是居住在员峤山的一位真人。先生头无白发，他常从海烟深处采取青色的灵芝仙草服食。他逢人就借问古帝唐尧往事，传说员峤山有五色冰蚕，是海人所献，那是比灵芝更好的仙物。诗人进入浪漫主义世界，这是一个精神上的世外桃源。但也不乏给人带来向往与快乐。

员峤本身就是道家传说中的五座海外仙山之一，那么这位员峤先生极有可能是一位道士了，所以徐凝就极言其驻颜有术，而且在海烟深处采青芝，就更加显得仙风道骨，道法高深了。"陶唐"即唐尧，传说中的圣主，道家经常有神仙向明主献仙药或者神物的传说，如西王母就曾向汉武帝献过仙桃。"冰蚕五色丝"，详见注释。那么徐凝借用这个典故，把极为繁复的内容一下子就表达了出来，显得紧凑而干练，而且不露痕迹地把员峤先生的道法高深夸了一遍，是十分恰当而高明的。世俗文人与高僧道士交往时，往往借用佛家或道家的典故，这样既显能委婉地表达自己的赞美之情，又显得对佛道颇有研究，能引起对方的共鸣。通过仙山上的老者在烟雾缭绕的海烟深处采灵芝而询问上古理想帝王的故事，表达了作者对理想君主的渴望。他所寄言之人，正如他自己的诗中所说的那样"至人知姓不知名"。

31. 莫愁曲①

玳瑁床头刺战袍，碧纱窗外叶骚骚。
若为教作辽西梦，月冷如丁风似刀。

注　释

①莫愁曲：是唐时流行音乐。

❧　析　评　❧

　　这是首借乐府旧题另翻新意的诗作。《旧唐书·音乐志》云："《莫愁乐》出于《石城乐》，石城有女子名莫愁，善歌谣。"此诗应是徐凝为旧曲填的新词，以供歌者演唱。

　　莫愁曲，乐府清商曲辞名。《旧唐书·音乐志》曰："《莫愁乐》者，出于石城乐。石城有女子名莫愁，善歌谣，石城乐和中复有忘愁声，因有此歌。"《古今乐录》曰："《莫愁乐》亦云蛮乐，旧舞十六人，梁八人。"《乐府诗集》中《莫愁曲》曰："莫愁在何处，莫愁石城西。艇子打两桨，催送莫愁来。"从《乐府诗集》对《莫愁乐》所作的题解以及所引诗歌来看，莫愁女当与石城有关，张祜翻新此曲曰："侬居石城下，郎到石城游。自郎石城出，长在石城头。"即是如此。徐凝《莫愁曲》则只采取它便于演唱的特点，诗歌讲述的则是一个完全不同的故事：一个思妇在一个风起月冷的夜晚为远方从军的丈夫缝制战袍。诗中没有了莫愁女，也不见了石城，但其演唱效果一样凄苦萧索，缠绵悱恻。诗人通过征妇为夫君缝制寒衣—梦到辽西—醒来继续缝制的过程与细节的叙述。既反映了诗人对征夫、征妇爱国之举的深切同情，又表现了诗人对无休止的战争的厌恶与反对。全诗写得一波三折、情趣盎然，刻画人物举止情态惟妙惟肖、生动传神。

　　《莫愁曲》本是表现男女情爱的题目，徐凝借用乐府旧题，表达了新的意思。"辽西"者，唐代边境之地，借指征夫戍守之所。闺中思妇在为出征的丈夫缝制战袍，窗外风吹叶动，骚骚有声，更显思妇之孤独。即使做梦梦到丈夫所在的辽西，也只有如丁的残月和似刀的狂风，戍守之所的环境之恶劣可见一斑。思妇想到丈夫在戍所吃苦受冻，缝制战袍的动作更快了，只希望能为远方的丈夫带去一点温暖。另唐人金昌绪作有一首著名的《春怨》诗："打起黄莺儿，莫教枝上啼。啼时惊妾梦，不得到辽西。"可与此诗对照阅读。

　　徐凝的闺怨诗都是通过妇女的动作，心理活动，来表现对在外的丈夫的思念，显得情真意切，感人至深。然则徐凝是一须眉男子，怎么写闺怨诗写得如此真切呢？这恐怕不是真的写思妇，自屈原首创"香草美人"的意象，以美人自比，很多代言体诗歌都写得别有深意，那么徐凝的这些诗作恐怕也是有所寄托的。

32. 寄白司马①

三条九陌②花时节，万户千车看牡丹。
争遣③江州白司马，五年风景忆长安。

注　释

①白司马：白居易，于元和十年（815）七月至十三年（818）十二月任江州司马。②三条九陌：泛指帝都的纵横大道。③争遣：怎能请。争，怎么。

析　评

这首诗是徐凝寄给白居易的。其时白居易已离江州，被任命为忠州刺史。（此前诗人与白居易有无谋面有待考证）不过从诗中"五年风景忆长安"可知为元和十四年（819）所寄。二人最迟在此时已有交往。（参《白居易研究》第141页；《南京师范大学学报》1990年第4期）而更密切的交往应始于长庆三年（823年）。

每年阳春三月，长安牡丹花盛开，其时帝都的纵横大道上万户千车，挤满了前来观赏牡丹的人群。这年春天，元、白二人同在长安，一天，元白与几个朋友结伴到城南游春，徐凝亦在其中，归来时骑在马上一边走一边吟诗，兴致很高。

同在这年，白居易因上疏请搜捕刺杀宰相武元衡之贼，以雪国耻，被贬为江州司马。至元和十四年，已有五年时间了。诗人写诗给白居易表示慰问，如今又值长安牡丹花盛开之时，怎能请您到长安来共赏牡丹，共度美好时光呢？

在白居易贬为江州司马的时候，徐凝写了这首《寄白司马》来寄给远在江州的白居易，向其介绍游人看牡丹花的盛况，同时也表达了对白居易的思念之情。

当年徐凝游历长安的时候，一定曾和白居易一起去看过牡丹，所以如今虽然五年过去，物是人非，可是当看到牡丹花开，游人如织的盛况，徐凝还是第一时间想起了远在江州的白居易，两人深厚的感情，于此可见一斑。牡丹花不仅是两人共同的喜好，也是维系两人感情的纽带，就具有了非同寻常的意义。

33.相思林①

游客远游新过岭，每逢芳树②问芳名③。
长林遍是相思树④，争遣⑤愁人独自行。

注　释

①相思林：相思树成片的地方。②芳树：泛指嘉木。③芳名：敬辞，称年轻女子的名字，一般用于年轻女子。④相思树：古代传说，战国时宋康王舍人韩凭之妻何氏美，康王夺之。韩凭自杀。何氏也投台而死，遗书愿合葬。康王怒，使里人分埋之，两冢相望。宿昔之间，有大梓木生于两冢之端，旬日而合抱，根枝交错，又有雌雄鸳鸯栖宿树上，晨夕不去，交颈悲鸣。宋人哀之，因称其木为相思树。见干宝《搜神记》卷十一。⑤争遣："如何使"的意思。

析 评

诗人自称游客。远道而来的游人经过一座山岭，山上佳木很多，盛开着鲜艳的花，他向旁人询问这些芳树的名称，得知林中遍是相思树。使他想起那个古老的传说：战国时宋康王夺舍人韩凭妻，韩凭与何氏殉情后还抱枝相爱的故事。中国历史上这类悲剧实在太多了！诗人望着这些相思树产生怎样的心情呢？使同行的人顿生愁绪。

"长林遍是相思树，争遣愁人独自行。"写达官贵人过着花天酒地、骄奢荒淫的淫乐生活，自则无助、孤单、寂寞与冷落，此构成一鲜明的对比和映衬关系，反映了诗人此时复杂的心情与感受。这与孟郊、贾岛吟寒咏贫的窘困生活处境与风格都是一致的，其间的影响与继承的脉络关系也是不言而喻的。其与众多高僧、道士的唱和诗，多有境界悠远、高古、清迥的脱俗之美。

34.寄海峤①丈人②

万丈只愁沧海浅，一身谁测岁华遥。
自言来此云边住，曾看秦王树石桥。

注 释

①海峤：海边的山岭；峤，尖而高的山。②丈人：古时对老年男子的尊称。

析　评

在徐凝的诗歌中，描写僧人、道士、隐者（其中，僧道之流亦多具隐士风范）的诗歌有 12 首（《送寒岩归士》《送陈司马》《和嵩阳客月夜忆上清人》《员峤先生》《寄海峤丈人》《寄潘先生》《独住僧》《伤画松道芬上人》《柬百丈人》《寄玄阳先生》《回施先辈见寄新诗二首》）约占其总数的八分之一，数量可观。徐凝为何多写这一对象，和大多数诗人笔下的隐士一样，徐凝所描写的隐者突出他们品质高洁、超尘脱俗的一面，而且这种突出往往不是直接的赞美，而是通过环境描写或通过典故或通过其行为间接地表现的。

徐凝所描写僧道隐士大多没有什么名声，有些甚至连姓名亦不可知，如上清人、员峤先生、海峤上人、独住僧等，这与徐凝本人的个性有关。徐凝在大和末年自洛阳辞别白居易（一说韩愈）返回江南后，大概如《唐才子传》所说自此"潜心诗酒"，过起了隐居生活，对于人间荣耀，不再关心。自然与他志趣相投的人相亲近，这也是对彼此生活方式和精神状态的一种认同。

这位海峤丈人，生活在海边，也不知活了多少年岁，他说曾看见秦始皇当年在此建石桥。相传秦始皇作石桥，欲过海观日出处，于时有神人，能驱石下海，城阳一山石尽起立，云石去不速，神人辄鞭之，尽流血，石莫不悉赤。后遂用"秦桥"相传秦始皇东游时驱石所造的石桥。喻造桥有如神助。

"丈人"在古代是对老年人的尊称，如《论语·微子》中的"荷蓧丈人"，而不是现在所指的妻子的父亲；"海峤"的意思是指海边山岭，如唐人张九龄的《送使广州》："家在湘源住，君今海峤行。"根据诗意来看，"海峤丈人"应该是指一位住在海边山上的老年道士。本诗中的海峤丈人可是一位了不起的人物，他嫌万丈沧海太浅，所经历的岁月久不可测，他自称住在白云边上，还亲眼看见秦始皇树石桥。这里用了一个典故，出自晋人伏琛的《三齐略记》：

秦始皇于海中作石桥，海神为之竖柱。始皇求为相见，神云："我形丑，莫图我形，当与帝相见。"乃入海四十里，见海神。左右莫动手，工人潜以脚画其状。神怒曰："帝负约，速去。"始皇转马还。前脚犹立，后脚随崩，仅得登岸。画者溺死于海，众山之石皆倾注，今犹岌岌东趣，疑即是也。

如果真如海峤丈人所言，那么这位老者至少活了一千多岁了，在这里作者显然用了夸张的手法来形容海峤丈人的种种异于常人之处，是不能完全当真的。

唐代思想兼容并包，以儒家思想为主，而兼取百家，除了儒家思想以外，影响最大的就是佛家和道家思想，有很多诗人都与僧人、道士有交往唱和，这些诗篇大要么富含玄理，意味深长，要么光怪陆离，想象奇特。而徐凝这首诗也显得境界悠远，尤其是首两句，采用倒装手法，强调了海峤丈人的不同凡响，虽然是夸张的说法，也显得非常生动，气势不凡。

徐凝的寄送诗中有一部分是写给高僧、道士的，这些超凡脱俗的尘外之人或是作者的真实所指，或是作者的想象，表达了作者渴望超脱人事纷扰的向往。这首诗是寄送给临海居住的一位老人，描述了丈人看破了人事沧桑，在寄送中有一种怀古咏史的情怀寄寓其中，高古脱俗。

35.寄潘先生①

至人②知姓不知名，闻道黄金骨节③轻。
世上仙方④无觅⑤处，欲来西岳⑥事先生。

注　释

①潘先生：一位不知名、姓潘的道士。②至人：古时具有很高的道德修养，超脱世俗，顺应自然而长寿的人。③闻道黄金骨节轻：闻道，听说。黄金，金有三等，黄金为上。骨节，指人的品性气质。④

仙方：迷信中的可使人起死回生、长生不老的药方，或指神仙开的药方。⑤觅：找，寻求。⑥西岳：陕西省华山。

析　评

人生如寄耳。

我国唐代道士多，他们欲寻求长生不老的仙方，大兴炼丹术。然而由于违背科学原理，致使许多人不但不能长生不老，反而过早地结束了生命。唐朝有五位皇帝死于服丹药，他们是唐太宗李世民、唐宪宗李纯、唐穆宗李恒、唐武宗李炎、唐宣宗李忱。世上有许多事，过度追求，适得其反。顺应自然、适度处之，防止两极，才是明智的选择。

此诗表达了诗人对这位"知姓不知名"的潘先生高洁的品性、坚贞的气节、清廉的操守的赞美与仰慕之情。语言质朴浅近，境界悠远高古。潘先生，其实或许并未有其人，都是在朦胧的传说中仿佛存在，实则是作者的想象，而这些诗歌，均有一种游仙诗的味道。诗人很想与这些超凡脱俗的人相处与交谈。

36. 宫中曲①二首

披香②待宴插山花，厌著龙绡③著越纱④。
恃赖倾城人不及，檀妆⑤唯约数条霞。

身轻入宠尽恩私，腰细偏能舞柘枝⑥。
一日新妆⑦抛旧样，六宫争画黑烟眉。

注　释

①宫中曲：唐代教坊乐曲。②披香待宴插山花：披香是汉宫殿名。出处：《三辅黄图·未央宫》："武帝时，后宫八区，有昭阳、飞翔、增城、合欢、兰林、披香、凤凰、鸳鸯等殿。"③龙绡：比喻薄如鲛绡之物。④越纱：越地所产之纱，作布的原材料。⑤檀妆：浅红色的女子装饰。⑥柘枝：柘枝舞的省称。《柘枝舞》原为女子独舞，身着美化的民族服装，足穿锦靴，伴奏以鼓，舞者在鼓声中出场。⑦新妆：《中华古今注》中说杨贵妃作"白妆黑眉"，当时的人将此认作新的化妆方式，称其为"新妆"。引得宫女竞相模仿。

析　评

此诗写唐代教坊乐曲二首。

一群舞女在披香殿中，头上插着鲜艳的山花，准备待宴。她们喜欢穿着越地纱装，步态轻盈，浅红色的裙衫，舞动起来，像天上的行云流霞。

为取得君王的恩宠，个个舞姿优美，身轻如赵飞燕。她们跳的是柘枝舞，在鼓乐声中翩翩翻转，她们抛弃旧的装饰，仿样新妆，当时六宫粉黛，争着学画杨贵妃的白妆黑眉。尽情畅快地献舞。

第一首写的是一位深得皇帝宠幸的宫女应诏赴宴时所表现出来的姿态。这位宫女一方面恃宠而骄，前去赴宴竟然头戴山花，不穿正式的龙绡而穿非正式的越纱；另一方面又自恃美貌，故作慵赖姿态，费尽心机地想吸引皇帝的注意。此诗纯用白描手法，把一位美貌出众而又懂得迎合帝王心理的宫女写得活灵活现。

第二首写的是一位同样备受宠爱的宫女因为自己别出心裁的打扮而引得其他宫女纷纷效仿的场景，表面是截取宫中的一幅日常画面，实际上是刻画了宫廷的骄奢淫逸的生活和受宠宫女们尔虞我诈、争风吃醋的黑暗现实。

056 徐凝 | 诗 | 注评

失宠的凄苦不堪、无人问津，得宠的恃宠而骄、争风吃醋，正是这一反一正的强烈对比，作者没有一点"怒目金刚"式的呼号和指责，而寓褒贬于字里行间，显得含蓄蕴藉，可谓"不着一字，尽得风流"，深得作诗三昧。洪迈在《容斋随笔》说其诗作"多有情致"，可谓至论。

《宫中曲二首》，潘德舆《养一斋诗话》卷五有如下评论："不知凝诗如'恃赖倾城人不及，檀妆唯约数条霞'，'一日新妆抛旧样，六宫争画黑烟眉'，'忆得倡门人送客，深红衫子影门时'，何尝非宫体？何尝非艳诗耶？"

这两首诗歌虽然用韵不同，但是上下却有着紧密的联系，第一首描绘了对宫女的华丽锦绣的装束，以及她那种小心翼翼、诚惶诚恐的心态，都是为了她获得 恩宠，而后又在富丽堂皇中失去恩泽做了极大反差的铺垫。在这种琼楼玉宇的居所下，拥有的只是一时的恩宠，却失去了个人的自由与尊严，华丽的妆扮与其凄凉的命运形成了鲜明的对比。

37. 七夕①

一道鹊桥横渺渺②，千声玉佩③过玲玲。
别离还有经年④客，怅望⑤不如河鼓星⑥。

～ 注 释 ～

①七夕：农历七月初七的夜晚，是中国传统节日中最具浪漫色彩的一个节日。相传，在每年的这个夜晚，是天上织女与牛郎在鹊桥相会之时。②渺渺：一种若有若无的境界。③玉佩：亦作"玉珮"。古人佩挂的玉制装饰品。④经年：经过一年或若干年。⑤怅望：惆怅地望

着。惆怅即伤感；愁闷；失意。⑥河鼓星：星官名。亦称"天鼓"，俗称"牛郎星"。

析 评

诗人为求功名，千里迢迢奔赴京城长安参加京考，为饱览各处名胜古迹，亦为探访谒会诗人好友，常年在外漂游。某年七夕，他在客地旅途，仰望天上星斗，想起牛郎织女鹊桥相会的故事，而独自一人在异地他乡已有经年，不免产生孤寂惆怅之感。自己还不如那天上的牛郎织女，每年还少不了一次相会啊！

牛郎织女的故事在我国尽人皆知，七夕也成为中华民族的传统佳节，传说每到这一天牛郎织女就会鹊桥相见。诗人首两句用对偶手法，写出了鹊桥相见的盛况。鹊桥渺渺，玉声玲玲，正如秦观所谓"金风玉露一相逢，便胜却人间无数"。牛郎织女每年一次的相逢，是人们美好的祝愿。然而对于经年在外的游子，恐怕心中却别有一番滋味。他们仰望星空，思念故乡，心中万分不舍，千种惆怅：牛郎织女虽然远隔一道银河，尚能一年一相逢，而我却连他们都比不上，反而开始羡慕起他们来，一种怅惘之情油然而生。

前人写七夕，大多或写牛郎织女的爱情，感慨他们的不幸遭遇，如我们熟悉的《迢迢牵牛星》；或聚会乞巧，如唐人林杰的《乞巧》："七夕今宵看碧霄，牵牛织女渡河桥。家家乞巧望秋月，穿尽红丝万千条。"后来的北宋词人秦观更是别出心裁，唱出了"两情若是久长时，又岂在朝朝暮暮"的强音。而徐凝却又另辟蹊径，对牛郎织女不是同情，不是祝福，而是羡慕，感觉自己还不如牛郎星。通过这一"自伤"，一"羡慕"，更衬托出游子的孤独，写得很有新意，而又情真意切，是徐凝诗歌中的佳作。

38. 八月九月望夕雨①

八月繁云②连九月，两回三五晦漫漫③。
一年怅望④秋将尽，不得嫦娥⑤正面看。

注　释

①夕雨：夜雨。②繁云：犹层云，云层很厚。③晦漫漫：到处都昏暗不明。④怅望：惆怅地望着。⑤嫦娥：指月亮。

析　评

古人是用农历来计岁月的，八月、九月本应该是天高云淡、秋高气爽之时。可是这一年的秋天，诗人遇到了连连的阴雨天气。天上，隔三岔五地云层很厚，一片灰漫漫的，不是一天两天，而是从八月到九月都是这样，难怪使诗人感到很郁闷和惆怅，难道这个秋天都是这样吗？也没有好好的看见月亮露过脸。天气的好坏，常常能影响到人的心情和情绪。诗人一方面渴望看到中秋圆月，另一方面对错过一年一度的中秋圆月感到遗憾。

39.喜雪

长爱谢家^①能咏雪，今朝见雪亦狂欢。
杨花^②道却偷人句，不那^③杨花似雪何。

注 释

①谢家：晋太傅谢安，尝于雪天与子侄集会论文赋诗。俄而雪骤，安欣然曰："白雪纷纷何所似？"侄儿谢朗曰："撒盐空中差可拟。"侄女谢道韫曰："未若柳絮因风起。"安大笑乐。事见南朝宋刘义庆《世说新语·言语》。后遂以"谢家咏雪"作为咏雪的典故。②杨花：柳絮。③不那：无奈。

析 评

诗人晚年隐居在家乡分水柏山村，一年冬天，大雪纷飞，他想起谢家咏雪的典故，他亦见雪狂歌，他借谢道韫"未若柳絮因风起"句，表达他更爱春天柳絮如雪的景色，那才是真正醉人的时节。暮春四月，杨花纷飞似雪，欲去还留，怎不教人爱而生怜，又因怜生爱呢？四月杨花飞似雪，散落天涯无处寻。春尽絮花留不得，随风好去落谁家？飞雪和柳絮，都是惹人生情之物。

40. 春饮

乌家^①若下蚁还浮^②，白玉尊^③前倒即休。
不是春来偏爱酒，应须得酒遣春愁。

注　释

①乌家：待考。②蚁还浮：酒上浮起来的绿色泡沫，糯酒常有之。《南都赋》："醪敷径寸，浮蚁若萍。"后宫以绿蚁称酒。新酿的酒还未滤清时，酒面浮起酒渣，色微绿（即绿酒），细如蚁（即酒的泡沫），称为"绿蚁"。后世用以代指新出的酒。③白玉尊：用白玉雕制的酒杯。

析　评

徐凝的诗，有些因未写出时间、地点、有关人名，在解读上有困难。此诗题为春饮，时间可以确定为春天。乌家，待解。

时在春天，诗人在饮新近酿制的春酒，酒面上还浮有如蚁似的渣末，酒杯是用白玉雕制的精杯，饮至醺醉了。诗人说不是自己春来偏爱酒，而是把酒解愁。自古以来有许许多多志士仁人、文人雅士，都想把自己的聪明才智贡献社会，功利主义思想也是存在的，但是由于所处社会环境和人事等原因，不少人未能如愿以偿，壮志难酬。于是有的消极避世做了处士、隐士。但埋在灵魂深处的欲望很难消失干净，于是生出怨来，亦不足为怪。

41. 二月望日①

长短一年相似夜，中秋未必胜中春。
不寒不暖看明月，况是从来少睡人。

注　释

①望日：月亮圆的那一天，通常指旧历每月之十五日。

析　评

这是一首素描诗，浅白易懂。时间过得很快，过一年如同过了一个夜，又到了二月中春。中秋是仲秋之中日（三秋正中间之日），中春亦是仲春之中日。中春未必不如中秋，中春也是个不寒不暖的时候，中春之夜明月朗朗，更况自己已多年少睡，人到年岁老了，睡眠的时间自然减少，何不趁这大好月夜，多欣赏一会。白居易诗中也有称自己是少睡人，《江上笛》："江上何人夜吹笛，声声似忆故园春。此时闻者堪头白，况是多愁少睡人。"

42. 读远书

两转三回①读远书②，画檐③愁见燕归初④。
百花时节⑤教人懒，云鬟⑥朝来不欲梳。

注　释

①两转三回：形容多次，屡次。②读远书：读一封从远方寄来的书信。③画檐：是指有画饰的屋檐。④燕归初：燕子去年飞去，今年又回来了。⑤百花时节：指春天百花盛开的时候。⑥云鬟：美女高耸的发鬟。

析　评

这首诗所截取的是一个极其细微且平常的生活画面，一个女子反复阅读一封从远方寄来的书信。诗人首先点题，把女子读信的画面勾勒出来，挑起读者的遐思。两转三回，是说女子对这封从远方寄来的信反复阅读，之所以如此，或者是女子长久不得行人的消息，今猛一得，总不想轻轻放下，或者是书信的内容对女子触动太大，久久不能放下，或是两者兼而有之。不论哪种，都能引起读者读下去的兴味。

次句乃女子所见，在屋檐底下，去年的燕子又归来居住了。燕子尚能在这大好春光之际归巢，人却在远行，联想至此，徒增愁绪哀意。另外，从画檐中也可看出女子即使不是居住在"月桥花院，琐窗朱户"之中，至少也不是很贫穷的人家。

后两句是女子在读过书信，看到眼前之景后的心态。这大好的春光真是让人慵懒，早晨起来连鬓发也不想梳洗打扮了。诗歌行文至此，我们仍然无法知道女子所读的书信的内容，但是女子的心理分明告诉了我们，春日将逝，佳期又误。女为悦己者容，女子的不愿梳妆打扮其实是没有欣赏自己的人的一种表达。虽然我们一眼就看出了女子的心思，但她还在掩饰，不说自己的不愿梳洗打扮是因为行人之不归，却说这百花时节教人慵懒。找个借口罢了。

43. 古树

古树欹斜[1]临古道，枝不生花腹生草。
行人不见树少时，树见行人几番老。

注　释

①欹斜：歪斜。

析　评

这是一首寓意感叹诗。诗人见古道旁有一株歪斜的老态龙钟的古树，历经风雨沧桑，由于年代久远它已经不再开花，它那裂开的皮隙干腹中生出许多草来，这种情况我们如留意观察古树也可能看到。从这棵树旁的古道上来来往往的行人络绎不绝，看见的是当下古树的形态，树已阅人无数，而行人中谁也没有看见过此树年轻时的状况。

“树头花开花落，道上人去人来。朝愁暮愁即老，百年几度三台。”（唐·王建《江南三台四首》之三）一代代的人从少年到老年，既是漫长的，也是短暂的。百年光阴岁月匆匆，古人不见今时月，今月曾经照古人。新陈代谢是宇宙间不可抵抗的自然规律，诗人感叹岁月无情，人生易老，能像古树那样长寿多好啊！

《古树》写得寄托遥深，富于哲理。

行人不曾见过古树年少的时候，而古树却见证了无数行人的逐渐苍老。这很容易让人想起张若虚《春江花月夜》里的名句："江畔何人初见月，江月何年初照人。人生代代无穷已，江月年年只相似。"古树就与这月亮一样有无穷岁月，人却最多不过百岁光阴，人会生老病死，而树却一直在那个路边，发人深省。这是徐凝诗歌里难得一见的哲理诗，却显示出了诗人高超的水准。清人潘德舆评《古树》诗曰："利落有姿致"，可谓知人之言。

在这首诗中，作者通过描绘古树与行人的相互关照之中，抒发了一种时光流逝、历史兴亡之感。饱经沧桑的古树独斜同样沧桑的古道旁，同样古老的两个事物比附在一起，更显沧桑，"枝不生花腹生草"，古树已非曾经的茁壮之时，老态龙钟，古道上的行人不知道古树的沧桑经历，而古树却在时光的流逝中看到太多的行人悠然变老。这首咏物辞，作者用比兴的手法，正所谓托物言志，这里面的古树也给人太多想象的空间，给读者留有余味，行人见树，实属平常，言"树见行人"，拟人手法自然生出，给予了沧桑的古树以智慧，这种巧妙的艺术手法，仿佛是作者将"古树"自比，漂泊半生的徐凝踌躇不得志，知音难求，行人见得未必深思，古树见行人却是以一种了然认识沧桑的目光，但是"白头游子白身归"，这一白头游子又何尝不是这里面"敧临古道"的古树呢，饱经沧桑，垂垂老矣。这首诗言辞浅近，却意味深长，是托物言志的佳作。

44. 独住僧

百补袈裟①一比丘②，数茎长睫③覆青眸④。
多应独住山林惯，唯照寒泉自剃头。

注　释

①袈裟：僧尼们穿的法衣。②比丘：佛教出家五众之一，指年满二十受过足戒的男性僧侣，中国俗称和尚。③睫：眼睫毛。④青眸：清亮的黑眼珠。

析　评

这首诗似一幅清丽的肖像画，短短四句，把一个老僧人的形象栩栩如生地描绘出来。百补袈裟，可见这是个老和尚，身上的袈裟补了又补；他的眉毛、眼睫都很长，长睫下嵌藏着一双炯炯有神的大眼睛，可能眉睫也霜白了。他独自一人长住在山林中守着寺庙，也很习惯了，守着他心中的那座"圣殿"，佛教徒的信仰是很虔诚的。他生活起居简朴，就连理发也自己解决，对着一口寒泉当镜子，在给自己剃头。这种生活虽很清苦，但僧人很逍遥达观。正如白居易《归隐》诗："人生何所欲，所欲唯两端。庸人喜富贵，高士慕神仙。神仙须有籍，富贵亦在天。"

45. 伤画松道芬上人^①（因画钓台江山而逝）

百法^②驱驰百年寿，五劳^③消瘦五株松。

昨来闻道严陵死，画到青山第几重。

注　释

①道芬上人：唐代画僧，会稽（今浙江绍兴市）人。②百法：佛教语。佛教唯识宗说明世间、出世间一切现象的总称。③五劳：久视、久卧、久坐、久立、久行五种过度劳累。

析　评

唐时涌现出许多画僧，人才济济，艺术影响在当时就波及海内外。画僧往往隐于山林，超尘脱俗，但画僧之艺术光辉难以湮没，笔记、野史，雪泥鸿爪，亦蔚成大观。

唐代的著名画僧应首推唐代中期的道芬，他是会稽人，擅长山水、松石，常为江南等寺院创作壁画。诗人顾况有《稽山道芬上人画山水歌》："镜中真僧白道芬，不服朱审李将军。渌汗平铺洞庭水，笔头点出苍梧云。且看八月十五夜，月下看山尽如画。"将道芬与当时的山水大画家李昭道、朱审等相提并论。道芬作画十分投入，以致废寝忘食，后来竟在绘制《钓台江山图》时，因劳累过度而逝。诗人对道芬的去世感到非常痛惜！写下这首饱含血泪的"悼词"。张彦远《历代名画记》、夏文彦《图绘宝鉴》皆载其事。窦庠有《赠道芬上人》："云湿烟封不可窥，画时唯有鬼神知。几回逢著天台客，认得岩西最老枝。"刘商有《酬道芬寄画松》："闻道铅华学沈宁，寒枝淅沥叶青青。一株将比囊中树，若个年多有茯苓。"沈宁是师事张璪的松石画家，其画自与张璪一脉相通。这位山阴名僧画有"精致稠沓"之妙。

46. 观钓台画图①

一水寂寥青霭合②，两崖崔萃白云残③。
画人心到啼猿破，欲作三声④出树难。

注　释

①钓台画图：唐代画僧道芬上人作品。②寂寥：寂静空旷，没有声音。青霭：指云气，因其色紫，故称。③崖：陡立的山边，如悬崖、崖谷。崔萃：高峻貌。④三声：出于《宜都山水记》："行者歌之曰'猿鸣三声泪沾衣。'"（《艺文类聚》卷九五引）

析　评

诗人观赏了"钓台画图"，在艺术上给予了高度评价，但也表达了诗人的独到见解。诗的前两句是写画中景，后两句是诗人发出的感叹：画家挖空心思，终究画不出"三声"连续的猿啼，因为他只能画一声，而凄楚动人的猿三声是画面上表达不出来的，此绘画之弊与限也。但诗是含蓄的，不及画的直观通俗易懂。后代诗画界对徐凝此诗评价很高。

　　这是一首题画诗。其实，要想写好题画诗并不容易，正如钟振振所言"盖写生之具体而微，乃画家所长。若与画家斗其所长，亦以诗句求其形似，是自取其败"，钟先生所举的例证是胡迎建的七律《刘麒子先生来电嘱为国画大师所画蚂蚁题诗，云将悬挂中国美术馆展出，遵命有作》，在钟先生看来"诗人聪明之处，在扬长避短，批亢捣虚，遗貌取神写出画中不能明确告诉观众之蚂蚁之可歌可颂者。蚂蚁之可歌可颂者何在？在微末而不自卑，在团队精神，集体主义"。钟先生所举例证确是题画诗之成功的一种类型，当然，这不是唯一的类型，如果能像苏轼的《惠崇〈春江晚景〉》一样充满理趣，亦是不俗。而徐凝的这首题画诗既非通过"遗貌取神"制胜亦非通过理趣出彩，而是靠其奇特的想象别开生面。前两句，诗人先是简要勾勒画面的主要内容，他把重点放了后两句："画家挖空心思，终画不出'三声'连续的猿啼，因为他'止能画一声'。"徐凝在这里无意间提出了一个关于诗画差异的看法。正如钱锺书所说："徐凝很可以写：'欲作悲声出树难'或'欲作鸣声出树难'，那不过说图画只能绘形而不能'绘声'。他写'三声'，寓意精微，'三'和'一'、'两'呼应，就是莱辛所谓绘画只表达空间里的平列，不表达时间上的后继。所以，'画人'画'一水'加'两崖'的排列易，他画'一'而'两'、'两'而'三'的'三声'继续'难'。"继而钱先生说："一向徐凝只以《庐山瀑布》诗传名，不知道将来中国美学史家是否会带上他一笔。"

47. 荆巫梦思①

楚水白波风袅袅②，荆门暮色雨萧萧③。
相思合眼梦何处，十二峰④高巴字⑤遥。

注　释

①荆巫：荆山与巫山。梦思：梦中的思念。②楚水：泛指古楚地的江河湖泽。袅袅：吹拂、摇曳、飘动貌。③荆门：位于湖北省中部，汉江之滨。萧萧：雨声急骤。④十二峰：巫山十二峰为：登龙峰、圣宗泉峰、朝云峰、神女峰、松峦峰、集仙峰、净坛峰、起云峰、飞凤峰、上升峰、翠屏峰和聚鹤峰。⑤巴字：泛指四川：巴蜀。巴山蜀水。

析　评

闻名中外的长江三峡，巫山就拥有巫峡的全部和瞿塘峡的大部。巫峡以幽深秀丽擅奇天下，峡深谷长迂回曲折，著名的"巫山十二峰"屏列大江南北，尤以神女峰最秀丽。峡中那云雨之多，变化之频，云态之美，雨景之奇，令人叹为观止。唐代诗人元稹传之千古的绝唱"曾经沧海难为水，除却巫山不是云"，就是对长江三峡巫山那万古不衰的神韵和魅力的概括。难怪乎，诗人徐凝到荆门、巫山游览之后，在梦中也难忘那勾人魂魄的美景。

徐凝不仅诗才横溢，其书法也称著于时，笔意自有儒家风范，其行书《黄鹤楼》、《荆巫梦思》两诗之墨宝，为宋代宫廷收藏，载于《宣和书谱》。

诗篇既有对眼前浩渺长江、袅袅微风、萧萧细雨、水光山岚、黄昏暮色的精细描绘，也有对远方层峦叠嶂、烟雾缥缈、绝壁屹立、江流湍急的景色描摹。更有对片帆远行、迁客伤悲、辗转难眠、美梦难成的细腻心理刻画，把对祖国奇山异水的赞美，与迁客孤独伤悲的抒情巧妙地结合在一起，写景清新明朗，抒情含蓄蕴藉，技艺高妙，令人称道。

这里借用楚王和巫山神女的典故，表达了对神女不再的感慨。事见宋玉《高唐赋·序》：

昔者楚襄王与宋玉游于云梦之台，望高之观，其上独有云气，崒兮直上，忽兮改容，须臾之间，变化无穷。王问玉曰："此何气也？"玉对曰："所谓朝云者也。"王曰："何谓朝云？"玉曰："昔者先王（楚怀王）尝游高唐，怠而昼寝，梦见一妇人曰：'妾，巫山之女也。为高唐之客。闻君游高唐，愿荐枕席。'王因幸之。去而辞曰：'妾在巫山之阳，高丘之阻，旦为朝云，暮为行雨。朝朝暮暮，阳台之下。'旦朝视之，如言。故为立庙，号曰朝云。"

　　朝云暮雨的故事由于其传奇性，历来为文人墨客所引用和称道。如前文所引李白《清平调》"云雨巫山枉断肠"句、晚唐杜牧的《润州诗之二》"城高铁瓮横强弩，柳暗朱楼多梦云。"句等。

　　从创新的角度来讲，徐凝的这首诗没有多少新意，都是写"襄王有梦，神女无心"的怅惘之情。但最后两句"相思合眼梦何处，十二峰高巴字遥"则有点钱起"曲终人不见，江上数峰青"的味道，值得注意。

48.浙东故孟尚书①种柳

　　孟家种柳东城去，临水逶迤②思故人。
　　不似当时大司马，重来得见汉南春。

注　释

　　①浙东故孟尚书：孟简。②逶迤：游移徘徊貌，徐行貌。

析　评

　　孔颙《上浙东孟尚书》："有个将军不得名，唯教健卒喝书生。尚书近日清如镜，天子官街不许行。"孔颙，鲁（今山东兖州一带）人。唐宪宗元和间，在越州长街柳阴吟咏，为都虞候薛陟诬而入狱。浙东观察使孟简按囚时，乃献诗陈情。孟简览诗即释其狱，待为宾客。事迹见《云溪友议》卷下《杂嘲戏》。《全唐诗》存诗一首。

孟简自幼聪明，贞元七年（791）前后，考中进士。贞元九年，担任浙东观察使皇甫政的助手。贞元十三年，随皇甫政入朝任职，累官至仓部员外郎（掌全国军储，出纳租税、禄粮、仓廪之事）。二十一年，转吏部员外郎（管考功考绩，主持考试）。元和二年（807）迁司封郎中（掌国之封爵，从五品）。四年，拜谏议大夫、知匦（朝廷接受臣民投书的匣子）事。后来因为论事时与皇上意见不合，下放到常州任刺史。孟简因治常有功，唐宪宗李纯赏赐金紫衣服以表彰他，调回中央任给事中（负责官员的监察，直接对皇帝负责）。九年（814）九月，拜浙东观察使（军政首长）。十二年（817）八月，调回中央任入户部侍郎。长庆元年（821）四月，量移睦州刺史。二年（822），复为常州刺史。旋入为太子宾客、分司东都。这年十二月因病去世。

诗人到浙东游，见当年尚书孟简住的地方，沿河杨柳依依，东城风光秀丽。回想起孟尚书在此的政迹和故事，孟简不但治常有功，还担任过睦州刺史。斯人虽故，但勤政、廉政的官员，自然会得到后人的景仰。

49. 长洲①览古②

吴王上国③长洲奢④，翠黛⑤寒江一道斜。
伤见摧残旧宫树⑥，美人曾插九枝花⑦。

注　释

①长洲：古苑名。在今江苏省苏州西南，太湖北。春秋时为吴王阖闾游猎之处。在今江苏苏州市。②览古：游览古迹。③上国：春秋时齐晋等中原诸侯之国称为"上国"，对吴楚诸国而言。④奢：过分享受。亦有美好、出色的含义。⑤翠黛：古时女子用螺黛画眉，古称美人之眉为"翠黛"。⑥宫树：帝王宫苑中的树木。⑦九枝花：古代妇女的一种头饰。

析　评

诗人在长洲游览古迹。长洲苑又名吴王苑、吴苑、茂苑，春秋时期吴王阖闾所建，为先秦时期吴国第一胜景。长洲苑在今望亭镇境内，占地40平方公里左右，其中心在月城（古称越干王城）一带。长洲苑以江水洲为苑，有朝夕池及潮汐奇观，为吴王圈养禽兽、种植林木、游猎的场所。故有"修治上林，杂以离宫，积聚玩好，圈守禽兽，不如长洲之苑，游曲台，临上路，不如朝夕之池"之说。长洲苑于晋代为战争所毁，历代文人墨客多有题词和怀古诗篇。长洲苑古迹已废，至今尚存鸬鹚墩、麋城桥、白鹤溪、观鸡桥、莲陂、朱（猪）宅港、仕莫泾、杨柳墩、花泾角、桑白桥、梅园里等几十处古地名。

此处古迹多，风景美，建筑奢靡。夕阳映潮汐，胜美女黛眉，那些旧宫树已为兵燹所毁，诗人甚感惋惜。当年多少妆饰华丽的美人在此欢歌醉舞，如今一片荒凉，倍感惆怅留恋。

这首诗描写了吴王夫差曾经奢侈的生活，贪恋女色，朝政荒废，以至于最后亡国，徐凝对未亡国时的吴国的描写时通过吴王迷恋的美人的眉黛来象征的，那时候美色成群，而亡国之后，则是通过作者看到了旧国宫殿的古树，已是凋零，眼见断垣残壁，作者不禁怀想当年夫差的奢华生活，美人相伴，如今长洲曾经的一切零落殆尽，令人扼腕叹息。这种时古时今，交相对比，在对比中映衬出亡国亡家的凄凉之感。意在告诫唐朝帝王要以史为鉴，从中吸取教训，以免重蹈覆辙。

50. 却归旧山望月有寄

年年明月总相似，大抵人情自不同。
今夜故山依旧见，班家扇样碧峰东。

析　评

诗人其时已回故乡分水县柏山村。他常饮酒赋诗，不亦乐乎。柏山村口有一座山叫乌龙岭，山不甚高，但突兀村口，徐凝曾在向南临江的半山腰建了一座"赋诗阁"，闲时登阁眺望，东、南、西三面景色尽收眼底，江面上白帆点点，对岸龙潭村山前田地葱绿，山上白云飘悠，屋顶炊烟绕缭，一幅清丽山居图。方干就是在赋诗阁拜师学诗的。

明月朗朗之夜，诗人登山望月。年年岁岁月相似，岁岁年年人不同，每年都有新生命来到这个世上，也有年老的渐渐逝去。今夜依旧见故山明月，他想起昔汉成帝班婕妤失宠的故事，失宠后供养于长信宫，乃作赋自伤，有《怨诗》一首："新裂齐纨素，鲜洁如霜雪。裁为合欢扇，团团似明月。出入君怀袖，初摇微风发。常恐秋节至，凉风夺炎热。弃捐箧笥中，恩情中道绝。"顿生愁绪。但今夜硕大的明月，还是迷人地悬挂在村东那高高的柏圣峰上。

51. 再归松溪旧居宿西林^①

五粒松^②深溪水清，众山摇落^③月偏明。

西林静夜重来宿，暗记人家犬吠声^④。

注　释

①松溪：原睦州分水县罗山松村，今浙江桐庐县分水百江松村。旧居：故居。②五粒松：吴梦窗有水龙吟，赋张斗墅家古松五粒词。向不知五粒为何，后阅段柯古酉阳杂俎及周公瑾癸辛杂志，乃知五粒松即五鬣。《名山记》云，松有二鬣、三鬣、五鬣，高丽所产松，亦每穗五鬣。粒、鬣声近，故称者异。李贺有《五粒小松歌》，岑参诗"五粒松花酒"，陆龟蒙诗"霜外空闻五粒风"，徐凝诗"五粒松深溪水清"，林宽诗《陪郑诚郎中假日省中寓直》"庭高五粒松"，皆可证也。③摇落：凋残、零落。④暗记：美好的回忆。犬吠：狗叫。

析　评

松溪，即在今分水百江罗山村。那里曾是诗人的故居，后来徙居分水柏山村。松溪虽是深山冷坞，但自然环境幽美，群山环抱，古木阴森，清澈的溪水从大山深处来，潺潺地从村前流过，终年不息。山中鸟声悦耳，屋前绿荫如洗，几十户人家散落在山前溪畔。这年秋天诗人回松溪故居，山上的树叶开始飘零了，山村的月夜是迷人的，此起彼伏的犬吠声打破了夜的寂静。清溪、明月、流水声、犬吠声，这幅清丽的画图给诗人留下了美好的回忆。

另据《光绪分水县志·营建》载："徐偃王庙，在县西四十五里，唐徐凝建。按宋袁甫灵山庙碑记，绍定中封灵惠慈仁圣济英烈王，王妻姜氏协济夫人。子宝宗，祐顺侯；宝衡，祐德侯；宝明，祐泽侯。庙此未知何据，或徐氏推所自出而祀之欤。"此为松村是徐凝故居地一佐证。

52. 玩花①五首

一树梨花春向暮，雪枝残处怨风来。

明朝渐校无多处，看到黄昏不欲回。

曲尘②溪上素红枝，影在溪流半落时。

时人自惜花肠断，春风却是等闲吹。

朱霞焰焰山枝动，绿野声声杜宇③来。

谁为蜀主身作鸟，自啼还自有花开。

谁家踟蹰④青林里，半见殷花焰焰枝。

忆得倡楼人送客，深红衫子影门时。

花到蔷薇⑤明艳绝，燕支⑥颗破麦风秋⑦。

一番弄色一番退，小妇轻妆大妇愁。

注 释

①玩花：赏花。②曲尘：初春时嫩柳倒映水中而呈鹅黄色的春水。③杜宇：杜鹃鸟的别名。④踟蹰：形容慢慢地走，徘徊不前。⑤蔷薇：蔷薇花，是一种蔓藤爬篱笆的小花，蔷薇花花期5—9月份，次第开放，有半年之久，品种较多，名称亦很复杂。⑥燕支：草名，可作

红色染料。⑦麦风秋：麦谷虽然还未成熟，但小麦的香气依然随着夏日的暖风飘散开来，提前酝酿着丰收的喜悦。

析　评

诗人在这组诗里吟咏了梨花、杜鹃花、蔷薇花等。

古诗中吟咏梨花的佳句有很多："梨花一枝春带雨"、"满地梨花不开门"、"雨打梨花深闭门"、"一树梨花落晚风"等，雪白的梨花，不涂脂抹粉，像一个乡村里的纯洁姑娘，素颜亮相，尽显清纯。梨花开在暮春清明前，其时南方尚未断雪，有时纷纷扬扬的雪花落在梨树枝上，雪压梨花分外娇！但那是极难得的欣赏机遇，春风轻荡，枝上雪花裹着梨花飘落满地，诗人看到黄昏还不肯离开，因到明天说不定就没有这样冰清玉洁的景观了，

古诗中吟咏杜鹃花的名句：李白《宣城见杜鹃花》"蜀国曾闻子规鸟，宣城还见杜鹃花。一叫一回肠一断，三春三月忆三巴。"李群玉《叹灵鹭寺山榴》"水蝶岩蜂俱不知，露红凝艳数千枝。山深春晚无人赏，即是杜鹃催落时。"李绅《新楼诗》句"唯有此花随越鸟，一声啼处满山红。"施肩吾《杜鹃花词》"杜鹃花时夭艳然，所恨帝城人不识。丁咛莫遣春风吹，留与佳人比颜色。"杜鹃花又名映山红，每年暮春时节，山野上、危崖中，那千姿百态火红的杜鹃花尽情绽放，杜鹃鸟高歌之时，正是杜鹃花盛开之际，所以又有杜鹃花的颜色是杜鹃鸟啼血染成之说："杜鹃花与鸟，怨艳两何赊。疑是口中血，滴成枝上花。"（《全唐诗》卷七百五十九成彦雄《杜鹃花》句）"杜鹃花发杜鹃啼，似血如朱一抹齐。应是留春留不住，夜深风露也寒凄。"诗人爱看杜鹃花艳，爱听杜鹃鸟啼（又称布谷、子规）昼夜不止，其声哀切。田家候之，以兴农事。

古诗中亦多见吟咏蔷薇花。杨万里《野蔷薇》："红残绿暗已多时，路上山花也则希。蘠莒余春还子细，燕脂浓抹野蔷薇。"刘克庄《蔷薇花》："浥露含风匝树开，呼童净扫架边苔。湘红染就高张起，蜀锦机成乍剪来。公子但贪桃夹道，贵人自爱药翻阶。宁知野老茅茨下，亦有繁英送一杯。"吴融《蔷薇》："万卉春

风度，繁花夏景长。馆娃人尽醉，西子始新妆。"杜牧《蔷薇花》："朵朵精神叶叶柔，雨晴香拂醉人头。石家锦障依然在，闲倚狂风夜不收。"

蔷薇花开色彩鲜艳，燕支是一种可作为红色染料的草，旧称正妻为大妇，妾为小妇。年轻小妇涂脂抹粉打扮，而大妇年老色衰，愁看其状。诗人对自然界的几种花鸟，感怀吟咏。诗句都寓含着深刻的人生哲理，这与诗人的人生阅历，细腻的观察事物角度都是息息相关的。

53. 长庆春①

山头水色白笼烟，久客新愁长庆年。
身上五劳②仍病酒③，夭桃④窗下背花眠⑤。

注 释

①长庆春：唐穆宗至唐敬宗，即公元821年至824年，某年春天。②五劳：五脏劳损，情志劳伤，这里指全身都是病。③病酒：饮酒沉醉，谓饮酒过量而生病。④夭桃：艳丽的桃花。亦喻少女容艳美丽。出自《诗·周南·桃夭》。⑤背花眠：彻夜难眠的意思。

析 评

诗人到一处山水间游，那山上、水面上到处弥漫着薄雾轻烟，大概是春雨后的岚霭在飘渺。诗人久居在外，时在长庆年间，见此景色倍添新愁。他虽身有疾病，但仍嗜酒不舍。客舍中窗外盛开着桃花，但羁人的愁绪使他难以入眠。

54. 山鹧鸪词①

南越岭头②山鹧鸪，传是当时守贞女③。
化为飞鸟怨何人，犹有啼声带蛮语④。

注　释

①山鹧鸪词：词牌名。②南越岭头：即"南粤"，古地名，今广东广西一带。唐虞三代，为蛮夷之国，是百越之地，亦谓之南越。③守贞女：坚守贞操的妇女。④蛮语：南方少数民族的言语。

析　评

李白曾作《山鹧鸪词》："苦竹岭头秋月辉，苦竹南枝鹧鸪飞。嫁得燕山胡雁婿，欲衔我向雁门归。山鸡翟雉来相劝，南禽多被北禽欺。紫塞严霜如剑戟，苍梧欲巢难背违。我今誓死不能去，哀鸣惊叫泪沾衣。"

此诗大约作于安禄山反叛之前，有人邀请李白入幕僚，李白去幽州以后，发现安禄山准备谋反，毅然回归江南。此诗描写了深秋悲凉、鹧鸪飞翔的情景：前两段用动物寓言的手法，描写鹧鸪"其志怀南不思北"的气势，多有以此自喻之意。后三段描绘一幅借鹧鸪的意志来言辞，坚决拒绝北上。全诗通过鹧鸪"其志怀南不思北"的描述，暗寓功名利禄不可取，逸乐忘忧行不得，表达出历史盛衰、兴亡无常的无奈与忧伤。

徐凝此诗，与李白的诗声同气应，以物喻人，表现诗人坚守志节，宁可抛弃功名利禄，也不屈求富贵，欲回故乡隐居，作个孤云野鹤似的山人。

诗中吸收民间传说的养料，守贞女化鸟的故事是当时民间传说，据民间流传，有位守志不嫁、保持坚贞节操的女子变化为鹧鸪鸟，在徐凝诗中得到及时的反映，诗歌具有丰富的文献价值。

《山鹧鸪》，《乐府诗集》曰："《历代歌辞》曰：'《山鹧鸪》，羽调曲也。'"并引诗曰："玉关征戍久，空闺人独愁。寒露湿青苔，别来蓬鬓秋。""人坐青楼晚，莺语百花时。愁多人自老，肠断君不知。"从所引诗歌来看，此曲倒是适合写思妇闺怨，然徐凝《山鹧鸪词》却是另一种写法："南越岭头山鹧鸪，传是当时守贞女。化为飞鸟怨何人，犹有啼声带蛮语。"诗歌从鹧鸪切题，把民间一个守节女子的精魂化为鹧鸪的传说作为构思诗歌的基础，极力突出了山鹧鸪的哀怨，另有风韵。

鹧鸪是产于我国南方的一种珍禽，由于其叫声类似"行不得也哥哥"，成为文人墨客歌咏的对象。比徐凝稍后的郑谷就因为那首脍炙人口的《鹧鸪》诗，而被人们称作"郑鹧鸪"。其诗曰：

暖戏烟芜锦翼齐，品流应得近山鸡。雨昏青草湖边过，花落黄陵庙里啼。

游子乍闻征袖湿，佳人才唱翠眉低。相呼相应湘江阔，苦竹丛深日向西。

郑谷笔下的鹧鸪让人感伤，而徐凝笔下的鹧鸪则显得比较可爱了。这种鹧鸪出没于南越山岭之上，传说是守贞女的所化，守贞女已经化为飞鸟，还是发出声声哀怨的啼叫，可是由于它生前是南越的人，即使化为鹧鸪，还是改不了一口的"蛮语"。《山鹧鸪》是古曲名，历代写的人很多，比徐凝早的大诗人李白写过，和徐凝差不多同时的李益也有同题诗作，比徐凝晚一点的郑谷也写过，那么怎么写才能独树一帜，不落窠臼呢？徐凝巧妙地抓取鹧鸪的啼声的特点，把它和守贞女化为鹧鸪的传说联系起来，说它的啼声里还带着当时的方言，另辟蹊径，显得生动而又富有感染力。

《山鹧鸪词》通过守贞女化为山鹧鸪的传说，来赞扬守贞女子的坚贞情怀，与此同时还表现出对守贞女的同情，亦是对当时社会对人性压抑的控诉。此诗用语，也可以看出徐凝在以女子为主体描述对象的诗中也寄寓着自己有志不获骋的落寞心情。

55.郑女出参丈人词

凤钗①翠翘②双宛转③，出见丈人④梳洗晚。
挈曳⑤罗绡⑥跪拜时，柳条无力花枝软。

①凤钗：古代妇女的头饰，属钗子的一种。因钗头作凤形，故而得名。②翠翘：古代妇人首饰的一种。状似翠鸟尾上的长羽，故名。③宛转：是指委婉曲折，话语柔和曲折，不直接坦率；也形容声音圆润柔媚，悠扬动听。④丈人：对亲戚长辈的通称。⑤挈曳：牵引，牵制。⑥罗绡：轻软有稀孔的生丝或以生丝织成的薄绸子。此处指女裙。

诗歌描绘了郑地的一位姑娘在出见亲戚长辈时的美好状态。"凤钗翠翘"写她出见长辈前装束之隆重，"梳洗晚"当然是对自己外貌的关注。后两句写郑女跪拜时的妖娆姿态，很明显是取自白居易《长恨歌》之名句"侍儿扶起娇无力"，但诗人并没有直说，而是用了形象的比喻来突出。她用手轻盈地提起罗裙，娇弱无力的样子，如风吹柳条，花姿摇软，形容得入木三分。正如越剧《红楼梦》中的唱词："天上掉下个林妹妹，似一朵轻云刚出岫。只道她腹内草莽人轻浮，却原来骨骼清奇非俗流。娴静犹如花照水，行动好比风扶柳。眉梢眼角藏秀气，声音笑貌露温柔。眼前分明外来客，心底却似旧时友。"这首艳诗写得形象生动，韵味十足。

其次，徐凝诗歌构思的巧妙还体现在其不同凡响的想象。面对一个普通的对象，徐凝常常能生发奇妙的联想，这种联想既与对象有关，又能超越对象的现实层面。如果说现实之对象是"实"，那么这种超越就可看作是"虚"。而"艺术性强的古诗，往往能将'实''虚'较好结合起来，做到有'实'有'虚'，以'实'为出发点，以'虚'为落脚点，构建出意蕴丰富的意象。"此诗描写得生动传神。

56. 春雨

花时闷见连绵雨，云入人家水毁堤。
昨日春风源上路，可怜红锦枉抛泥。

析　评

这是一首感时诗。江南的春天春雨绵绵，由于久下不息，使人生厌。并且下雨的时候往往是百花正开的时节，诗人感到很郁闷，有时大雨还冲舍毁堤，造成灾害。诗人行在路上，春风裹着春雨，冷飕飕的，看着那些被风雨打落的红锦，顿生怜惜之情，若好的青春花朵，还没有让人们欣赏到它们的美丽，就被枉抛在泥土之中。

此诗选取生活中的一个场景，诗人用简洁生动的字句把它的意境充分表达出来，而使读者进入那个生活状态，这除了有高度凝练的造像才能，还须在用字遣句上有独到功夫。

57. 和白使君木兰花①

枝枝转势雕弓②动，片片摇光玉剑③斜。
见说木兰④征戍女，不知那作酒边花。

注　释

①和白使君木兰花：这是一首诗人与白居易的和诗。白居易《戏题木兰花》原诗："紫房日照胭脂折，素艳风吹腻粉开。怪得独饶脂粉态，木兰曾作女郎来。"②雕弓：刻绘花纹的弓；精美的弓。③玉剑：玉制的剑。④木兰：花木兰（412—502）是北魏宋州（今河南商丘虞城县）人。中国古代巾帼英雄，忠孝节义，代父从军击败入侵民族而流传千古，事迹流传至今，唐代皇帝追封为"孝烈将军"。

析　评

《和白使君木兰花》，这首诗的原唱是白居易的《戏题木兰花》："紫房日照胭脂拆，素艳风吹腻粉开。怪得独饶脂粉态，木兰曾作女郎来。"（《全唐诗》卷四四三）白诗先写木兰花花瓣和花粉的颜色以及其在日光下开放的形态，在表现木兰花深具"脂粉态"这一特征上做足了文章，这些铺垫之后，给出了一种看似无理却联想奇妙的解释——木兰本是女子嘛！徐诗则从木兰从军的经历着手，把木兰花枝和花瓣比作战场上的刀剑，从而生出疑问：既然木兰是这样一位勇猛的女子，木兰开出的花怎却如此柔媚，只宜作侑酒之用（呼应白诗中的"脂粉态"）呢？意趣横生。

细细读来，这种联想又丝毫不显得突兀，一方面由木兰花联想木兰其人，极自然，另一方面，前两句中的"雕弓"和"玉剑"两个比喻其实早已埋下伏笔，这分明是战场上的武器嘛，而木兰正是一位战场上的巾帼英雄。所以，此诗既突出了木兰花的特点，同时突出的方式又不是直接的说明，而是通过它与木兰其人的联系间接描写，显得意趣横生。

此诗构思颇为巧妙，歌咏木兰树与木兰花，转而歌咏历史上那个曾以国家安危为己任，毅然代父从军出征杀敌的女英雄花木兰，两者前后照应，联系紧密，尤其是上句对木兰枝枝似"雕弓""转"动之架"势"，和叶片更如"摇光""玉剑"的形象，既凸现了弓剑娴熟、武艺高强之花木兰的英武形象。又反映出花木兰赛如木兰花的容颜之娇艳美貌。既比拟象征、寄托遥深，情景相融、更技艺高超，令人叫绝。

这首诗歌想象新颖，木兰花与花木兰，名称相似，实则并无直接联系，但是诗人却以木兰树的枝、叶，一一对应了替父从军的女扮男装的花木兰的"雕弓"、"玉剑"，最后落脚在"花"，代指花木兰本为女儿之身，虽女儿之身，却有着男儿般的勇气与武艺，出征杀敌，正所谓巾帼不让须眉。徐凝的这首咏物诗，一方面是在赞美木兰花，木兰树虽开娇柔的花，却有着如冲锋陷阵的武器一般坚挺的枝与叶；另一方面也是在赞美人，赞美曾经替父从军，以国家安危为己任的女英雄花木兰，木兰花刚中有柔，花木兰柔中有刚，二者相互映衬，可谓形神兼备，是咏物诗的佳作。徐凝的这首诗语言上不施粉黛，意蕴上更加深远。

58.正月十五夜呈幕中诸公①

宵游②二万七千人，独坐重城③圈一身。
步月游山俱不得，可怜辜负白头春④。

注　释

①呈：恭敬地送上去。歉词。幕中：幕府中。诸公指幕僚。②宵游：元宵节观灯夜游。③重城：古代城市在外城中又建内城，故称。亦指城墙。④辜负：亏负，使别人对自己的希望落空。白头春：年近岁暮。

析　评

徐凝与元稹交谊颇深，吴企明撰《唐才子传校笺·徐凝》认为："徐凝与元稹交游乃在长庆四年（824），元稹出任浙东观察使时。"徐凝所作与元稹交往之诗今仅存四首：《酬相公再游云门寺》、《春陪相公看花宴会二首》、《奉酬元相公上元》。分别见于《全唐诗》中华书局繁体竖排本第14册，第5376、5382、5385页。前两题三首为大和三年（830）前在越州酬和元稹之作；后一首，卞孝萱《元稹年谱》认为最早作于长庆四年上元，朱金城《白居易研究》认为作于大和四年（831）赴鄂渚谒见元稹时，当时元稹任检校户部尚书，兼鄂州刺史、御史大夫、武昌军节度使。其原唱，据周相录《一首署名徐凝的元稹诗作》考辨，就是全唐诗中署名徐凝的《正月十五夜呈幕中诸公》，"因徐凝集收录了元稹原唱而日久作者被刊落之故"。（相关引述参见本书前言。）故这首诗，应是元稹的作品。

周相录文中认为：署名徐凝的诗作《正月十五夜呈幕中诸公》一诗其实为元稹所作。主要列举了四个理由：首先，同书有《奉酬元相公上元》："出拥楼船千万人，入为台辅九霄身。如何更羡看灯夜，曾见宫花拂面春。"二诗内容紧密相关，前唱后和，主客分明，不可能为同一人所作。当是前诗为元稹先作，后诗为徐凝和作。其次，二诗押韵相同，当为一唱一和之作，绝非一人所为。再次，徐凝得元白礼遇，唱和颇多，而徐凝布衣终生，该诗与其身份不合。最后、唱诗与和诗作为组诗，相互依存，后人编辑唱和诗时往往一并录入，导致混淆。

笔者看来，周文有理有据，当可成立。那么这首《正月十五夜呈幕中诸公》，其版权当属于元稹了。两诗相较，无论从诗意、韵脚还是身份特征等角度来看，周相录的说法均可令人信服，此诗归属元稹名下，殆无疑矣。

59. 乐府①新诗

一声庐女十三弦②，早嫁城西好少年。
不羡越溪歌者苦，采莲归去绿窗眠。

注 释

①乐府：古代音乐官署。"乐府"一名始于秦，秦及西汉惠帝时均设有"乐府令"。兼采民间诗歌和乐曲。又：诗体名。本指乐府官署所采集、创作的乐歌，也用以称魏晋至唐代可以入乐的诗歌和后人仿效乐府古题的作品。②庐女：乐曲名。十三弦：即指筝，因筝有十三弦而名之。

析 评

"采莲"题材起源于汉乐府《江南》。到了南朝，"采莲"就已经演变为由"窈窕佳人"演唱的暗示或直接表达男女情爱的歌舞曲。而后，"采莲"舞曲流行于宫廷及其他娱乐场所。唐诗中的"采莲"描写，大多数都是骚人墨客在欣赏妙龄少女歌舞时的创作。"采莲"舞曲的表演者大多是歌妓。借用"采莲"题材所要表达的大都是男女情爱。

唐时"采莲"歌舞也有超越狭窄艳情，泛指男女情爱的。作者这首诗，以

"采莲归去"写爱情的圆满。

所谓新乐府，是相对于旧乐府而言的，指的是一种用新题写时事的乐府诗。宋人郭茂倩在《乐府诗集》中指出："新乐府者，皆唐世之新歌也。以其辞实乐府，而未尝被于声，故曰新乐府也。"可见新乐府的大体标准是用新题、写时事、不求入乐。徐凝的这首《乐府新诗》用的是卢家莫愁的典故，却赋予它新的意义。看似写古人事迹，却是为现实而作的。也许这里还看不出来本诗内含的深意，比徐凝稍晚的大诗人李商隐作了一首《马嵬（其二）》：

> 海外徒闻更九州，他生未卜此生休。空闻虎旅传宵柝，无复鸡人报晓筹。
>
> 此日六军同驻马，当时七夕笑牵牛。如何四纪为天子，不及卢家有莫愁。

我们可以看出李商隐是用卢家莫愁的故事来影射李杨的爱情悲剧，谴责了唐玄宗对杨贵妃的无情背弃。而徐凝这首诗也是如此，用春秋笔法，表现了对杨贵妃的同情，和对唐玄宗的谴责。李杨的爱情悲剧，在当时可谓"时事"了，徐凝的师友白居易就有著名的《长恨歌》长诗，由于当时所处的时代背景和"为尊者讳"的传统，表现此类话题是需要曲折委婉一些的，而徐凝正是巧妙地引用卢家莫愁的典故，借用新乐府诗的形式，表达了自己的观点，可谓深得新乐府诗的个中三昧，难怪白居易对其如此赏识了。

这一首清新流畅的乐府诗歌颂了平常女子的美好生活，仿佛幸福是那么的容易得到，寻常女子的美好婚姻显得特别轻松自然。

60.春陪①相公②看花宴会③二首

丞相邀欢④事事同，玉箫金管⑤咽东风。
百分⑥春酒⑦莫辞醉⑧，明日的⑨无今日红。

木兰花⑩谢可怜条，远道音书转寂寥。
春去一年春又尽，几回空上望江桥。

注　释

①陪：跟随在一起，在旁边做伴，陪同。②相公：指元稹，曾为相。③看花宴会：因习俗或社交礼仪需要而举行的宴饮聚会。④邀欢：寻求欢乐。⑤金箫玉管：泛指雕饰华美的管乐器。⑥百分：犹满杯。⑦春酒：冬酿春熟之酒；亦称春酿秋冬始熟之酒。⑧莫辞醉：不要怕醉。⑨的：确实、的确的意思。⑩木兰花：木兰花树高可达5米，花朵开放时傲立枝头，纯白圣洁，因为木兰花是先开花，花谢后才长叶，所以木兰花开时满树洁白，毫无杂色，让人陡生敬仰之感。木兰花花语是高尚的灵魂。

析　评

《春陪相公看花宴会二首》这首诗是作者在赏花宴会上劝酒时所作，这里作者也有感叹时光匆匆之意，"明日的无今日红"同李白"君不见黄河之水天上来，奔流到海不复回。"所要表达之意是一样的，但却呈现出两种截然不同的气势。

　　大概其时诗人在外，家书音讯越来越少，心中很感寂寥，又一年要过去了，几回登桥远望空手而归。今日陪相公看花宴会，甚是欢欣，但心中那寂忧还是难以排遣。

61. 牡丹

何人不爱牡丹花，占断城中好物华^①。
疑是洛川神女^②作，千娇万态^③破朝霞。

注　释

　　①占断：全部占有，占尽。物华：物的光华、精华。②洛川神女：指的是三国时曹丕的夫人甄氏。曹植爱慕甄氏，曾写过脍炙人口的《洛神赋》："其形也，翩若惊鸿，宛若游龙，荣曜秋菊，华茂春松。仿佛兮若轻云之蔽月，飘飘兮若流风之回雪。"③千娇万态：娇，妩媚可爱。形容女性容貌极其美好。

析　评

　　诗人对牡丹花情有独钟，曾多次写诗赞颂牡丹，其《题开元寺牡丹》更是世人皆知。每年牡丹花开时，洛阳城里倾城喧闹不息，她的国色天香似乎风流独占，压倒了一切花。诗人赞赏牡丹是"神女"的创作，千娇万态，美艳无比，人们习惯把她尊为"富贵花"。然而，人无完人，物无完物。也有诗人指责牡丹的，《随园诗话》四十四载：元人《贬牡丹诗》云："枣花似小能成实，桑叶虽粗解作丝。唯有牡丹如斗大，不成一事又空枝。"白居易《叹鲁二首》中有"荔枝非名花，牡丹无甘实"句，耐人寻思。

其首句采用设问的手法，诗人毫不掩饰对牡丹的喜爱，作者还认为有了牡丹花，其他的风景都已经不足道了，所以说"占断城中好物华"。后两句则是描写牡丹花的姿态。诗人怀疑牡丹花是洛水神女所作，它的千姿万态比朝霞还要美丽。洛水神女传说是伏羲的小女儿，溺死于洛水，化为主管洛水的女神。曹植在其名作《洛神赋》里用了大量的篇幅来描写洛神的姿态，令人神往，可见洛神是美丽的象征，而牡丹是洛神的作品，其美丽就不言而喻了。本诗作者没有正面描写牡丹花的具体姿态，而是通过一"问"，一"疑"，牡丹花的美丽就跃然纸上，如在眼前了。

62.过马当①

风波隐隐②石苍苍，送客灵鸦拂去樯③。
三月尽头云叶秀，小姑新著好衣裳。

注 释

①马当：是长江最重要的要塞之一，地处江西彭泽县境内。②隐隐：指隐约，不分明。③樯：帆船上挂风帆的桅杆，引申为帆船或帆。

析 评

这是一首诗，亦是一幅画。诗人到江西彭泽湖旅行后返程回归时，经过马当，马当是长江要塞之一。

　　诗人坐在船上，又站起来到船头眺望，春风吹拂，江波粼粼，古石苍苍，远处景色迷蒙。灵鸦在空中盘旋，停落在桅杆上，旋又飞去，仿佛在送别诗人。时已暮春三月，两岸树木花草一派生机，更有那身穿鲜丽服装的少女。江景、春色、少女，秀丽的画面催发了诗人的雅兴，即兴成诗。

　　"小姑"指江西彭泽县北长江中的小姑山。这首诗用了几个精选的镜头把眼前之景自然呈现出来，而这种不加修饰的朴素又使得这幅山水画面散发出天然的清新气息。旅途如此，倒完全是一种享受了。

63. 金谷①览古

金谷园中数尺土，问人知是绿珠②台。
绿珠歌舞天下绝，唯与石家③生祸胎。

注　释

　　①金谷：金谷园，是西晋石崇的别墅，遗址在今洛阳老城东北七里处的金谷洞内。②绿珠：石崇的宠妾。③石家：石崇（249—300），西晋文学家，字季伦，生于青州，小名齐奴。元康初年，出任南中郎将、荆州刺史。公元300年，淮南王司马允政变失败，因旧与赵王司马伦心腹有隙，被诬为司马允同党，与潘岳、欧阳建一同被族诛，并没收其家产。

析　评

传说绿珠原姓梁，生在白州境内的双角山下（今广西博白县绿珠镇），绝艳的姿容世所罕见。石崇为交趾采访使，以珍珠十斛得到了绿珠。绿珠善吹笛，又善舞，还能制歌词，才情不凡。绿珠妩媚动人，又善解人意，恍若天仙下凡，尤以曲意承欢，因而石崇在众多姬妾中，对绿珠特别宠爱。

石崇在河南洛阳建别墅，名"金谷园"，园内建百丈高的崇绮楼，可"极目南天"，以慰绿珠的思乡之愁，装饰穷奢极丽。石崇和当时的名士左思、潘岳等二十四人曾结成诗社。号称"金谷二十四友"。每次宴客时必命绿珠出来歌舞侑酒，见者都忘魂失魄，绿珠之美名闻于天下。

石崇在朝廷里投靠的是贾谧，他为逢迎贾谧无所不用其极，甚至贾谧出门，他站在路边，望车尘而拜，深为时人不齿。后来贾谧被诛，石崇因为与贾谧同党被免官。当时赵王司马伦专权，石崇的外甥欧阳建与司马伦有仇。依附于赵王伦的孙秀暗慕绿珠，过去因石崇有权有势，他不敢有非分之举。现在石崇一被免职，他便明目张胆地派人向石崇索取绿珠。那时石崇正在金谷园登凉台、临清水，与群妾欢宴，吹弹歌舞，极尽人间之乐，忽见孙秀差人来要索取美人，石崇将其婢妾数十人叫出来让使者挑选，这些婢妾都散发着兰麝的香气，穿着绚丽的锦绣，石崇说："随便选。"使者说："这些婢妾个个是绝艳无双，但小人受命索取绿珠，不知道哪一个是？"石崇勃然大怒："绿珠是我所爱，那是做不到的。"使者说："君侯博古通今，还请三思。"其实是暗示石崇今非昔比，应审时度势。石崇坚持不给。孙秀大怒，唆使赵王伦诛石崇。石崇对绿珠叹息说："我现在因为你而获罪。"绿珠流泪说："愿效死于君前。"绿珠突然堕楼而死，救之不及。石崇被乱兵杀于东市。临死前他说："这些人，还不是为了贪我的钱财！"押他的人说："你既知道人为财死，为什么不早些将家财散了，做点好事？"

这是一首怀古咏史诗。诗人曾到河南洛阳金谷园中游览，见园中废墟，问人才知道原是西晋时绿珠台遗址，颇生感慨。"粪土当年万户侯！"西晋时石崇宠姜绿珠的歌舞和美色堪称天下绝伦，可是正是这美色成为祸胎，致石崇于死地。石崇是我国历史上有名的贪官和富豪。正如《朱柏庐先生治家格言》所云：
"三姑六婆，实淫盗之媒。婢美妾娇，非闺房之福。奴仆勿用俊美，妻妾切忌艳
妆。"这是一首含意深刻的诗。

　　《晋书·石苞传》记载："（石）崇有别馆在河阳之金谷，一名梓泽，送者倾
都，帐饮于此焉。"金谷里亭台轩榭，一应俱全，风景如画，是达官贵人游宴之
所，也是文人墨客的聚集之地。而到了徐凝前往的时候，已经荒废不堪了，只
能看到"数尺土"了，已成"梓泽丘墟"了。作者一打听，才知道那"数尺土"大
有来历，竟然是为美人绿珠所造的绿珠台的遗迹。世事无常，怎能不令诗人万
分感慨。究其原因，却是因为绿珠才生了祸端，以致石崇身死，绿珠坠楼，金
谷荒废。因为根据相关记载，当时权臣孙秀垂涎绿珠已久，等到石崇免官，孙
秀派人前来索要绿珠，石崇不从，乃招来杀身之祸，而绿珠为了报答石崇的深
恩，毅然坠楼自杀，以保清白。

　　徐凝在本诗中借用了石崇和绿珠的典故，分析了导致石崇身死的原因，这
未尝不是对唐玄宗宠幸杨玉环而导致"安史之乱"的委婉批评。比徐凝稍晚的晚
唐诗人杜牧也作有一首《金谷园》诗，可以与之对比阅读。其诗曰："繁华事散
逐香尘，流水无情草自春。日暮东风怨啼鸟，落花犹似坠楼人。"杜诗也是用了
石崇和绿珠的典故，也是从金谷园着手，但是杜诗更多的是对人事全非的慨叹，
而徐凝更多的是对石崇迷恋女色，放纵奢华导致身死的批判。

64. 上阳①红叶

洛下三分红叶秋，二分翻作上阳愁。
千声万片御沟上，一片出宫何处流。

注　释

①上阳：指唐代东都洛阳的皇帝行宫上阳宫。高宗上元年间所建，在禁苑之东，南临洛水。

析　评

这是一首咏史诗。唐玄宗曾聚四万女子于后宫，而天宝五年以后，杨贵妃得宠，后宫女子皆被搁置一旁。在杨贵妃的授意下，后宫凡姿色稍丽者，都被迁移到远离玄宗日常生活的地方，连皇帝一直喜欢的梅妃都被赶走。东都洛阳上阳宫是安置宫女的一大场所。这些宫女被困在上阳宫，至死方休。到唐德宗贞元年间，离玄宗天宝已有四十多年，上阳宫还有白发的宫女存活着。诗人白居易曾痛心地写下《上阳白发人》一诗，以悼念这群无辜的牺牲者。

对于众多宫女来说，如果不是要借入宫达到什么目的，并且在宫中顺利实现或正在实现着这目的，那么被放出宫来或者能够逃出宫禁，应该是最理想的归宿。在中国历史上曾有过不少释放宫女出宫的行动，汉文帝遗命在他死后把宫中夫人以下没有生育过的嫔妃全部放归；梁武帝即位之后，下诏放归大批宫女；唐代有不少释放宫女的纪录，她们出宫后的命运仍然免不了凄凉无奈。

徐凝的这首诗，以红叶为喻，对那些被放归后流落民间的宫女的命运，充满着关切和同情。

这首诗借用了红叶题诗的故事，表达了对宫女不幸生活的同情。红叶题诗的故事唐代有数起，此处举范摅《云溪友议》所载卢渥事为例：

卢渥舍人应举之岁，偶临御沟，见一红叶，命仆搴来。叶上乃有一绝句。置于巾箱，或呈于同志。宣宗既初下诏，许从百官司吏，独不许贡举人。后亦一任范阳，获其退宫，睹红叶而吁怨久之，曰："当时偶题随流，不谓郎君收藏巾箧。"验其书，无不讶焉。诗曰："水流何太急，深宫尽日闲。殷勤谢红叶，好去到人间。"

　　卢渥的故事自然是个喜剧，但更多的宫女则没有那么幸运，依然在深宫里苦度光阴，孤独终老。徐凝的这首诗之所以把切入点选在上阳宫，是因为上阳宫是失宠宫女的一处安置之所。白居易《上阳白发人》的自注曰："天宝五载，杨贵妃专宠，后宫无复进幸矣。六宫有美色者，辄置别所，上阳是其一也。贞元中尚存矣。"这里写上阳宫人的不幸遭遇，其实是以点概面，反映的是所有相同命运的宫女。她们也曾心存希望，学习红叶题诗的故事，把红叶放入御沟，随波逐流，希望能像韩氏那样幸运，遇到卢渥这样的如意郎君，"千声万片御沟上"极言数量之多，而"一片出宫何处流"则表现了希望之渺茫，现实之残酷。此诗虽然表面上无一处是对于皇帝后宫荒淫制度的怨恨和谴责，甚至没有具体的控诉主体，然而通过对"红叶题诗"这一典故的巧妙运用，就把诗人对这一不合理制度强烈谴责和对宫女不幸遭遇的深切同情，很自然地从字里行间流露了出来。诗歌采用春秋笔法，显得非常委婉含蓄，却又锋芒毕露，鞭辟入里，令人赞叹。正所谓"几家欢喜几家愁"，那边厢失宠的宫女正在满腹幽怨，虚掷青春，这边厢得宠的宫女却在精心打扮，争风吃醋。

　　这首诗歌以上阳宫的红叶为题，表面上看来不知作者以红叶代秋愁所言止，其实这首诗同《和白使君木兰花》一样，都是在拟物中怀古，其实是典型的比兴手法，红叶即是宫女之象征，而且还是一首宫怨诗。其实是在说将红叶所寄寓的无奈与哀伤一分为三，二分便是宫女的寂寞情怀，剩余一分则是宫女的那份萍寄他方，漂泊无依的无奈之情。红叶的故事在唐朝广为流传，唐孟棨《本事诗·情感》中有载："唐玄宗时顾况于'苑中，坐流水上，得大梧叶'，上有题诗云：'一入深宫里，年年不见春。聊题一片叶，寄予有情人。'况亦于叶上题诗与之反复唱和。"这种凄美的故事给了诗人以灵感，但他们都无一不是表达深宫女子寂寞感怀的无奈情怀。上阳，是唐朝东都洛阳的皇帝的一所行宫，这首诗歌可以与白居易的政治讽喻诗名篇《上阳白发人》参读。白居易在这首诗的序言中说："天宝五载以后，杨贵妃专宠，后宫人无复进幸矣。六宫有美色者，辙置别所，上阳是其一也。"可见徐凝的这首诗歌中的红叶，其实就是上阳宫中的宫女自身，除了愁绪万千，也只能随波而去，了然无一。徐诗行讽喻之责，高度地概括了上阳宫女的悲惨命运，深刻揭示了统治者滥用私权，剥夺他人幸福与自由的罪恶行径。相比于白诗，这首精短，别具特色。徐凝应是在见过白诗后更为凝练地撰写此诗，但他们的目的都是同一的——救济人病，裨补时缺。

65.洛城秋砧①

三川②水上秋砧发，五凤楼③前明月新。
谁为秋砧明月夜，洛阳城里更愁人。

注　释

①洛城：洛阳。砧：捣衣石。②三川：指洛阳市旁的黄河、雏（洛）河、伊河。③五凤楼：当指五门，紫禁城正门，上有崇楼五座，以游廊相连，东西各有一座阙亭，形如雁翅，俗称"五凤楼"。

析　评

妇女一般白天忙于操持家务，照料孩子，晚上才为家人捣衣。且多为寒冬来临之前的秋夜进行。捣衣的声音，更是一种缠绵深淳的人文音乐，使人增添无尽的乡思乡愁。李白有《子夜吴歌·秋歌》："长安一片月，万户捣衣声。何日平胡虏，良人罢远征？"月明之夜，闺妇不知疲倦地捣制军衣，准备寄往遥远的北塞，砧声带走的是她们无限的思念之情，那砧声仿佛在诉说着悲苦与离愁。

诗人时在东都洛阳，秋天明月之夜，他在三川水旁，五凤楼前漫步，听见一片捣衣声，这是一曲美妙的夜音乐，但往细处想，那是多少家妇女在为远征边戍的亲人赶制御寒衣，那更是一片凄苦悲愁之声啊！

《洛城秋砧》表现思妇对在外未归的丈夫的思念之情。秋砧者，秋夜捣衣之声也。在唐代的征妇们看来，为远在边疆戍守的丈夫缝制一件寒衣，使得她们亲爱的丈夫不至于受冻，是她们每年入秋后的一件大事。那么很明显，徐凝这首诗表现的是思妇对征戍在外的丈夫的思念。

首两句用对偶手法，点出了地点，时间，渲染了悲凉的气氛，为下文做铺垫。后两句则点明主旨。在秋日的月明之夜，一边为远方的丈夫缝制寒衣，一边思念他，可惜月圆人不圆，让人愈发感伤，愁上心头。

66. 和川守侍郎①缑山②题仙庙

王子缑山石殿明，白家诗句咏吹笙。
安知散席人间曲，不是寥天③鹤上声。

注　释

①川守侍郎：川守，川吏。侍郎，白居易。②缑山：缑氏山，指修道成仙之处。缑山位于偃师市东南20公里的府店镇府南村，海拔308米，景色清秀神奇，四周平畴无际。③寥天：辽阔的天空的意思。

析　评

白诗《王子晋庙》曰："子晋庙前山月明，人闻往往夜吹笙。鸾鸣凤唱听无拍，多是霓裳散序声。"（《全唐诗》卷四五一）从用韵与诗意来看，两诗唱和之意甚明。霓裳，相传神仙以云为裳。散序，指隋唐燕乐大曲的开始部分。散板，节奏自由，器乐独奏、轮奏或合奏，不歌不舞。

此诗是徐凝与白居易的唱和诗。两诗一、二、四句用韵相同，即：明、笙、声。《列仙传》上说，周灵王的太子晋成了仙人，王子晋擅长吹笙，能从笙中吹出像凤凰鸣的声音，一吹则百鸟来朝。在伊、洛之滨，遇浮丘公引以为仙。在嵩山修炼三十余年，某日，王子晋见柏良，让他转告家人："七月七日，我与他们在缑氏山相别。"至期，周灵王一家等候在山脚下，只见王子晋乘着一只白鹤，徐徐降落在缑氏山的顶峰，拱起手来向山下的亲人告别，家里的人看着他的音容笑貌，却无法登上那险峻的山峰。王子晋在山巅停了几日，然后骑上白鹤，飘飘然消失在蓝天白云之中了。

唐代很流行歌舞词曲，徐凝的这首诗，趣味的雅喻，缑山仙庙中传出那些幽美动听的笙歌音乐，都是人间凡人之作，并非王子晋乘骑白鹤的鸣叫。

67. 和夜题玉泉寺①

岁岁云山玉泉寺，年年车马洛阳尘。
风清月冷水边宿，诗好官高能几人。

注　释

①玉泉寺：玉泉寺在河南偃师万安山半山腰处，北宗渐悟派神秀曾在这里开始收徒，弘扬渐悟禅法。武则天慕神秀盛名，曾把他迎进洛阳宫中。中宗即位，其更受尊崇，成为"两京法主""三帝国师"。神秀圆寂后，被加封为"大统神秀禅师"。为纪念神秀禅师，汾阳郡

王郭子仪奉敕在万安山神秀讲经处重修玉泉寺。

～｜ 析　评 ｜～

和诗：指唱和，和答。和就是附和的意思。在传统诗歌学里，和诗是由两首以上的诗组成，第一首是原唱，接下去的是和作。

徐凝这首诗作于大和四年（830），是与白居易的《夜题玉泉寺》诗的唱和。这年白居易已59岁。白居易58岁时写了一首《中隐》："大隐住朝市，小隐入丘樊。丘樊太冷落，朝市太嚣喧。不如作中隐，隐在留司官。似出复似处，非忙亦非闲。"这时他正在洛阳任太子宾客分司。白居易的两首诗都表现出从出仕到退隐的思想转折，虽说做官有种种好处，但官场往往是黑暗污浊的，也往往是危机四伏的。白居易早年的人生态度非常积极，在政治上勇于进谏忠言，但因武元衡被刺事件被朝廷贬官以后，他的人生态度大变。"忠而见谤"造成他重大的心灵创伤。他选择了既不大隐又不退隐的"中隐"生活方式，《夜题玉泉寺》中表现的也同是这种思想情绪。

徐凝与白居易的和诗，就是对他的这种悠乐山水的认同，说确实像你这样做了高官又写出这么多好诗的人，世上能有几个？

附白居易《题玉泉寺》原诗："湛湛玉泉色，悠悠浮云身。闲心对定水，清静两无尘。手把青筇杖，头戴白纶巾。兴尽下山去，知我是谁人。"

这首诗通过"岁岁""年年"两个叠音词的使用，表达了玉泉寺古寺常在，洛阳城车马不绝，这是一种常态。而作者虽然满腹诗才，在这个风清月冷的夜里，却只能水边独宿，看着热闹的玉泉寺和络绎不绝的车马，不禁满腹愁怨，发出了"诗好官高能几人"的感慨。和那句"一生所遇惟元白，天下无人重布衣"一样，这是徐凝诗歌中很少见的对于当时社会不公平现象的直接抨击。这和老杜"古来材大难为用"（《古柏行》）表达的是同一意思，不过一为反问，一为叙述耳。

不管徐凝在诗歌中大量使用叠音词在诗意的表达上有什么作用，至少在韵律上，这些诗歌更加朗朗上口，更加便于理解，而这也是民歌中常用的手法之一。我们说徐凝诗歌和白居易诗歌一样流俗浅显，明白易懂，"民歌化"也是其中重要的一个方面。诗中所写"风清月冷水边宿，诗好官高能几人"表达出了自己对白居易的敬佩之情，因为其既能入朝为官，经国立业，又能够在文学上有所建树，影响一代文坛。

68. 和秋游洛阳①

洛阳自古多才子，唯爱春风烂漫游。
今到白家诗句出，无人不咏洛阳秋。

注　释

①洛阳：唐代都城为长安、洛阳，合称"两京"。唐朝都洛阳的有高宗、中宗、睿宗、玄宗、昭宗、哀宗六帝，前后 30 余年。洛阳是我国著名的历史文化名城，先后有东周、东汉、曹魏、西晋、北魏、隋、武周（即武则天所建之"周"代前期）、后梁、后唐等九个王朝建都于此。

析　评

洛阳自古多才子，有我国战国时期著名的纵横家苏秦、西汉博士贾谊、西晋文学家左思、北魏文史学家杨衒之、大唐高僧玄奘、唐代著名音乐家李龟年、唐代文学家韩愈、唐代大诗人李贺、元稹、白居易、孟郊、刘禹锡、杜牧，等等。大和三年（829）白居易时年 58 岁，在洛阳任太子宾客分司，这是个闲职，常到洛阳各处游玩。一日，他骑马来到伊河边，下马闲行。时值秋天，凉风吹来倍觉爽意，欣赏着伊河两岸清丽的景色，真比那乍暖还寒的春天还要舒服。这样好的秋景，为什么在古今诗句里却不多呢？此后白公吟咏了许多歌颂故乡洛阳的诗，他一生作诗 3000 余首，其中讴歌洛阳的就有 800 余首。他的诗歌引起当时许多诗人的共鸣，徐凝的这首和诗，也是由此而来。

徐诗《和秋游洛阳》应是和白居易《秋游》之作："下马闲行伊水头，凉风清景胜春游。何事古今诗句里，不多说着洛阳秋。"（《全唐诗》卷四百五）其所言白居易对洛阳秋色之美的歌咏，使得"无人不咏洛阳秋"，由此改变了"唯爱春风烂漫游"的陈规习俗，更颇有见地地道出其"秋色更比春光美"的内在意蕴，与杜牧《山行》"停车坐爱枫林晚，霜叶红于二月花"、刘禹锡《秋词二首》"自古逢秋悲寂寥，我言秋色胜春朝"的歌吟同调，唱出了一曲令人振奋向上的激扬昂壮的秋之颂歌。可见诗人的慧眼与识见确实非一般人可比。

据《唐才子传校笺》，徐凝在大和四年（830）至六年（832）间曾游洛阳，期间与白居易交往颇为频繁。在洛阳这三年，与白居易有多篇酬唱之作。

69. 和嘲①春风

源上拂桃烧水发，江边吹杏暗园开。
可怜半死龙门②树，懊恼春风作底③来。

注 释

①嘲：讥笑，嘲谑。②龙门：洛阳"龙门"，白居易的"香山"在此。一语双关，既实又虚。比喻声望卓著人的府第。③作底：为何。

析 评

这是一首讽喻诗。源上的桃花开得如火如荼，江边深园里的杏花也已开了，可是半死不活的龙门树因自己不能开花，却怨怪春风让其他树上的花开得那么灿烂。借指某些人自己没有才能，而妒忌他人。此诗写于大和五年（831）。

白居易《春风》原诗："春风先发苑中梅，樱杏桃李次第开。荠花榆荚深村里，亦道春风为我来。"白公诗的原意为春天来了，梅花先发，然后樱、杏、桃、李也逐渐开花，而乡村间的荠菜花、榆荚花，也被春风吹发，春风不会厚此薄彼、"欺贫爱富"，是公平的。同是咏春风，徐诗从反面立意，别出心裁，应是上诗的和作。

70. 侍郎宅①泛池

莲子花边回竹岸，鸡头叶②上荡兰舟③。
谁知洛北朱门④里，便到江南绿水游。

注　释

①侍郎宅：白居易在洛阳所居履道坊杨凭旧宅。②鸡头叶：芡的别名，一年生水草，茎叶有刺，亦称"鸡头"，为睡莲科植物。③兰舟：就是小船的意思。④洛北朱门：洛北指洛阳北面；朱门指古代王公贵族的住宅大门漆成红色以示尊异，故以"朱门"为贵族邸第的代称。

析　评

这首诗作于大和三年（829），诗人在洛阳白居易家中玩。大和三年，是白居易退居洛阳的第一年春天，这年他58岁。白居易的住宅比较宽敞，园林很幽雅整洁，家有专事歌舞的家妓。白居易一生结交了不少亲密朋友，特别是诗友。其时白居易作《白莲池泛舟》诗："白莲新花照水开，红窗小舫信风回。谁教一片江南兴，逐我殷勤万里来。"时值夏天，池中白莲新花盛开，他和徐凝等诗友乘坐小画舫在池中泛舟。白居易曾在杭州、苏州连任刺史，那秀丽的江南风光，使他永不释怀。徐凝在泛船后写下这首诗。莲子花边的岸上翠竹丛生，诗人坐着小船在池中泛游，心情非常舒畅，谁知在这洛北的朱门里，还能欣赏到那胜似江南的好风光啊！同时也充分证明，白居易与徐凝的友谊确非同一般。

《侍郎宅泛池》描绘了山水清秀的江南景色，在美景中烘托了自己与白居易泛池的欢乐心情，"谁知洛北朱门里，便到江南绿水游"一句清新流利，想象新颖，表现了自己对江南山水的强烈热爱，更表达了自己与白居易之间的深刻友情，可谓情景交融。

71. 和侍郎^①邀宿^②不至^③

蟾蜍有色门应锁，街鼓无声夜自深。
料得白家诗思苦，一篇诗了一弹琴。

◇ 注 释 ◇

①侍郎：指白居易。②邀宿：邀请做客并留宿。③不至：意思是
不到。

◇ 析 评 ◇

此诗为白居易《期宿客不至》之和作。白诗："风飘雨洒帘帷故，竹映松遮
灯火深。宿客不来歎冷清，一樽酒对一张琴。"（《全唐诗》卷四百五十）白诗
作于大和四年。白居易在大和二年由秘书监除刑部侍郎，大和三年罢，至洛阳
以太子宾客分司东都。徐诗中称侍郎者，乃仍其旧。在洛阳间，徐凝与白居易
酬唱较多，如徐诗《侍郎宅泛池》、《和洛阳秋游》、《和川守侍郎缑山题仙庙》、
《和夜题玉泉寺》等。徐凝自洛阳返回江南当在大和末，徐凝南归后"潜心诗
酒"，对于人间荣耀，"徐山人不复贮齿颊中也"。

72.自鄂渚至河南将归江外留辞侍郎①

一生所遇唯元白②，天下无人重布衣③。
欲别朱门④泪先尽，白头游子白身归⑤。

注　释

①鄂渚:《楚辞·九章·涉江》:"乘鄂渚而返顾兮。"相传在今武汉市黄鹄山旁三百步长江中。隋改郢州（治今武汉市武昌）为鄂州，即因渚得名。世称鄂州为鄂渚。留辞:辞别。侍郎:韩愈。②元白:元稹、白居易。③布衣:平民。后多称没有做官的读书人。④朱门:古代王侯贵族的住宅大门漆成红色以示尊异，以"朱门"为贵族邸第的代称。⑤游子:离家远游的人。白身:平民，无官职，无爵位。

析　评

诗人从小外出求学，曾先后在分水县东乡龙门山及分水县城五云山读书。后到杭州、洛阳、长安赴试，以及到各地游历，结识了社会上各方面的人，有达官贵人、文人雅士、外国使节、道士僧人、渔叟农夫、诗朋好友等等，阅历丰富，见多识广。但他因生性耿直，品行高洁，不愿炫耀才华，没有拜谒诸显贵，竟不成名。南归前作诗辞别侍郎韩愈的这首诗，抨击了当时只重名望，不重真才实学的社会现象，遂南归故里分水。

关于徐凝的生平、经历和年谱（家谱），笔者多次在分水民间搜访，但都未能如愿以偿。《严州府志》和《分水县志》有少量记载。

徐凝生活在中晚唐时期。当时的社会现象是，达官显贵置国家的安危于不顾，视百姓苦难于不见，过着灯红酒绿纸醉金迷的生活。宫廷宦官方镇权臣生活奢侈糜烂，凶残压榨百姓。但是也有一些正直的官员，如宪宗朝宰相韦贯之，敢于主持正义，不怕丢官贬职，将"指病为言，不顾成败"来参加科举考试的元稹，拔为第一名。元稹因不同意宰相裴度违规为张宿"请章服"，受到张宿的诬陷，再次外贬为湖南观察使。元稹因与三朝宰相杜佑较真，种下了自己被贬斥的祸因。元和年间，在宪宗默许下贬元稹为河南尉。韩愈对元稹的为人和人品极为赞赏。

白居易为官清正，同情人民疾苦，从他的《卖炭翁》等诗作可见一斑。白居易任谏官三年，曾先后上书弹劾山南东道节度使于頔、荆南节度使裴均、岭南节度使王锷、河东节度使严绶和淄青平卢节度使李师道。元和十年（815），他又上书朝廷要求惩办谋杀宰相武元衡的凶手，因得罪权贵，被贬为江州司马。

元、白的高风亮节感动着诗人，同时诗人也得到元白的知遇之恩，所以吟出"一生所遇唯元白"的句子。诗人不愿在腐败的政治环境中做官（曾为礼部金部侍郎），他辞别了元白和韩愈，决定南归做个野老村夫，终日与山水为伴，以诗酒自娱。其实他的内心是非常矛盾与痛苦的，他没有充分发挥自己的聪明才智，为国家为人民做出应有的更大的贡献。

以徐凝的隐居也是在求仕之途受挫后选择的道路。中晚唐蹭蹬科场，终无所成而隐居的大有人在，如曾为徐凝赏识的方干即是一例。方干隐居镜湖后尽管"每风清月明，携稚子邻叟，轻棹往返，甚惬素心……家贫，蓄古琴，行吟醉卧以自娱"，但挫折并没有完全泯灭他求举求仕之心。"在他隐居镜湖的日子里，他'未甘明圣日，终作钓鱼翁'，以此他边隐边求举荐，而且心急如火，云'存心似火频求荐，两鬓如霜始息机'不仅急躁于功名，而且颇有怨愤不平之言：'一等孔门为弟子，愚儒独自赋归田。'这种怨愤不平有时又以孤傲、不屑他人理谕的心态出之：'潜夫自有孤云侣，可要王侯知姓名'、'莫言举世无知己，自有孤云识此情。'其中他的孤峭不平之意颇为显然。当然不管他愤激也罢，孤傲不屑也罢，这都是建立在他对功名孜孜不倦的追求之上的。"而徐凝就和他很不一样，自从南归旧隐之后，便"潜心诗酒"，对于人间荣耀，"徐山人不复贮齿颊中也"。归隐后，徐凝所交往的人多是僧人、道士、隐士等清心寡欲之人，而且对那些仍存机心者，他还会以嘲讽相向，如诗歌《问渔叟》即曰："生事同漂梗，机心在野船。如何临逝水，白发未忘筌。"而那些放弃对人间荣耀的追求而甘心隐居的人，尤其像施肩吾那样及第后"不待除授，即东归"的人更是赢得他的赞美。

诗中充满了元、白对徐凝的知遇之恩，以及徐凝自己终不得意的落魄之感。徐凝南归后，行踪全不可考，大概如辛元房《唐才子传》所说自此"潜心诗酒"，对于人间荣耀，"徐山人不复贮齿颊中也"。惟开成二年，白居易寻访过徐凝，有《凭李睦州访徐凝山人》诗："郡守轻诗客，乡人薄钓翁。解怜徐处士，唯有李郎中。"（《全唐诗》卷四百五十七）

徐凝为人"朴略椎鲁"，不善钻营，最终功名无成，落魄而归。唯元稹、白居易对其赏识，多加爱护，故诗中表达了徐凝对元、白知遇之恩的感激，当然还有自己终不得意的落魄之感。此诗立意新警，道出了社会的世态炎凉与人情冷暖。又抨击了当时只重名望、不重真才实学的社会现象。语言则浅近明白、自然流畅。

这首诗作于大和六年（832），这一年白居易六十一岁，元稹于这一年的七月逝世。作者开篇即直抒胸臆，以口语化的语言表达了自己的知遇之情，对元稹、白居易对自己的赏识表示感激，而一个"唯"字也表露出了当世赏识他的人并不多，至于原因，作者在第二句中便加以表明，自己为平民出身，无甚名望。在不公平的科举和仕途竞争中，使许多具有真才实学、怀有志向抱负的人痛失机遇。而最后一句的两个"白"字更是表达了作者的那种怀才不遇，壮志未酬的失意之情，这首诗也体现了元白诗派的那种浅近的白描手法，但是在白描中又寄寓了深刻的情感。

73.蛮入西川后①

守隘②一夫何处在，长桥万里③只堪伤。
纷纷塞外④乌蛮贼，驱尽江头濯锦⑤娘。

注　释

①蛮：中国古代对南方各族的泛称，旧时也用以泛指四方的少数民族。西川：唐方镇名。约今成都平原及以北以西和雅砻江以东地区。②守隘：把守关隘。"一夫当关，万夫莫开"之意。③长桥：在四川省成都。万里，即万里桥。④塞外：古代指长城以北的地区。也称塞北。包括内蒙古、甘肃、宁夏、河北等省自治区的北部。⑤濯锦：成都一带所产的织锦，以华美著称。亦指漂洗这种织锦。

析　评

《通鉴》卷二三四："蛮留成都西郭十日，其始慰抚蜀人，市井安堵；将行，乃大掠女子、百工数万人及珍货而去。蜀人恐惧，往往赴江，流尸塞江而下。"四川省凉山彝族是我国西部人口最多的少数民族之一，古时，凉山彝人时时结伙到汉族村庄烧杀抢劫，官府对其没有办法，曾无数次进剿凉山，蛮人"坚壁清野"，常常不攻自退。"掠蜀为奴"的现象常常发生。唐文宗大和三年（829），蛮人再次入西川大掠女子和手工工匠数万人而去。诗人对外族人这种野蛮的掠夺行径作了强烈谴责，对守将的无能表达了深深的遗憾。

西川是方镇名，治所在今成都。文宗大和三年十一月，成都遭南诏王沈劫，数万子女、工技被掠夺南去，蜀人恐惧，赴江而死者不可胜计。与徐凝同时的雍陶身遭此难，感慨颇多，曾作《哀蜀人为南蛮俘虏五章》以寄其意，如其一《初出成都闻哭声》："但见城池还汉将，岂知佳丽属蛮兵。锦江南度遥闻哭，尽是离家别国声。"（《全唐诗》卷五一八）与雍陶此诗相比，徐凝的诗中对守边将领疏于边防之举的揭露与批判较为明显，刘永济评曰："此诗责守土者不能御贼，致人民被掠也。"

通过对南国和匈奴等多次侵犯唐王朝边境，践踏中原大地，不仅烧杀抢掠，而且还将大批的妇女抢劫而去凄惨情景的描写，表现了诗人对朝廷官员与守边将领疏于边防行为之举的揭露与批判。更体现了诗人强烈的爱国主义精神。

徐凝的咏史诗与讽今之作大都立意新颖，意味深远含蓄，其擅长将人物的褒贬不露声色的置于浅显通俗的语言之中，在流畅的诗风中给人以警诫之意，却又不失诗歌的情致，有着含蓄蕴藉的特色。

74. 忆紫溪

长忆紫溪①春欲尽，千岩交映②水回斜③。
岩空水满溪自紫，水态④更笼⑤南烛花⑥。

注　释

①紫溪：据查有以下几处：1. 江西省上饶市；2. 湖南永州东安县的一个镇，原来的县政府所在地；3. 浙江省杭州市临安区於潜镇，原於潜县麻车埠紫溪。②交映：互相映照，映衬。③回斜：曲折斜行。南

朝梁简文帝《行雨山铭》："玉岫开华，紫水迥斜。"④水态：犹言水上景色。⑤笼：笼罩，遮掩。⑥南烛花：一种杜鹃花科植物，在我国南方诸省，如云南、广西、福建、广东、湖南等地均有，花蜜中含有毒。

析　评

　　诗人到过紫溪，那里风景很好，使他经常留恋。特别是在暮春时候，灿烂的春光洒照在水面上，水面被风吹动，波光潋滟，反射到岩壁上的金光晃晃悠悠的，很是好看。不知是岩石颜色还是水满的缘故，还是地质原因？水成紫色的，水上景色很好，被轻纱薄雾遮掩的一片南烛花，更显娇态！

　　由于诗题未详，不知该紫溪究在何处？待考。有特色风光的山水佳景，定会在游人心中留下难以磨灭的美好回忆。

75. 夸红槿①

　　谁道槿花生感促②，可怜相计半年红。
　　何如桃李无多少，并打千枝一夜风。

注　释

　　①红槿：木槿树之开红花者，朝开暮萎花。②感促：感觉时间紧迫，短促。

　　唐朝文学家戎昱有《红槿花》诗："花是深红叶麴尘，不将桃李共争春。今日惊秋自怜客，折来持赠少年人。"

　　红槿花是木槿花之一种，它朝开暮萎，花期六到九个月。诗人说此花虽短促，但它从开花到整个花期落有持续半年。那桃花李花虽艳，但一夜大风雨，就把它们从树枝上扫落凋零。此诗似有拟人比事之喻。比兴手法抒发了作者壮志难酬的悲凉之感。

76.题缙云山鼎池①二首

　　黄帝旌旗去不回，空余片石碧崔嵬。
　　有时风卷鼎湖浪，散作晴天雨点来。

　　天地茫茫成古今，仙都凡有几人寻。
　　到来唯见山高下，只是不知湖浅深。

①缙云山：在今浙江省缙云县。鼎池即鼎湖。

　　缙云山又名仙都山，在今浙江省缙云县境，相传是黄帝时缙云氏封地。鼎池即鼎湖，据《史记·孝武本纪》及《封禅书》载，黄帝采首山铜，铸鼎于荆山下，鼎既成，有龙垂胡髯下迎黄帝升天，故后世称此处为鼎湖。《唐诗纪事》卷五十二引北宋潘若冲《郡阁雅谈》云："凝官至侍郎，多吟绝句。曾吟《庐山瀑布》，脍炙人口。又题处州缙云山黄帝上升之所鼎湖，盖皇帝铸鼎处也，有池在山顶。自后无敢题者。"足见此诗影响之大。诗人表面上是写虽未能见到黄帝当年在此的旌旗车辇，以及其在此炼制仙丹的药炉等遗物，却为缙云山的秀丽风光与鼎湖的美丽传说而吸引、所陶醉，实际上是对历史上封建帝王为求长生不老而炼制仙丹的荒唐之举，以及最后只留下荒坟遗踪的嘲讽与批判。既有对吴越明丽山水的热情歌咏，又有对封建帝王炼药求仙之举的谴责，写景、抒情有机结合，既富诗情画意又有哲理性。

在这首诗歌中，作者瞻仰古迹，追念先人。特别是最后一句，想象奇绝，但是又不突兀鼎池的貌似寻常，却因偶尔的浪溅飞花而别具特色，仿佛在晴朗的天气中突降细雨，其实这也是慎终追远的一种象征，仿佛黄帝的丰功伟绩依旧恩泽后世，将景象与怀人不凿痕迹地融合在了一起。足见徐凝这首诗歌独具特色，令人敬佩。

77. 宿冽①上人②房

浮生③不定若蓬飘，林下真僧偶见招。
觉后始知身是梦，更闻寒雨滴芭蕉。

注 释

①冽：寒冷。②上人：旧时对和尚的尊称。③浮生：古代老庄学派

认为人生在世空虚无定，故称人生为浮生。出自《庄子·外篇·刻意第十五》。

析　评

诗人游来，来到寺庙，这夜他宿在一位僧人清冷的房间里，做了一个梦。梦中见僧人在树林下巧施招术，非常奇幻，但一觉醒来原来是一个梦，只听见寺外寒雨在敲滴着芭蕉叶，倍感凄凉。浮生如梦，为欢几何。人的一辈子就像梦一般缥缈易逝，抓不住。应把周遭俗事抛开，将眼前的争逐看淡，心境自然会开阔起来。此诗比拟恰当，形象鲜明，生动传神，声韵响亮，亦富有情致。

78.汴河①览古

炀帝②龙舟向此行，三千宫女采桡③轻。
渡河不似如今唱，为是杨家怨思④声。

注　释

①汴河：隋大业（605—618）初疏通济渠，引黄河通淮，至唐改名广济。②炀帝：即杨广（569—618），隋朝第二个皇帝，隋文帝杨坚次子，母文献独孤皇后。开皇二十年（600）十一月立为太子，仁寿四年（604）七月继位。他在位期间修建了大运河，营造东都洛阳城，开拓疆土丝绸之路，开创科举，三征高丽等。③采桡：桡：船桨。采桡就是划船。④怨思：怨恨悲伤。

析 评

隋炀帝穷奢极欲，不惜滥用民力，大造龙舟，隋炀帝曾三次乘坐四层高的水上宫殿"大龙舟"，从京城浩浩荡荡地南下江南。所乘龙舟体势高大，装饰极尽奢华，所用挽船工八万余人，采桄宫女三千多人，致使人民不堪苦役，死者十有四五，许多百姓倾家荡产，无法生活。大业十二年（616）七月游幸江都（江苏扬州），十四年（618）三月，右屯卫将宇文化及在扬州发动兵变，杀死隋炀帝。

这是一首咏古史诗。诗人曾到汴河游览。想当年隋炀帝开运河，行龙舟，声势浩大；显气派，图玩乐，不可一世。如今听到的已不是当年的颂歌，而是怨恨悲伤的历史的沉思。任何统治者都不能将自己的享乐建筑在人民的痛苦之上，执政之要在于安民，安民之要在于察其疾苦。否则，他们将是自己的掘墓人。

此诗通过描写历史上吴王夫差和隋炀帝的奢侈行径，以及所引起的国破家亡和民众的载道怨声，告诫唐朝帝王要从中吸取教训，以避免重蹈历史覆辙。表面上看是咏史诗，但实质上是宫怨诗。此诗明写隋炀帝之荒淫无道，暗讽之意不言而喻，即告诫唐王朝统治者要从中吸取教训，而不要重蹈陈后主、隋炀帝等历史之覆辙。此诗与杜牧的《泊秦淮》诗的旨意是一致的，但从表现手法来看，杜牧诗的讽谏用意激切坦直而显得锋芒毕露，徐凝此诗则含蓄蕴藉、温柔敦厚了许多，故其为后人所称道也就是必然的了。

这里作者借用的是隋炀帝的故事，隋炀帝也是贪图享受、挥霍无度的君王，当年他龙舟渡河的时候，竟然要三千宫女替其划船。而隋炀帝最终众叛亲离，身死人手，只有那哀怨的渡河歌曲，似乎在哀悼这位可怜的君王。由于隋朝距离唐朝不远，而隋炀帝的教训似乎就在目前，唐人关于隋炀帝的诗作数量颇多，且大都是对其持批判的态度的。如晚唐诗人皮日休的那首著名的《汴河怀古二首（其二）》："尽道隋亡为此河，至今千里赖通波。若无水殿龙舟事，共禹论功不较多？"皮日休的诗作与徐凝的诗作都以隋炀帝为批判对象，都以汴河为着手点，都批判了隋炀帝的奢侈生活，可见在中晚唐时，有良知、有见识的文人都对当时统治者的醉生梦死和日益式微的大唐王朝忧心忡忡，都希望他统治者能吸取隋亡的教训，实现大唐王朝的复兴，可惜这些统治者都没有看到，大唐最终还是灭亡了，不能不令人感慨。

　　纵观徐凝的咏史怀古诗，我们会发现徐凝虽然是个"山民"，无官无爵，报国无门，却是"位卑未敢忘忧国"，始终保持着忧国的情怀，希望统治者能以史为鉴，幡然醒悟。正是这种"居庙堂之高，则忧其民；处江湖之远，则忧其君"的情怀，使中华民族虽历经危难，却屹立不倒，是中华民族得以延续发展的正能量，值得我们后来者学习。

79. 柬①白丈人②

昔时丈人鬓发白，千年松下锄茯苓③。
今来见此松树死，丈人斩新④鬓发青。

注　释

　　①柬：信件、名片、帖子的统称。②丈人：古时对老年男子的尊称。③茯苓：一种中药材。④斩新：斩同崭，极新、全新。

析　评

　　诗人与老人说："当年我见到你的时候，见你鬓发都白了，那时你在千年的松树下挖掘茯苓。今天我再次见到你，那棵松树已经死了，然而你的鬓发却变成青丝黑发了。这是什么缘故啊？是你吃了那千年树下的茯苓，使你返老还童的吧？"民间有"千年茯苓千年寿"的说法，它吸取松树的精华生长，中药材何首乌与茯苓，据说都有延年益寿的功效。

此诗文句简炼，即意韵深涵，如绘画之白描手法，给人清纯之感。与施肩吾那首《诮山中叟》："老人今年八十几，口中零落残牙齿。天阴伛偻带嗽行，犹向岩前种松子。"有异曲同工之妙。把一幅生动形象的画面展现在我们面前。

80. 览镜词

宝镜①磨来寒水清，青衣②把就绿窗③明。
潘郎④懊恼新秋发，拔却一茎生两茎。

注 释

①镜：镜是人类重要的美容工具。在玻璃镜诞生之前，世界各文明古国都曾创制使用青铜镜。②青衣：古时地位低下者所穿的服装。婢女也多穿青衣，后因用为婢女的代称。③绿窗：绿色纱窗。指女子居室。④潘郎：潘郎指西晋潘岳。他在《秋兴赋序》中说，他才三十二岁，鬓毛就斑白了。形容因病与忧愁而消瘦衰老。潘岳年轻时长相俊美、举止优雅，所以得名"潘郎"。泛指为女子所爱慕的男子。后亦以代指貌美的情郎。"潘鬓"作为中年即鬓发斑白的代称。

析 评

这是一首艳诗，古时女子多爱美容，故常照镜自观。唐代用的是经过细细打磨的铜镜，质量有高下之分，宝镜应是较好的一种。莫说那些出身官宦富豪人家的闺女，就是那些婢女也常常把自己打扮得俏丽动人。男子也有爱美之心，亦对镜自赏，希望自己年轻貌美一些。就说那举世闻名的美男子潘安，对着镜子看见自己又长出了胡须，拔了又长出来，岁月催人老，这是自然规律，无法抗拒。人的一生是短暂的，青春更短，"最是人间留不住，朱颜辞镜花辞树"。古代又没照片，那青春亮丽的容颜，只能在揽镜时自赏一下。

81. 寄玄阳①先生

不能相见见人传，瞿岸②山中岱岸③边。
颜貌只如三二十，道年三百亦藏年。

注 释

①玄阳先生：待考。②瞿岸：瞿，瞿昙氏的省称，指佛教或与佛教有关的事物。瞿昙为佛陀释迦牟尼的姓。岱岸：岱舆，传说中的海上仙山。

析 评

在唐代近300年的统治中，道教始终得到扶持和崇奉，居三教之首。唐玄宗是我国历史上有名的崇奉道教的皇帝，在他近半个世纪的统治中，自始至终的崇奉道教，从而把道教推向全面发展的繁荣时期。唐代有好几位皇帝因追求长生不老，服了所谓"仙丹"而死于非命的。

题中的玄阳先生，应是一位道教的祖师（待查史料），传说中人们见不到他，生活在海上的仙山上，看去只有二三十岁年龄，其实他的道龄已有 300 多年，还是保守的。诗人虽不是道教徒，但对道教的隐约生活亦表现出兴趣和向往，特别是他的同乡好友，同科进士施肩吾是一位虔诚的唐道士，对诗人也有一定的影响。

不食人间烟火的玄阳先生永葆青春，长生不老，这自然不是事实所在，但是通过传说和作者自己的主观期待投射，便有了这样的仙风道骨的玄阳先生。

82. 白人①

暖风②入烟花漠漠③，白人梳洗寻常薄。
泥郎④为插珑璁钗⑤，争教一朵牙云⑥落。

注　释

①白人：白族人，中国少数民族之一，自称"白子""白尼"与唐宋史籍所称的河蛮、白蛮有渊源关系。②暖风：意指和暖的风。③漠漠：茂盛、浓郁。④泥郎：传说中遇得道真人。⑤珑璁钗：玉簪。⑥牙云：牙云就是女人的月牙髻。

析　评

诗人由于仕途不顺，可能也由于受同乡进士施肩吾舍弃功名去求仙学道的影响，他的精神逐渐走向一种理想化的追求，写了一些与僧道相交或云游的诗作，这也是其中一首。

　　此诗写少数民族白人生活场景，和暖的南风吹来，烟花一片浓郁，白人女子的梳洗打扮也很平常，泥郎传说是一位遇仙的人，他给心爱的女子插上玉簪，这月牙髻就像天上的云朵落下一样美丽。

　　此诗描写了一个皮肤白皙的女子与情郎之间一个美好的插曲。

83. 奉酬元相公上元①

出拥楼船千万人，入为台辅九霄身②。
如何更羡看灯夜，曾见宫花③拂面春。

注　释

　　①奉酬：酬答。元相公：指元稹，长庆元年（821）时为相。上元：旧以阴历正月十五为"上元节"，又名元宵节。②台辅：三公宰辅之位。九霄身：九霄，指天的极高处，九霄身指职位很高。③宫花：科举时代考试中选的士子在皇帝赐宴时所戴的花。绢类织物制作的，戴在头上作饰物，宫廷里常作为赏赐品，旧小说中考中状元后所披红簪花，即是此物。

析　评

　　长庆三年（823）上元节，时任浙东观察使的元稹曾邀诗人同往越州观花灯。越州的元宵节异常热闹，因越州是水乡，划着楼船前来观灯的人，人山人海，拥堵不堪。元稹兴致很高。诗人对元稹大加赞颂，因元稹不仅曾为过宰相，他在殿试中以第一名的成绩独占鳌头。同时登第的有白居易、崔玄亮、王起、李复礼、哥舒大等八人，元稹是最年轻的一个。按照当时的风气习俗，他们穿着新衣服，披戴宫花，骑着高头大马，游遍长安的大街小巷，围观的人群塞衢填巷，高声喝彩。使人倍感兴奋与荣耀。真是"十载寒窗无人问，一举成名天下知"。

诗题中之"相公"、"元相公"应是元稹无疑。元稹于长庆三年至大和三年间任越州刺史兼浙东观察使，任职期间，他曾广辟文人幕僚，游山赏水，频繁而广泛地开展诗酒文会活动，对此，《旧唐书·元稹传》有载："会稽山水奇秀，稹所辟幕僚，皆当时文士，而镜湖、秦望之游，月三四焉。而讽咏诗什，动盈卷帙。"在元稹所辟的文士中，徐凝正是其一，而上引徐诗应是徐凝此时与元稹交往之作。

朱金城《白居易研究》说："又《全唐诗》卷四七四有徐凝《酬相公再游云门寺》及《春陪相公看花宴会二首》，具为大和三年前在越州酬和元稹之作。"关于《奉酬元相公上元》一诗，朱先生说："此诗卞孝萱《元稹年谱》系于长庆四年，疑或作于大和四年赴鄂渚谒元稹时，可证其受元稹之知遇亦颇深也。"今查卞孝萱《元稹年谱》："徐凝《奉酬元相公上元》诗，最早作于长庆四年'上元'（正月十五日）。"出卞先生未遽断此诗即作于长庆四年，只是提出此诗所作的上限时间，此朱先生理解之一误。又《旧唐书·文宗纪》曰："大和四年春正月丙子朔……辛丑，以尚书左丞元稹检校户部尚书，充武昌军节度、鄂越蕲黄安申等州观察使。"固《旧唐书·元稹传》曰："四年正月，检校户部尚书，兼鄂州刺史、御史大夫、武昌军节度使。"元稹正月受职，至鄂州时很难赶上这年的上元日，故系于在越时比较合适。从上文徐、白交游可知，徐凝赴杭州谒白居易，应是长庆三年牡丹开时。此时元稹尚未为浙东观察使，故卞先生认为此诗最早作于长庆四年是非常谨慎的，朱先生的质疑反倒值得商榷。吴企明在《唐才子传校笺》中"徐凝与元稹之交游乃在长庆四年 (824) 元稹出任浙东观察使时"的说法亦失之绝对，我们仅知道二人之交往诗作在元稹任浙东观察使任上，故在没有确切的证据的情况下，定徐、元交往最迟不晚于大和三年较为合适。元稹大和四年（830）除检校户部尚书兼鄂州刺史，次年七月"遇暴疾"而卒，在这期间，徐凝应曾来访，后作诗《自鄂渚至河南将归江外留辞侍郎》，观诗题，盖徐凝先至武昌拜谒元稹，后由武昌赴洛阳，辞别白居易归睦州故乡 (详见上文徐、白交游)。

84. 奉和①鹦鹉②

毛羽曾经剪处残，学人言语道暄寒③。
任饶长被金笼闭④，也免栖飞雨雪难。

注　释

①奉和：谓做诗词与别人相唱和。②鹦鹉：指鹦形目众多艳丽、爱叫的鸟。它们以其美丽无比的羽毛，善学人语技能的特点，更使人们所欣赏和钟爱。③暄寒：犹寒暄。问候的客套话。即学舌。④闭：关闭。

析　评

《奉和鹦鹉》一诗，是与白居易《鹦鹉》诗的和作，白诗曰："陇西鹦鹉到江东，养得经年嘴渐红。常恐思归先剪翅，每因矮食暂开笼。人怜巧语情虽重，鸟忆高飞意不同。应似朱门歌舞妓，深藏牢闭后房中。"（《全唐诗》卷四四七）
　　白居易的七律《鹦鹉》诗，首联写陇山鹦鹉远离故枝而到江东，主人喂得经年后方为成鸟，言其幼而离巢。颔联写恐其思归而先剪双翅，因为喂食才开启笼门，感伤其失去自由的拘束之苦。颈联写人虽情重，而鸟意不同，言人禽异类，情意各殊。尾联感叹鹦鹉似朱门歌妓，深藏牢闭于后房之中，失去自由。全诗语言浅显，通俗易懂。作者对鹦鹉失去自由，身遭"剪翅"之残，倾注了深深的同情；白居易另有五律《鹦鹉》诗，首联用"语还默"、"栖复惊"状写鹦鹉被囚之后的愁苦之态。颔联点明鹦鹉被囚是因为其身披彩翠，内心苦病是因为其聪明能忆别离之故，反映了作者对异物的同情。颈联写日日暮色降临，便思故枝旧巢；年年春暖花开，则忆伴侣和鸣。言明鹦鹉被拘束于笼中度日如年的苦痛。尾联点明主题，呼吁何人能够拆破禽笼，放飞鹦鹉，还其自由。徐凝的《奉和鹦鹉》诗中，写鹦鹉虽然被剪去了翅膀，长期被关在笼子里，却也免去了餐风宿露、雨淋霜冻之苦。

鹦鹉尽管有能"学人'语道暄寒'的聪敏与机灵，避免了风霜雨雪的摧残，但其仍不免被困锁笼中、不得自由。实际上，鹦鹉正是诗人迁客形象的化身与写照。只不过是显得如此的寄托遥深、含蓄蕴藉罢了。《山鹧鸪词》"化为飞鸟怨何人，犹有啼声带蛮语"，诗人是借对山鹧鸪的歌咏，以托物言志抒怀，寄托自己人生之路的曲折与命运的坎坷，有着诗人的身影与印记在。作者将自己比喻成了鹦鹉，经过人事磨炼，磨平了棱角，消磨了志气，虽然没有衣食之忧，却也失去了壮志满怀的自己，就像随波逐流的鹦鹉一般，久在樊笼之里，得以存活却不得施展。本诗有着元白诗派的特色，用语浅近，用意却发人警醒。

总之，尽管徐凝诗歌也有着中晚唐诗人所普遍具有的较少关注社会现实等不足之处，但其以诗歌创作的实绩、成就和鲜明的诗歌个性与风格，以及其为唐诗的繁荣与发展所作出的不可磨灭的重要贡献，而奠定其在文学史上的一席地位。

85. 将至妙喜寺①

清风袅袅②越水陂③，远树苍苍妙喜寺。
自有车轮与马蹄，未曾到此波心地。

注　释

①妙喜寺：在今浙江省湖州市妙西乡。②袅袅：摇曳、飘动貌。
③陂：池塘。水陂，是坝的一种，也叫低坝。

析　评

　　诗人当年曾乘船经过湖州，人坐在船上，欣赏着那清风吹拂，碧水涟漪的好风光。眺望远处，树木苍苍，据说那座山上有南朝古刹妙喜寺，但是许多车轮和马蹄都未曾到过那里，因那里被一片水域所阻，诗人只能遥望欣赏而已。

　　妙喜寺，位于湖州市区西部妙西镇宝积山，古称杼山。南朝梁大同七年（514）梁武帝建于金斗山，唐贞观六年（632）移建于此。唐太宗以东方有妙喜佛而名妙喜寺。唐天宝十五年（756）湖北竟陵（现天门市）人陆羽为避安史之乱来到湖州，并与杼山妙喜寺主持僧皎然成为忘年之交，陆羽曾长住妙喜寺，后著成《茶经》一书。

　　光绪《乌程县志·寺观》的宝积禅寺条目还引用了徐凝此诗。徐凝与湖州文人沈亚之亦有交往。可遐想，在创作此诗之时，他乘船在宽阔的水面上，（也许是夹山漾一带河荡）遥望寺境的情景。妙喜寺周围有令人艳羡的"波心地"

景观，钓台当然不虚了。最珍贵的还有颜鲁公书写，记载湖州山川名胜的刻石《石柱记》。这些，为这座并不高大的杼山留下了光辉的文化史迹。所以，几十年后诗人徐凝乘船远眺寺影时还为此"波心地"激动不已。

86. 红蕉①

红蕉曾到岭南②看，校小芭蕉几一般。
差是斜刀翦红绢，卷来开去叶中安。

注　释

①红蕉，假茎高1—2米。叶片长圆形，长1.8—2.2米，宽68—80厘米，叶面黄绿色，叶背淡黄绿色，无白粉，基部显著不相等，浑圆而无耳；红蕉株形潇洒，苞片鲜红艳丽，开花持久，在温暖地区适用于庭院墙角、窗前、假山、亭口或池边栽植，极富南方特色，亦可盆栽观赏。②岭南曾是唐代行政区岭南道之名，相当于现在广东、广西、海南全境及曾经属于中国皇朝统治的越南红河三角洲一带；后来分为岭南东道和岭南西道，是广东、广西分治的开始。

析　评

红蕉，是一种观赏植物，以南方为多为佳。诗人到岭南游，见芭蕉也都一般。但开花时非常好看，就像一匹匹红娟被裁剪出来挂在上面，那花姿卷来开去，撒娇似的躲在绿叶中。家中庭院前后、窗外墙角，种上几株红蕉，能给居住环境增添一种韵味美感，惹人思念。

　　古人吟咏红蕉的名句有：1.李清照《添字丑奴儿·窗前谁种芭蕉树》："窗前谁种芭蕉树，阴满中庭。阴满中庭，叶叶心心，舒卷有馀清。伤心枕上三更雨，点滴霖霪。点滴霖霪，愁损北人，不惯起来听。"2.郑板桥《咏芭蕉》："芭蕉叶叶为多情，一叶才舒一叶生。自是相思抽不尽，却教风雨怨秋声。"3.蒋捷《一剪梅·舟过吴江》："一片春愁待酒浇。江上舟摇，楼上帘招。秋娘渡与泰娘桥，风又飘飘，雨又萧萧。何日归家洗客袍？银字笙调，心字香烧。流光容易把人抛，红了樱桃，绿了芭蕉。"

87. 见少室①

适我一箪②孤客③性，问人三十六峰名。
青云④无忘白云⑤在，便可嵩阳⑥老此生。

注　释

　　①少室：少室山，又名"季室山"，位于今河南省登封市西北。东距太室山约10千米。据说，夏禹王的第二个妻子，涂山氏之妹栖于此，人于山下建少姨庙敬之，故山名谓"少室"。　②一箪：一箪一瓢，一箪食物，出自《论语·雍也》篇："一箪食，一瓢饮，在陋巷，人不堪其忧，回也不改其乐。"形容读书人安于贫穷的清高生活。③孤客：单身旅居外地的人。④青云：比喻高官显爵，平步青云。⑤白云：喻归隐。⑥嵩阳：嵩山之南，寺观名。

析 评

诗人到河南游少室山，他单身在外旅居，虽生活清苦，有温饱就满足了，图的是心情乐观，怀的是清高孤志。问人知道了那三十六峰之名，他虽在仕途上无望，但欣赏大自然是非常快乐自在的，嵩阳寺是清修之地，许多僧人终身在此乐居，这个选择也相当不错啊，避免了人世间，尤其是官场上那尔诈我虞的争斗。表现出诗人的归隐思想。

少室山又名"季室山"，据说夏禹的第二个妻子涂山氏之妹居于此，人们就在山下建少姨庙来纪念她，所以叫"少室山"。少室山山势陡峭峻拔，风景优美，含有三十六峰，从山南北望，一组山峰互相叠压，状如千叶舒莲，所以唐代有"少室若莲"之说，山北五乳峰下有佛家圣地少林寺。名联"少室山下禅林静，五乳峰前钟磬悠"说的就是少室山，历来是文人墨客歌咏游历之地。

徐凝自称一箪孤客，表明自己安于贫穷，清高自赏的个性，而少室山幽雅清静，正好符合他的性情，于是诗人就对少室山大为关注，开始向人们询问起少室山三十六峰的名称。本诗头两句就表现了诗人对于少室山的喜爱之情，为下文张目。

"青云无忘白云在"，"青云"者，谓仕途显达，飞黄腾达也，成语"平步青云"即是此意。作者科举不第，干谒无门，虽有满腔热情，一身才气，而仕进无门，所以说"青云无忘"。作者对当时只重名望，不重真才实学的社会现象十分愤慨，所谓"无道则隐"，失望之余，作者选择了隐居山林，终老此身，所以说"白云在"。"白云者"，谓遁世不出，南朝隐士陶弘景的著名诗作《诏问山中何所有，赋诗以答》："山中何所有，岭上多白云。只可自愉悦，不堪持赠君。"说的便是此意。而诗人已经没有入世做官之意，只想避世隐居，所以说"青云无忘白云在"。这就自然而然地引出最后一句"便可嵩阳老此生"。嵩阳为少室山所在地，可见作者是想在少室山下隐居终老了。作者第一次看到少室山，就一见钟情，甚至想隐居于此，终老一生，可见对于社会的失望和对于少室山的喜爱了。诗名虽曰"见少室"，其实没有一句写所见之物，而全是写隐逸之情。写的虽非实景，说的却全是实话。

88. 语儿见新月

几处天边见新月①，经过草市②忆西施③。
娟娟④水宿⑤初三夜，曾伴愁蛾⑥到语儿⑦。

注　释

①新月：农历每月初出的弯形的月亮。这里指初三夜。②草市：中国旧时乡村的定期集市。各地又有俗称，两广福建等地称墟，川黔等地称场，江西等地称圩，北方称集。起源很早，东晋时建康（今南京）城外有草市。大多位于水陆交通要道，或津渡及驿站所在地。草市既非官设，也无市官，有的后来发展为城镇。③西施：原名施夷光，春秋末期出生于浙江诸暨苎萝村。天生丽质，中国古代四大美女之首，是美的化身和代名词。④娟娟：姿态柔美貌。⑤水宿：指在舟中或水边过夜。⑥愁蛾：古女子画眉如蚕蛾，因称女子发愁时皱起的双眉为愁蛾。⑦语儿：古地名，即语儿乡。今浙江省桐乡市西南，春秋时在越国北境，与吴国相邻。《国语·越语》："句践之地，北至于语儿。"今桐乡市崇福镇是也。

析 评

诗人这年某月来到语儿，时在农月初三夜，天边新月如眉。正值语儿草市赶集，非常热闹。因此地春秋时是吴越国分界地，诗人想起了那个献身灭吴的越国美女西施。是乘舟经过这里的吧。那时她的心情如何？这是一首实景地怀古诗，新月下的水宿，草市之夜，诗人浮想联翩。

89.回施先辈①见寄新诗二首

九幽仙子西山卷②，读了绦绳③系又开。
此卷玉清宫④里少，曾寻真诰⑤读诗来。

紫河车里丹成也⑥，皂荚枝头早晚飞⑦。
料得仙官列仙藉⑧，如君进士出身⑨稀。

注 释

①先辈：与徐凝同科进士施肩吾。先辈，唐代应科举者相互的敬称。②西山卷：施肩吾著有《西山卷》十集。③绦绳：丝带子。④玉清宫：道教宫观。⑤真诰：《真诰》是道教洞玄部经书，为南朝道士陶弘景所著。他在茅山隐居期间写下了《真诰》。梁武帝请他出山参政。他画了两头牛：一头牛散放在水草之间，另一头牛载着金笼头，被人用绳子牵着，棍子赶着，梁武帝看了画，知道他不愿下山。⑥紫河车：胎盘。这里指娘胎。丹：道家炼制的所谓长生不老药。⑦皂荚枝头

早晚飞：《太平寰宇记》卷十六载：刘刚成仙飞升时凭要飞上皂荚树，方能继续飞升成仙。此处借此典言施肩吾成仙是早晚的事。⑧仙藉（籍）：神仙之乡，亦形容清幽之境。⑨出身：科举时代为考中录选者所规定的身份、资格。唐代举子中礼部试称及第，中吏部试称出身。

析 评

施肩吾在洪州西山修道时，写有《西山即事奉寄故园徐处士》，怀念他俩昔时同窗同科的友情，并劝慰徐凝要与他一样乐观地对待人生。这两首诗是诗人对施肩吾的回复诗。他写自己收到施肩吾寄给他的《西山卷》后，读了一遍又一遍，并称赞这样的好诗在道教界是极少的。而你的为人亦如南朝陶弘景，不为名利所羁绊，高风亮节，才华、人品都是极为珍贵的。这种秉性大概与生俱来，哪怕在仙籍中，像你这样进士出身的人，也是非常稀少啊！友谊之深，凝练于诗。

诗题中"施先辈"就是施肩吾。《唐才子传·徐凝》吴企明校笺说："凝与肩吾同时应举，未及第，故称肩吾为'施先辈'。"两诗表现了徐凝对施肩吾诗歌的喜爱，并对其进士出身却一心向道的经历表达赞美。徐凝又有《八月灯夕寄游越施秀才》诗："四天净色寒如水，八月清辉冷似霜。想得越人今夜见，孟家珠在镜中央。"其中"施秀才"疑为施肩吾，因为施肩吾有《遇越州贺仲宣》、《越溪怀古》等，知其曾游越。徐凝与施肩吾的亲密关系亦可从施肩吾的作品中看出来。在《与徐凝书》中，施肩吾自谓"仆虽幸忝成名，自知命薄，遂栖心玄门，养性林壑。赖先圣扶持，虽年迫迟暮，幸免龙钟，其所得如此而已"（《全唐文》卷七三九），对自己的想法直言不讳，既诚恳又真挚感人。又如《西山即事奉寄故园徐处士》："仆作江西少施氏，君为城北老徐翁。诗篇忆昔欢相接，颜貌如今恨不同。世界尽忧蔬上露，时人皆怕烛前风。唯余独慕神仙道，芥子虽穷寿不穷。"此是当时两人分隔两地时施肩吾相忆之作。对于两人共同游玩之乐，施肩吾亦有诗，如《同徐凝游东林》："火轮烈烈彩云浮，才到东林便是秋。有客故人来未暮，松风几沸碧山头。"另外，两人不仅友谊深厚、志趣相投，诗歌风格亦有几分相似。《唐才子传·徐凝》："(凝)与施肩吾同里闻，日亲声调。"唐张为《诗人主客图》就把他们共同列入"广大教化主"白居易的及门弟子。

紫河车，这里指娘胎。皂荚枝头用《神仙传》刘纲成仙的典故。刘纲是上虞县令，会道术，崇尚清静简易，其妻樊夫人亦能道术，两人用了不同的方式较量，刘纲总是稍逊一筹。后二人将要升天，刘纲需要上到厅侧数丈高的皂荚树上，方"力能飞举"，樊夫人只是坐在床上，即可"冉冉如云蒸之举"。本来这里皂荚树的用意是为了表明刘纲的道术不如其妻高，但用在这首诗里徐凝只取其上树升天成仙之意，是下旬"料得"之据。此诗所赠乃徐凝挚友、一心向道的施肩吾，这一点第一章交游考中已经谈到。施肩吾元和十五年及第后"不待除授，即东归"隐居，这在唐代即使不是个例也算是极其罕见了。唐代尤其到了中晚唐因求仕不得或因乱世而隐的大有人在，徐凝本人也经历求仕不得到隐居的过程，而像施肩吾这样及第后"不待除授，即东归"的人确实少有，也因此，这一经历本身远比其道士身份更有魅力，也更让人感兴趣，这也是徐凝在用了两个花哨的典故之后笔锋一转对其进士出身而隐居修道的经历进行赞美的原因了。

此诗着力于写其展读友人新诗时的喜悦之情，其"读了绦绳系又开"的情态、举止、心理的细节描写。既别致形象，又生动细腻而传神。施肩吾赠徐凝诗今存有《春日宴徐君池亭》(暂凭春酒换愁颜，今日应须醉始还。池上有门君莫掩，从教野客见青山。)、《同徐凝游东林》、《西山修道即会奉敬故园徐除士》，另有文《与徐凝书》一篇，与徐凝探讨养生的问题。徐凝另有回诗《回施先辈见寄新诗二首》《八月灯夕寄游越施秀才》等。

90. 送沈亚之赴郢掾①

千万乘骢沈司户②，不须惆怅③郢中游。
几年白雪无人唱，今日惟君上雪楼。

注 释

①沈亚之：（约 781—832）唐文学家。字下贤，吴兴（今浙江湖州市）人。元和进士。与李贺交游，官终郢州掾。曾游韩愈门下。善文辞，也能诗。为李商隐所推许。并作有传奇小说《湘中怨辞》《异梦录》《秦梦记》《冯燕传》等。有《沈下贤集》。郢：在今湖北江陵西北。掾：古代属官的通称。②乘骢：驾车马赴任。司户：官名。唐制府称户曹参军，州称司户参军，县称司户。③惆怅：伤感；愁闷；失意。

析 评

沈亚之，字下贤，吴兴人。元和五年至长安，在京期间与李贺有深交，然累举不第，直至元和十年（815），进士及第。时侍郎崔群知供举。亚之登第后，同年因候选（铨选）而直接入泾源李汇幕，被李汇辟为掌书记，然亚之到泾源不久，李汇即因疾而逝。李汇死后不久，亚之并未离开泾源幕。长庆三年（823），任栎阳尉（今陕西临潼东北），长庆四年（824）至大和初任福建团练副使，颇有政绩，为民爱戴。至大和二年（828）十二月任殿中侍御史，及大和三年五月，兼任德利行军诸军计会使判官。亚之为官，敢极言直谏。柏耆德行不听亚之劝，杀同捷，诸将疾其专冒攒诋之，文宗贬耆，亚之受牵连，贬虔州南康府。大和五年（831），谪郢州司户参军，并终于是任。亚之谪郢州之地时，徐凝写了这首诗，送沈亚之赴郢掾。考亚之一生，颇为坎坷，然其为政敢于直谏，能为百姓谋福利，故深得百姓爱戴。

这是作者送别友人沈亚之前往湖北赴任的诗作。关于沈亚之，宋人晁公武《郡斋读书志》记载：

沈亚之，字下贤，唐长安人（笔者按：应为吴兴人），元和十年进士。泾原李汇辟为掌书记，为秘书省正字。长庆初补栎阳尉。四年，为福建团练副使，事徐晦。后累进殿中丞御史，内供奉。大和三年，柏耆宣慰德州，取为判官。耆罢，亚之贬南康尉，后终郢州掾。亚之以文辞得名，狂躁贪冒，辅耆为恶，故及于贬。常游韩愈门，李贺、杜牧、李商隐俱有拟沈下贤诗，亦当时名辈所称云。

而诗人李贺送别沈亚之的《送沈亚之歌并序》的序言更能说明问题，其序曰：

文人沈亚之，元和七年以书不中第，返归于吴江。吾悲其行，无酒钱以劳，又感沈之勤请，乃歌一解以送之。

从《郡斋读书志》和李贺的序言来看，沈亚之曾经应举不第，后来虽然中举得官，但依旧仕途偃蹇，不得重用，这和诗人徐凝有诸多相同之处，所以徐凝作诗以送之。首句说沈亚之"千万乘骢"，是对沈亚之的赞美之词，说沈亚之是和桓典一样的正直之士。事见《后汉书·桓典传》：

（桓）典辟司徒袁隗府，举高第，拜侍御史。是时宦官秉权，典执政无所回避。常乘骢马，京师畏惮，为之语曰："行行且止，避骢马御史"。

既然沈亚之是和桓典一样的忠义之士，那么他即使遭到贬斥，也是问心无愧的，所以作者接着安慰他"何须惆怅郢中行"。起首两句既有对沈亚之的赞美，也有对他前往郢州的宽慰，都写得情真意切，令人鼓舞。

"白雪无人唱"也是运用典故，说明沈亚之的曲高和寡，事见宋玉《对楚王问》："客有歌于郢中者，其始曰：《下里》、《巴人》，国中属而和者数千人。……其为《阳春》、《白雪》，国中属而和者不过数十人。"

沈亚之去的正好是这一典故的发源地郢州，所以作者借用"阳春白雪"的故事，一方面说明沈亚之的曲高和寡，无人赏识，另一方面，"几年白雪无人唱"也隐晦地抨击了当朝用人不当，所用的全是《下里》《巴人》那样的庸俗之辈。幸好还有沈亚之这样的正直人士，挺身而出，所以作者最后说"今日唯君上雪楼"，来赞美沈亚之的"出淤泥而不染"的高尚品德。

全诗虽是送人之作，却无"儿女共沾巾"的悲悲啼啼，全是对沈亚之的赞美和宽慰之意，和初唐诗人王勃那句著名的"海内存知己，天涯若比邻"颇有异曲同工之妙。

91. 答白公

高景争来草木头，一生心事酒前休。
山公自是仙人侣，携手醉登城上楼。

析 评

从徐凝的生平看，他入仕途并不一帆风顺。宪宗元和年间，他初入京都，因不愿攀附权贵，常遭冷遇，而白居易、元稹两人与他却十分相得。白居易亲自陪他登上城楼，饮酒观景，研讨诗文。白居易的热情使徐凝的心倍感温暖。

他在离开长安南归前，向吏部侍郎韩愈辞别，有诗曰："一生所遇惟元白，天下无人重布衣。欲别朱门泪先尽，白头游子白身归。"深情地表达了他对元、白两人的敬仰感激之情，也抨击了当时只重名望、不重真才实学的社会现象。后来，徐凝在白居易等友人鼓励下，刻苦学习，终于与施肩吾成了唐代分水第一批进士。

徐凝有逸句"青山旧路在，白首醉还乡"，皆是徐、白二人交往之证。

92. 游安禅寺^①

欲到安禅游胜概，先观涌塔出香城。

楼台有日连云汉，壑谷无年断水声。

倚竹并肩青玉立，上桥如踏白虹行。

伤嗟置寺碑交碎，不见梁朝施主名。

注 释

①安禅寺：《光绪分水县志·营建》载："安禅寺在县西二十五里百江庄永济桥头，梁大同二年（536）邑处士严保琮创建，唐会昌元年梓州司马诸葛隽新之，宋末兵毁，元至正十六年（1356）僧思如重建。何梦桂为记。"此诗选自《严陵集一》。

析 评

要游安禅寺，先去观古塔。此古塔未见志书有记载。没有记载并不等于没有古迹，世上有许多有价值的事和物被湮没在历史长河中，诗人不可能无中生有的杜撰。安禅寺楼台建得很高很别致。百江，顾名思义是个多水源的地方，从群山涧壑中流出的溪水在这里汇成"百江"，终年流水声不断。穿行在翠竹丛中，那一支支翠竹犹如立着的青玉。走在百江桥上，桥下溪水 浪花滚滚，走在上面，仿佛在天上的白虹桥上踏行。可惜寺庙已很破旧，古碑也已断裂交碎，只知是梁朝时所建，但已无施主姓名，诗人感到十分惋惜。

　　附记：据分水志载，徐凝故居原在百江松村，离百江20多里地，他曾写有《再归松溪旧居宿西林》一诗，又曾在松村建了一座"徐偃王庙"。按宋袁甫《灵山庙碑记》，绍定中（1228—1233）封灵惠慈仁圣济英烈王，王妻姜氏协济夫人，子宝宗祐顺侯，宝衡佑德侯，宝明佑泽侯。庙此未知何据，或徐氏推所自出而祀之钦。

附

安禅寺记
宋·何梦桂

　　安禅寺，比丘思如师以至元乙酉作观音阁成，后几年远来乞记，曰："此某与某之徒，所以庄严佛土如此，事已迹陈，惧至湮没，愿得一言以传末世，何如？"余曰："可也，然所传不易也。"师曰："岂以一阁为不足传钦？顾所乞亦不独此阁是为也。穷山兰若，屋且余百楹，殿堂、楼阁、门窗、房霤，翼翼土木，雕绘金碧，熠熠钟鼓，鱼板枞枞，皆四方檀施与吾徒桑门捐赀出力而后成此，傥按其颠末而惠识诸碣石，庶有传乎。请数其概。寺盖肇基于萧梁大同之二年，于今盖八百载余矣，宋咸淳己巳悉燔于火，焦土余烬，露宿草栖茂如也，赖好施者倡义与众共图之，明年始成。佛殿旁附库堂，岿然离立而已，又明年始塑佛像，他事盖未遑也，又明年壬申成钟楼，又五年至元丙子成山门，又十六年辛卯成僧堂，旁翼接待云水室，楼上范金为丰钟一阁，上为大权菩萨像二十，凡若此者，大之兴废，小之成毁，愿大书特书，使来者有所考证。"

　　余闻其言而嘉之曰："甚哉！师之有志于传也，抑余窃有感焉者，何也？师佛之徒也，佛以空为宗，空则万法俱空，山河大地抑空。华尔室庐诸所有物寄于山河大地等为空华，复计其初为平野荒草，俄为栋宇榱桷，中为煨烬瓦砾，终复为栋宇榱桷，犹是空华。乱起乱灭于太虚，空中无有实相。况天地劫运流变无极，而独不向胡僧问昆明底事耶。大劫小劫同归变坏，为此世间微尘诸相畴非空华。谁实作者，谁实居者，谁实施者，谁实受者？取作者施者是有我相，取居者受者是有人相。人我俱空谁实为主？乃欲托言语以传不朽，是倚言语之独不为空华起灭也。虽记何为？"师瞿然起曰："我闻佛说空亦如是，抑闻入世出世间固有不空者在也。君其与我记诸，将留所谓不空者与此山无穷。"余曰："善，可记也。佛殿库堂，盖叶浩首出囊橐，与众协成者也。观音阁直佛殿后下以为法堂，盖思如与其徒惟新、净惠共辍衣钵构架，复藉众缘以卒成者也。法堂前为亭，穿殿门，揭板署额出思如已费。僧堂三门扁曰'选佛场'，接待室一门扁曰'栖云'，思如买民屋藉众力徙置。钟楼，俞某妻徐氏出奁资独成。山门，洪氏捐木，僧惟新、道人朱觉崧鸠众竣事。大权像，行者袁静因捐己及募众圆成。"记毕授师，师踊跃作礼曰："若此传矣。"至元壬辰春二月日。

93. 普照寺①

问人知寺路，松竹暗春山。潭黑龙应在，巢空鹤未还。
经年为客倦，半日与僧闲。更共尝新茗，闻钟语笑间。

注　释

①普照寺：普照寺位于浙江省杭州市临安区天目山麓，载《咸淳临安志·八四·寺观》。

析　评

　　诗人首次来到浙西临安天目山麓，寻找普照寺，问了人才知道去寺庙的路。时在春天，行走在山路上好像感到光线很暗淡，这是因为山上松竹茂密的缘故。寺旁不远有一处深潭，水深色黑（很绿）应是蛟龙出没的地方，松树上鸟巢空着，白鹤飞出去了尚未回来。前四句写山景，这种幽静的环境真是修身养性的好地方。

　　诗人在外奔波多年，身心感到很疲惫，今天来到寺院与僧人一起休闲谈笑，还能品尝到高山新茶，闻听暮鼓晨钟，如入禅境，彻悟"人以闲为福"的快乐。

94. 九锁山①

　　人行之字路嵚巇②，九锁山上胜九嶷③。
　　只被白云生不断，无端④点破⑤碧琉璃⑥。

注　释

　　①九锁山：见道士孟宗宝集虚所编洞霄诗集【邓牧洞霄图志卷二】山水门九锁山条。"自余杭西郭外，行十有八里，逆溪水上，左右合七峰，皆拔地数百尺，其址犬牙相错，行路并溪屈折者九，故云九锁，好事者悉命以名。"②嵚巇：嵚，山势高峻、高险；巇，大小成两截的山。又：大山上的小山。③九嶷：山名。即"九嶷山"，相传为舜所葬处。④无端：指无缘无故，亦指没有尽头。⑤点破："损毁"。⑥碧琉璃：碧绿色的琉璃，这里喻指碧净蔚蓝的天空。

析　评

九锁山在余杭西郭外，约十八里处。溯溪而上，九弯曲折，山中白云升腾，山高势峻，深幽无比，满目青翠的山林和碧透的天空常被白云锁绕。诗人游到此处，感叹这个地方真比湖南永州宁远县的九嶷山还要好得多啊！悠悠白云飘忽不断，把个碧空蓝天弄得"支离破碎"。

后来宋代诗人邓牧写有《九锁山十咏》诗（翠蛟亭、大涤洞、丹泉、凤洞、来岩岩、龙洞、栖真洞、天坛、仙人隐迹、云根石。）附邓牧生平：邓牧（1246—1306），元代思想家，字牧心，钱塘（今浙江杭州）人。宋亡，终身不仕、不娶，自号三教外人，又号九鉴山人，人称文行先生，淡泊名利，遍游名山。元大德九年（1305）朝廷派玄教大师吴全节请牧出山，断然拒绝。与南宋遗民谢翱、周密等友善，来往甚密，为谢翱作传，为周密作《蜡屐集序》。

附

九锁山十咏

宋·邓牧

天　坛

空山遗天坛，之人在天阙。

风雷长为护，草树不敢苗。

何当追遐踪，一笑俯明月。

来贤岩

石岩千尺高，曾见坡仙来。

坡仙化黄土，岩石空苍苔。

县知今人游，复令后人哀。

大涤洞

阴阴大涤洞，古色闷积铁。

谁横一石碍，坐与三岛绝。

元同我先去，不见肝肺热。

云根石

浮云无定姿，灭没须臾间。

一朝化顽石，千古遗空山。

天地亦幻物，谁能诘其端。

凤　洞

凤来青天开，凤去苍石裂。

玄风不复返，世事日消歇。

永怀接舆歌，勿蹈东鲁辙。

翠蛟亭

寒石岂成蛟，流泉亦非翠。

色缘映带得，意出飞舞外。

虽无风霆化，自与江海会。

丹　泉

仙翁炼丹去，流水作丹色。

萦盘出九锁，川后不敢惜。

岂无得道者，一饮凌八极。

栖真洞

何年采真游，遗此栖遁迹。

流泉金石奏，伏鼠霜雪色。

浮世几兴亡，残棋耿苔石。

龙　洞

老龙山中居，出山作霖雨。

风云几聚散，田野正辛苦。

神仙地位高，使尔司下土。

仙人隐迹

至人犹神龙，变化不可测。

隆然七尺躯，印此一片石。

我行半江海，空飞杳无迹。

95. 苏小小墓

古木寒鸦①噪②夕阳，六朝③遗恨④草茫茫⑤。

水如香篆⑥船如叶，咫尺⑦西陵不见郎。

（载《舆地纪胜三·嘉兴府古迹》）

注　释

①寒鸦：又称慈乌、慈鸦、小山老鸹等。②噪：许多鸟或虫子乱叫。③六朝：东晋、东吴、宋、齐、梁、陈，六个朝代先后建都于建康（吴称建业，今江苏南京），史称六朝。④遗恨：未尽的心愿，未完成的理想，遗憾。⑤草茫茫：茂盛，春草茫茫。⑥香篆：指焚香时所起的烟缕。因其曲折似篆文，故称。⑦咫尺：形容距离近。

析　评

诗人吟苏小小墓诗有两首，另一首是《嘉兴寒食》。关于苏小小的生平，有两种说法，一说是嘉兴人，另说是钱塘人。西陵亦有嘉兴西陵和杭州西陵之别，无法考证。不过从诗人所吟看来，唐时嘉兴有苏小小墓，应是真实的。

这里我们抛开地籍，从诗意来欣赏这首诗。诗人在一个寒鸦噪鸣的傍晚经过苏小小墓地，墓旁古木参天，夕阳的余晖斜射到孤墓上平添凄凉景色。嘉兴是水乡，内河纵横交错，被风吹皱的湖水在轻漾，像焚香时的缕缕烟丝，水面上的船只似落叶一样在飘荡。这个追求爱情与理想人生的歌妓，终究未能逃出时代命运的安排，抑郁而死。墓地与她生前与阮郎相会的西陵不远，可是孤零零的葬在这里，周围满是茫茫春草，留给人们是无限的同情和惋惜罢了。

附

录

白居易·凭李睦州访徐凝山人^①

郡守轻诗客^②，乡人薄钓翁^③。解怜徐处士^④，唯有李郎中^⑤。

白居易（772—846）唐代诗人。字乐天，晚年号香山居士，其先太原（今属山西）人，后迁居下邽人（今陕西渭南北）。贞元进士，授秘书省校书郎。元和年间任左拾遗及左赞善大夫。后因上表请求严缉刺死宰相武元衡的凶手，得罪权贵，贬为江州司马。长庆间任杭州刺史，宝历初任苏州刺史，后官至刑部尚书。白居易文章精切，尤工诗，作品平易近人，老妪能解，是新乐府运动的倡导者。晚年放意诗酒，号醉吟先生。初与元稹相酬咏，号为"元白"，又与刘禹锡齐名称为"刘白"。著有《白氏长庆集》。

注　释

（录自《全唐诗》卷四百五十七，中华书局1960年版，第5192页。）

①睦州：州名。隋仁寿三年（603）置。治雉山（今淳安西南），唐移治建德。辖境相当于今桐庐（分水）、建德（寿昌）、淳安（遂安）三县地。李睦州或即睦州郡守长官李幼清，元和元年（806），任睦州刺史。又说李善白，待考证。山人：指隐士；又指山野之人，谦称。②郡守：官名。郡的行政长官。诗客：诗人。③薄钓翁：轻、薄，皆轻视，看不起的意思。钓翁，应指徐凝。④解怜：了解，关心和怜

爱。处士：古时候称有德才而隐居不愿做官的人。后来泛指没有做过官的读书人。⑤李郎中：即李睦州。

赏　析

这首诗的意思：历来郡守都看不起诗人，乡里的人看不起隐士，理解怜爱你徐处士的，只有李郎中。

分水柏山村口豪渚埠，南面就是分水江，对岸就是著名的龙潭。西面的洲岸上有数块很大的礁石，分水江流经这里，一个之字形大转弯，冲击成一个深潭，叫望江潭，礁石就在深潭边上。徐凝吟咏之余，常戴笠披蓑坐在礁石上垂钓。山青、水碧、树绿、天蓝，他整个身心都沉浸在大自然宁静淡泊的拥抱之中。开成二年（837）暮春三月的一天，白居易在李睦州的陪同下专程来分水县柏山村探望徐凝，徐凝惊喜不已，世上只有超脱势与利的情才是真情，想他白居易堂堂刺史、太子太傅，而自己是一介布衣，他竟远道前来看望自己，这是一种什么感情和境界？徐凝嘱妻子敬茶，自己亲自烹鱼斟酒招待。席间，白居易与李睦州品尝了徐凝的厨艺后大加赞赏，说此鱼烧得鲜美无比，徐凝谦虚地说，这是由于天目溪（今称分水江）里的鱼质好罢了。当李睦州告诉白居易，此鱼还是徐凝亲手捕钓时，白居即兴吟成《凭李睦州访徐凝山人》诗。晚上白公与李睦州未去十里地的分水县衙下榻，而是在徐山人茅舍宿了一夜。西窗剪烛恨夜短，三人几乎彻夜长谈。第二天徐凝送二公到江边上船，他指着赋诗阁，又指指几块礁石说，这两处是我吟咏之所和垂钓之地，平生乐在山水之间也。

唐彦谦·寄徐山人①

一室清羸鹤体孤②，体和神莹爽冰壶③。
吴中高士④难求死，不那稽山有谢敷⑤。

唐彦谦（？—893），字茂业，号鹿门先生，并州晋阳（今山西太原）人。咸通二年（861）进士。中和中（881—884），被王重荣辟为从事，官至兴元（今陕西汉中）节度副使、阆州（今四川阆中）、壁州（今四川通江）刺史。博学多艺，文词壮丽，至于书、画、音乐、博饮之技，无不出于流辈。擅五言古诗，师法李商隐，然风格颇清浅显豁。中和四年（884），归仁泽撰《唐王重荣德政碑》，为其所书。有《鹿门集》三卷传世。

注　释

（录自《全唐诗》卷六百七十一，中华书局1960年版，第7683页。）
①徐山人：指徐凝。②清羸：清羸瘦弱。鹤体孤：鹤体，仙道者的身体；孤，孤高独特。③神莹：心地明澈。爽冰壶：爽，清爽；冰壶，冰心玉壶，爽似冰壶，比喻心地纯洁。④吴中高士：指晋戴逵。《晋书·戴逵传》："孝武帝时，以散骑常侍，国子博士累征，辞父疾不就，郡县敦逼不已，逵虽逃避至吴，却潜诣王珣别馆，似隐而非隐。"⑤稽山：会稽山，今浙江绍兴。谢敷：《晋书》卷九十四《谢敷传》："谢敷，字庆绪，会稽人也，性澄清寡欲，入太平山十余年，镇军郗愔召

为主簿，后征博士，不就。谢敷隐居会稽山。初，月犯少微星，一名处士星，时戴逵名重于敷，时人忧之。结果谢敷死，故会稽士人嘲吴人云："吴中高士，求死不得。"此典透露出时人对'高士'与'处士'的严格界义。

赏　析

唐彦谦写这首诗寄徐凝时，徐凝年事已高，身体清羸瘦弱。但他至老不改心地明澈纯洁、清廉正直的品性。诗人用晋时戴逵与谢敷的典故作比喻，把徐凝比作会稽人谢敷，是名副其实的真处士，并非像某些人既要"清高"的美名，而实质是贪利图名虚伪的假处士。这首诗既表达了诗人对徐凝人格的极高评价，也流露了对徐凝深挚的敬仰之情。

李频·送徐处士①归江南

行行②野雪薄，寒气日通春。故国又芳草③，沧江终白身④。
游归花落满，睡起鸟啼新。莫惜闲书札⑤，西来问旅人。

李频（818—876），字德新，唐寿昌长汀源（今浙江建德李家镇）人。大中八年（854）进士，调校书郎，任南陵县主簿，又升任武功县令，颇有政绩。唐懿宗奖以绯袋、银鱼，调京任侍御史，后升任都官员外郎。不久，任建州（今福建建鸥）刺史。乾符三年（876）病死任上。《全唐诗》载李诗208首。

注 释

（选自《全唐诗》卷五百五，中华书局 1960 年版，第 6826 页。）

①徐处士：徐凝。②行行：不断地行走。言甚远。③故国：故乡，家乡。芳草：这里指春天。④沧江：江流，江水。白身：旧指平民，亦指无功名无官职的士人或已仕而未通朝籍的官员。⑤书札：书信。

赏 析

这首诗是李频送徐凝回故乡分水时所作。徐凝从少年时求学，后来为求功名，到处游历奔波。由于他不愿拜谒显贵，仕途不顺，到老终以白身而归。诗人对徐凝的命运是同情的，对他的为人是敬佩的。诗人劝慰徐凝回到故乡去好好享受山水之乐，常与他通信。

喻凫·冬日寄友人①

空为梁甫吟②，谁竟是知音③。风雪坐闲夜，乡园来旧心。

沧江孤棹逈，落日一钟深。君子久忘我，此诚甘自沉。

喻凫（798？—852？）南昌人，开成中登进士第，仕为乌程尉。有诗名，徙家分水，尝与方干赋诗往还。

注 释

（选自《全唐诗》卷五百四十三，中华书局 1960 年版，第 6276 页。）

①友人：此处指徐凝。②梁甫吟：亦作《梁父吟》，是古代用作葬歌的一支民间曲调，音调悲切凄苦。③知音：古代伯牙善于弹琴，钟子期善于听琴，能从伯牙的琴声中听出他寄托的心思，子期死，伯牙绝弦，以无知音者。后来用知音比喻为知己，能赏识自己的人。

赏 析

喻凫是晚唐较为著名的诗人，曾与李商隐、姚合、贾岛、徐凝、方干、李频、顾非熊、杜荀鹤等交往唱和，与姚合、方干尤为亲善，并因其诗学贾岛，而被与之并称为"贾喻"。他的人品、才气都曾被当时的很多人推重，他在诗歌创作中的认真和作品的成就，也曾受到友朋的高度评价。

这首诗是他寄给友人徐凝的。他敬仰徐凝的才学和人品，但对徐凝的人生际遇颇感怜惜，他与徐凝是堪称知音的。喻凫晚年徙家分水，分水是他的第二故乡。

雍陶·送徐山人①归睦州旧隐

君在桐庐何处住，草堂应与戴家邻②。

初归山犬翻惊主，久别江鸥③却避人。

终日欲为相逐计④，临歧空羡独行身⑤。

秋风钓艇⑥遥相忆，七里滩⑦西片月新。

雍陶，字国钧，成都人。大和八年（834）进士及第。大中六年（852）授国子毛诗博士。与贾岛、殷尧藩、无可、徐凝、章孝标友善，以琴樽诗翰相娱，留长安中。大中末，出刺简州，时名益重。后为雅州刺史，竟辞荣，闲居庐岳，养疴傲世，与尘世日冥矣。有《唐志集》五卷，今存。

注　释

（录自《全唐诗》卷五百一十八，中华书局 1960 年版，第 5914 页。）
①徐山人：指徐凝。②草堂：草庐，隐者所居的简陋茅屋。戴家：戴颙（378—441），字仲若，戴勃（371—396），兄弟两人都是东晋画家、雕塑家、琴家、隐士。祖籍谯郡铚地（今安徽省濉溪临涣）。因八王之乱和五胡乱华，中原烽火连天，中原戴姓大举南迁，戴颙、戴勃兄弟随父亲戴逵从谯郡铚县南迁至会稽剡县（今浙江嵊州）。桐庐县内有很多名山大川，戴勃和戴颙兄弟俩一起去游玩，后居住在那里。③江鸥：生活在江中的鸥鸟，食小鱼及其他水生动物。④相逐计：追赶，逐鹿，争相取胜。⑤临歧：岔路，古人送别常在岔路口分手，往往把临别称为临歧。空羡：羡，因喜爱而希望得到，羡慕，临渊羡鱼。空羡指希望落空。独行身：谓节操高尚，不随俗浮沉。⑥钓艇：钓鱼船。⑦七里滩：又名七里濑，在桐庐严陵山西，即东汉高士严光垂钓处。

赏　析

雍陶与徐凝是诗友，这首诗是雍陶送徐凝归分水故乡时所写。诗意大致是：你的老家住在桐庐什么地方？大概与戴家（东晋戴颙、戴勃）相邻近吧，你终日为实现理想在外努力奔波，因你离家时间长，刚回到家时可能连山犬也不认识你了，分水江边的鸥鸟也避你而飞。我今天送你到岔路口就要分别了，别后相处两地，只能遥相思念。但我知道那是个很好的地方，钓鱼取乐，东汉高士严光就曾经在那里隐居啊。

施肩吾诗四十五首赏析

施肩吾（780—861），唐道士，字希圣，号东斋。睦州分水（今浙江桐庐）人。有诗名。元和十五年（820）进士，后隐于洪州西山（今江西新建西，一名南昌山）修道。世称华阳真人。著有《西山群仙会真记》《太白经》《黄帝阴符经解》《钟吕传道集》等，另有诗《西山集》十卷。《全唐诗》卷四百九十四收施肩吾诗一百八十四题，一百九十七首；《全唐诗外编》第四编"全唐诗续补遗"收施肩吾诗八首。其诗奇丽。

及第后过扬子江①

忆昔将贡年②，抱愁此江边。鱼龙互闪烁③，黑浪④高于天。
今日步春草，复来经此道。江神⑤也世情，为我风色好。

注　释

（以下施肩吾诗均录自《全唐诗》卷四百九十四、《全唐诗外编》卷
九中唐五。）

①扬子江：江名。长江在今仪征、扬州一带，古称扬子江。②贡
年：科举时代考试贡士的这一年。③闪烁：光晃动不定貌。④黑浪：
巨浪，恶浪。因其色深，故称。⑤江神：长江之神，有地方性的长江
之神和整体性的长江之神之分，大一统的国家形成后，国家祭扫江
神，才有整体意义上的江神。

赏　析

这首诗是施肩吾及第后返归故乡分水时，在过扬子江时吟写的。上半首回
忆当年上京（唐都长安）赶考时路过这里的复杂心情。几十年寒窗苦读，千里
迢迢奔赴京城去求取功名，未来如何，难以预料。在那鱼龙混杂的考生中，命
运之神花落到谁家？那大概是一个凄风苦雨的日子，长江边风浪很大，被风卷
起的巨浪仿佛在捶击着他的心房。

下半首写今日高中进士，还被钦点为状元，此时的心境和昔时截然不同。
古人云，人生四大乐事："久旱逢甘霖，他乡遇故知。洞房花烛夜，金榜题名

时。"洞房花烛，那是绝大多数人都要经历的，而金榜题名，却是少数人的"专利"。今日诗人金榜题名复经此地，连江神老天爷也变得通人情起来了，给了一个春光明媚、风平浪静、景色如画得好境遇。这也许是巧遇，但人的主观情感也能给大自然抹上神奇的色彩，所谓"以我观物，物皆着我之色彩"原因就在这里。

此诗首句入韵，前三韵用平声，后三韵用仄声，也大有由忧愁转喜乐等深意。

夜宴曲

兰缸①如昼晓不眠，玉堂②夜起沈香烟。
青娥③一行十二仙，欲笑不笑桃花然。
碧窗④弄娇梳洗晚，户外不知银汉⑤转。
被郎嗔罚⑥琉璃盏⑦，酒入四肢红玉软。

注　释

①兰缸：燃兰膏的灯，亦指精致的灯具。②玉堂：豪华的宅第，这里喻指神仙的住处。③青娥：指美丽的少女。④碧窗：绿色的纱窗。⑤银汉：银河。⑥嗔罚：怒罚，可用在这里的意思是"嬉怒"。⑦琉璃盏：用琉璃制作成的盛酒的器皿。

赏　析

　　玉堂中点着用兰膏作燃料的灯，焚烧着用沉香制作的香，光芒四射如同白昼，烟雾缭绕仿入仙境，人们直到天亮还没有睡意。美丽的少女一共有十二人，青春亮丽，欲笑不笑的神态，恰似那怒绽的桃花。在绿色的纱窗下各自在梳妆打扮，窗外的天色星河灿烂，大家开始夜宴，轻歌曼舞，嬉笑中被郎罚一杯杯酒，少女原是洁白如玉，被酒灌得满脸绯红，浑身上下感到软弱无力了。

　　这首诗是诗人在西山（江西洪州西山）学道时所作。西山有众多男道士，亦有不少女道士，学道之余常聚集在一起宴酒取乐，过的真是神仙般的生活。

古别离①二首

　　古人谩歌西飞燕②，十年不见狂夫③面。
　　三更④风作切梦刀，万转愁成系肠线。
　　所嗟⑤不及牛女星，一年一度得相见。

　　老母别爱子，少妻送征郎。
　　血流既四面，乃一断二肠。
　　不愁寒无衣，不怕饥无粮。
　　惟恐征战不还乡，母化为鬼妻为孀⑥。

注 释

①古别离：乐府杂曲歌词名。②西飞燕：《古乐府·东飞伯劳歌》："东飞伯劳（伯劳鸟）西飞燕，黄姑织女时相见"句，后人就用"劳燕分飞"成语来比喻离别。③狂夫：古代妇女对人称自己丈夫的谦辞。④三更：指半夜，十一时至翌晨一时。⑤嗟：文言叹词。⑥孀：寡妇，死了丈夫的妇人。

赏 析

第一首写女子对丈夫的思念之情，写得情真意切。一别十年，难见一面。凄厉的夜风似刀，常把她的梦切断。惊醒过来，又是愁肠万转，牵肠挂肚，这样无期限的离别，杳无音讯，痛苦万分。还不如那牛郎织女，虽然一年中只有一次相会，但还有个盼头。这种愁苦要到何时才能结束啊？

第二首写安史之乱虽被平定，但战事仍然不断，朝廷征兵造成人民的痛苦，母别子，妻送郎，临行送别时血泪满面，肝肠欲断。她们牵挂的不是饥也不是寒，怕的是亲人一去不复返，做母亲的到死时无子送终，做妻子的成了寡妇，人生的悲痛莫过于此。此诗表现了诗人对人民生活的关切与同情。

送人南游

见说南行偏不易，中途莫忘寄书频①。
凌空瘴气堕飞鸟②，解语山魈恼病人③。
闽县绿蛾能引客④，泉州乌药好防身⑤。
异花奇竹分明看，待汝归来画取真。

注　释

①频：次数多而连接。②凌空：高升到天空。瘴气：旧指南方山林间湿热蒸郁致人疾病之气。堕：掉下来，堕落。③解语山魈恼病人：其中的"解"为唐宋俗语字，是"能"、"会"的意思。语：说话。山魈：指神秘的野人。整句意为了解人语的神秘野人会捉弄病人。④闽县：今福建省福州市区和闽侯县的一部分。绿蛾：昆虫，与蝴蝶相似，体肥大，触角细长如丝，翅面灰白，静止时，翅左右平放，常在夜间活动，有趋光性。⑤泉州：今福建省泉州市。乌药：中药名。功能主治行气、散寒、止痛。用于胸腹胀痛，寒疝腹痛，下焦虚寒，小便频数。

赏　析

诗人送客南游，客人去的地方是南方福建、广东一带。诗人临别赠言以诗寄情，关怀备至殷殷交代。你到南方去游并不容易，路途遥远，一路上要常给我寄书捎信，免我挂念。听说岭南的地方瘴气很重，连天上飞鸟也被熏堕下来，那里的山魈懂人语，会捉弄病人。闽县的绿蛾在夜间能发光引人，泉州的乌药采备一些可作防病之用。那个地方奇花异草翠竹很多，尽你观赏，我等你回来把那里的景色描画出来共同欣赏。

赠边将①

轻生奉国不为难②，战苦身多旧箭瘢③。
玉匣④锁龙鳞甲冷，金铃衬鹘羽毛寒⑤。
皂貂⑥拥出花当背，白马骑来月在鞍。
犹恐犬戎⑦临虏塞，柳营时把阵图看⑧。

注　释

①边将：防守边疆的将帅。②轻生奉国不为难：轻生，不惜自己的生命，这里指不怕死。奉国：献身为国。③瘢：创伤愈后的疤痕。④玉匣：玉制的莽服，又称玉衣。把玉琢成各种形状的小薄片，角上穿孔，按等级不同采用金缕或银缕连缀而成。关于玉匣的起源，据考古资料，早在东周时就有"缀玉面幕和缀玉衣服"，可能是玉匣的雏形。⑤金铃衬鹘羽毛寒：衬：衬托。鹘：古书上说的一种鸟，短尾，青黑色。⑥皂貂：指黑貂制成的袍服。⑦犬戎：中国古代的一个民族，即猃狁，也称西戎，活动于今甘肃一带，猃、岐之间。⑧柳营时把阵图看：细柳营，西汉将军周亚夫驻军之地。后亦代称纪律严明的军营。阵图：作战布阵的地图。

～　赏　析　～

这是首洋溢着爱国主义激情的战歌。首句写将军为了国家，甘愿奉献出自己的一切，甚至生命。诗人用高昂激越的调子领起全篇，贯彻全篇。将军那一身旧箭瘢，标志着王朝多难，说明将军参加过不少苦战恶斗，是一位出生入死，甘冒锋镝的英雄。"旧"字概括了岁月的悠久和经历的丰富。以下六句转写将军不但在战场上叱咤风云，而且时时高度警惕和勤勉，备战练兵，巡视营地。防备敌人，翻看战图，了解军情。刻画出将军高度的责任心和使命感，保卫国家和人民的安全。

上礼部侍郎陈情①

九重城②里无亲识，八百人中独姓施。
弱羽飞时攒箭险③，蹇驴行处薄冰危④。
晴天欲照盆难反，贫女如花镜不知。
却向从来受恩地，再求青律⑤变寒枝。

～　注　释　～

①礼部侍郎：礼部，中国古代官署名。南北朝北周始设，隋唐为六部之一，历代相沿。考吉、嘉、军、宾、凶，五礼之用；管理全国学校事务及科举考试以及藩属和外国之往来事。其长官为礼部尚书，副长官即为礼部侍郎。此处礼部侍郎指李建。陈情：陈诉衷情。②九重城：宫禁。古制，天子之居有门九重，故称。③弱羽：谓羽毛未丰。

指飞行弱的小鸟。攒：攒射，集中射击。④蹇驴：跛蹇驽弱的驴子。薄冰危：如履薄冰。⑤青律：指代表春天的管律。借指春天。

赏　析

这是诗人考取进士后写给礼部侍郎李建的一首诗。元和十五年唐宪宗于正月去世，唐穆宗即位，宦官弄权，国势日衰。他虽已及第，但审时度势考虑到自己的性格和志趣不适宜做官。在京城长安诗人除同乡同科徐凝外，没有一个亲人和相识的人。在官场上他将如弱羽学飞，蹇驴履冰，随时遇有危险，即使满腹才华亦难以施展抱负。他虽已金榜题名，但厌惧官场即生退隐之心，不如回归到受恩之地——故乡，放弃功名利禄的追求，回到民间去过平淡的生活。

幼女词

幼女才六岁，未知巧与拙。向夜①在堂前，学人拜新月。

注　释

①向夜：临近晚上的时候。

赏　析

这是一首描写童真生活的作品，更似一幅妙趣横生的风俗小画。幼女才六岁，是人生中最天真烂漫的年龄；未知巧与拙，还不谙世事，不懂灵巧与笨拙，是最直爽表露的时候，容易看人学样，觉得新鲜有趣。时间是农历元宵新月刚出来的时候。她学着大人的模样在拜月亮，把一个活泼可爱的幼女形象生动地呈现在读者面前。

《唐诗汇评》对这首诗评价颇高。《唐诗选脉会通评林》载吴山民曰："细景。"顾璘曰："意新。幼女无知，学人拜月；天然景趣，自觉悦人。于鹄有《古词》，俱述小儿女行径，语似古，殊不如此词浅而有致。"《唐诗笺注》："真情真景，无斧凿痕。'学人'二字，所谓'道是无情却有情'也。"《唐诗真趣编》："本色如话，此诗中太羹元酒也，徒事粉饰雕琢者那知此味？'拜新月'见形巧，'学'字并性巧都画出。"

观花后游慈恩寺①

世事知难了，应须问苦空②。羞将看花眼，来入梵王宫③。

注　释

①观花后游慈恩寺：观花：新进士"期集"之风。慈恩寺：位于陕西长安（今西安）南郊，始建于隋开皇九年（589），初名无漏寺。唐贞观二十年（646）皇太子李治为其母文德皇后追荐冥福而扩建为大慈恩寺。玄奘奉敕由弘福寺移居此寺为上座并主持经院，翻译佛经。永徽三年（652），玄奘奏请于寺内建贮存佛经的大雁塔。 ②苦空：佛家语。佛教认为世俗间一切皆苦皆空，因名苦空。俱舍论二六："苦圣谛有四相：一非常，二苦，三空，四非我。违圣心故苦，于此无我，故空。"③梵王宫：本指大梵天王的宫殿，泛指佛寺。

赏　析

唐代进士榜公布后，按惯例，金榜题名的举子们都要登上大雁塔题名，到曲江池赴宴，在长安城各大名园观花等宴游活动。诗人在题名、赴宴、观花后到慈恩寺游览。

慈恩寺是一座佛教寺院，施肩吾是道教信仰者，道教与佛教一样信仰的都是出世，而他现在追求的是入世功名，他的心态处在出世、入世的矛盾之中，羞愧自己用看花的眼睛（名利）来面对清高的佛地。表现出诗人对功名的动摇，也是对自己信仰的一种抉择。

瀑　布

豁开青冥颠①，写出万丈泉。如裁一条素②，白日悬秋天。

注　释

①豁：裂开。青冥：形容青苍幽远，这里指青天。颠：头顶。②素：本色，白色。

赏　析

这是首写瀑布的诗，但未指出地点，可能是庐山。写瀑布诗最著名的是唐代李白《望庐山瀑布》。写此诗题的还有徐凝、张九龄、宋王安石、元代杨雄等。施肩吾这首瀑布诗写得气势宏伟，别开生面。苍天上豁开了一道口子，万丈清泉从天而降，它如一条洁白的素绢悬挂在天空，在秋天白日的映照下更是熠熠生辉。这区区二十字，却写得摄人魂魄、气象万千，可与李白的诗相媲美。

望夫词

手爇寒灯向影频①，回文机②上暗生尘。
自家夫婿无消息，却恨桥头卖卜人③。

注　释

①爇：点燃。寒灯：寒夜里的孤灯。多形容寂寞凄凉的环境。向影频：身影在后，不断回头，几番顾影。既有寂寞无伴之感，又是盼人未至的情态。②回文机：织璇玑图的布机。③卖卜人：占卜、算卦的人。

赏　析

这诗描写一位女子长夜不眠，寒夜里点燃孤灯，几番回望孤影，盼夫未归的凄凉心情。"回文机"，用了一个为人熟知的典故：前秦苻坚时，秦州刺史窦滔被徙流沙，其妻苏蕙善属文，把对丈夫的思念织为回文璇图诗，共八百四十字，读法宛转循环，词甚凄婉（见《晋书·列女传》）。这里用以暗示"望夫"之切。多次织回文寄夫，也杳无音讯，失望之极，再也无心织布，机上积了灰尘。她又寂寞又焦急，怀着希冀去问占卜人，结果并没有得到丈夫的消息，她于是迁怒于那个占卜者，正如俗话所说的"不怪老虎怪山头"。

《唐诗汇评·唐诗笺注》："眼前语情事弥挚。"向影频"，言顾影自怜也。"暗生尘"，是不情不绪光景。"《唐诗真趣编》："婉转曲折。"刘仲肩曰："口处正是妙处。"《葵青居七绝诗三百纂释》："不怨夫婿而怨卖卜人，温厚之旨可谓怨而不怒。"

忆四明山①泉

爱彼山中石泉水，幽深夜夜落空里。
至今忆得卧云时，犹自涓涓在人耳。

❀ 注　释 ❀

①四明山：在浙江省宁波市西南。天台山支脉，南北走向。

❀ 赏　析 ❀

诗人在四明山上住了多少时间，无以考证。除《忆四明山泉》外，诗人还写过《宿四明山》、《同诸隐者夜登四明山》、《寄四明山子》等，可见诗人对四明山是爱得很深的。

四明山处在古代著名的旅游线——"唐诗之路"的中心，即会稽山、四明山、天台山。四明山苍翠如黛，山涧溪流淙淙，泉水叮咚，终年不息。清冽的甘泉是大山的精华，它有幽深的源流，弯曲奔泻，特别是晚上睡在山上，夜起山雾仿佛人卧在云中，那飞泉落空和潺潺的流水声给人一种梦幻般的感觉，至今仍在耳边萦绕，使人难忘。

岛夷①行

腥臊海边多鬼市②，岛夷居处无乡里③。
黑皮年少学采珠④，手把生犀照盐水⑤。

注　释

①岛夷：古指我国东部近海一带及海岛上的居民。②腥臊：腥臭。鬼市：据《辞源》，"鬼市"即夜市。夜间集市，至晓而散。③乡里：乡民聚居的基层单位。④采珠：采集明珠。⑤生犀照盐水：传说燃犀角可使水中通明，真相毕明。

赏　析

这首诗是诗人率族人开发澎湖时所写，时间约在唐武宗会昌六年（846）。据《台湾通史》载："及唐中叶，施肩吾始率其族，迁居澎湖。肩吾分水人，元和中举进士。隐居不仕，有诗行世。其题澎湖一诗，鬼市盐水，足写当时景象。"由于那时的海边一切都是原生态的，海生动植物的自生自灭现象形成一片腥臊之气。海上气候多变，时常出现"海市蜃楼"的幻景。诗人初到这里，虽暂有住处但还没有形成乡民聚居的乡里。在海风吹拂日光照射下，少年们的身上都被晒得黑不溜秋的样子，他们在饶有兴趣地学采珍珠。

这首诗不仅真实地记录了施肩吾在一千一百多年前开发澎岛的历史，同时把当时的海域风光描写得生动有趣，腥臊鬼市，黑皮采珠，生犀盐水，那时的海岛虽然荒蛮，但空气清新，生物茂盛，是真正的低碳生活环境。

冬日观早朝①

紫烟捧日炉香动②，万马千车踏新冻③。
绣衣④年少朝欲归，美人犹在青楼⑤梦。

注　释

①早朝：君王亲自听政，定期视朝，是我国古代旧制。周朝时就有所谓"三朝"。早朝的内容，一般是臣下奉命上殿"轮对"，述说时政利弊，研讨处理政务，即所谓"听政"。②捧日：谕忠心辅佐帝王。炉香：熏炉里的香气。③新冻：新结的冰冻。④绣衣：彩绣的丝绸衣服，古代贵者所服。这里指官袍。⑤青楼：青漆涂饰的豪华精致的楼房，亦指妓院。

赏　析

诗人在一个冬日，亲见了官员上早朝的情况。

百官怀着忠心辅佐帝王的使命，宫殿前的熏炉里紫烟绕缭香气漫盈，许许多多骑马的坐车轿的官员踏着地上刚结起的冰冻前去上早朝，皇帝一般是六、七时视朝，做臣下的必须提前到达等候，而大臣们住的地方远近不一，大多必须在早晨三、四更（约三时左右）起床，四、五更（约五时前）趋朝。穿戴着官服的年轻官员们，早朝完后回来，娇美的妻妾还在华楼上做着美梦呢。

观吴偓①画松

君有绝艺终身宝，方寸巧心通万造。
忽然写出涧底松，笔下看看一枝老。

注　释

①吴偓：唐代著名山水画家。

赏　析

　　吴偓是唐代山水画家，唐代的绘画在我国艺术宝库中占有很重要的地位，曾出了如吴道子、薛稷、李思训、张璪、吴偓等著名画家。艺术是人类诗意栖居的精神家园。山水画是自然与艺术，物与我，"造化"与"心源"的融炼和升华。诗人称吴偓的画为"绝艺"，不仅功底深厚，并且有自己独特的风格和他人难以企及的艺术高度。吴偓和张璪都擅长画"涧底松"，方寸之间，匠心独具，造化无穷，高山流水下松枝偃仰，伸屈于广阔天空，气傲烟霞，势凌风雨，并赋蕴深刻涵义。

　　"忽然写出"喻画家胸有成竹，艺技娴熟，画出的涧底松气势磅礴。吴偓画松，手握双管同时下笔，生荣枯萎各呈态势，寥寥数笔极具神韵，诗人看了佩服得五体投地。名画家多是痴者，古往今来，一些伟大的画师，以怪僻的习性伴随超人的成绩。终其一生追求不辍，乐在其中，他们的境界是庸家俗手难以到达的。

诮山中叟①

老人今年八十几，口中零落残牙齿。
天阴伛偻带嗽行，犹向岩前种松子。

注　释

①诮：讥嘲，这里是开玩笑的意思。叟：年老的男人。

赏　析

　　这首诗如一幅素描，短短四句诗，描绘出一幅生动形象的画图。一个八十多岁的山中老人，口中只剩下几颗牙齿。在个阴冷的天气里，他驼着背咳嗽着行走，到岩石前的山地上去栽种松子。这满山的松树有许多是他的劳动成果。他在山中生活了数十年，生活环境虽然简朴，但大自然的清纯之气养育着他的生命，在医药科学不发达的古代，能活到八十多岁实属不易了。

春日餐霞阁①

洒水初晴物候新②，餐霞阁上最宜春③。
山花四面风吹入，为我铺床作锦茵④。

～ 注　释 ～

①餐霞阁：是一座青砖砌就的阁楼，是道士谈经论道、拜神求仙的地方，在阁顶设神坛铜盘，承接乾坤雨露修炼真气的。有趣的是，阁顶的造型恰似一顶道士帽。此餐霞阁在洪州西山。②物候：主要指动植物的生长、发育、活动规律与非生物的变化对节候的反应。物候新，指春天到了。③宜春：适宜于春天；适应春天。④锦茵：锦制的垫褥。

～ 赏　析 ～

这首诗文句隽永，意境深幽，趣味无穷。一年四季中春天是最美的时节，而雨后的春晴景色更是撩人。我们常说某某漂亮，漂就是用水冲去杂质使物体焕然一新。一番春雨后天气晴朗，经过春雨洗涤的万物显得格外生机勃勃和清新，明媚的春光洒满了整个乾坤，这时是登临餐霞阁观景的最佳时刻，接受柔和春风的吹拂是多么惬意的感受。诗人打开餐霞阁上四面的窗户，那含香带露的山花悠然飘入，落在床上，仿佛是在给诗人铺垫锦茵，这是何等快乐的感受！

夏日题方师院①

火天无处买清风，闷发时来入梵宫②。
只向方师小廊下，回看门外是樊笼③。

注 释

①方师院：寺院名。②梵宫：原指梵天之宫殿，引申为佛寺之通称。③樊笼：关鸟兽的笼子，比喻受束缚而不自由的境地。

赏 析

诗人在某一个夏日来到方师院中，其时赤日炎炎，天气不仅热而且闷，在这样的天气里人们渴望的就是清凉的天风，可是这是有钱也无处买的呀！诗人忍耐不住这闷热，进入寺院宫堂，又踱到方师小廊下，古时候有些寺院的建筑是很有气派的，除宫室外还有庭院、附房、九曲回廊、天井等。在这样的环境中生活，就是在享受中国古典建筑文化的韵味。诗人站在小廊下向门外望去，是热气蒸腾的樊笼，他在寺院的壁上题上这首诗，仿佛把我们也带进了那个夏天，那座宽敞而清凉的寺院。

春游乐

一年三百六十日，赏心那似春中物。
草迷曲坞花满园，东家少年西家出。

赏　析

　　一年四季中最使人赏心悦目的应是春天的景物，经过几番春风春雨后，大自然生机勃勃，草长莺飞，繁花似锦。漫山遍野一片新绿，满园花树争奇斗艳。趁着这大好春光，撩人春色，许多穿红戴绿的少男少女们出门赏春踏青，走亲访友，诗人用"东家少年西家出"一句使读者展开联想，高度形象地概括了当时人来人往的繁闹景象，大家都陶醉在春游的快乐中。

仙客归乡①词二首

六合八荒游未半②，子孙零落③暂归来。
井边不认捎云树④，多是门人⑤在后栽。

洞中日月洞中仙，不算离家是几年。
出郭⑥始知人代变，又须抛却古时钱。

注　释

①仙客：诗人自称。归乡：诗人从洪州西山回到分水老家施家村。
③六合：上下和东南西北四方，泛指天下或宇宙。八荒：八荒也叫八方，指东、南、西、北、东南、东北、西南、西北等八个方向，指离中原极远的地方，后泛指周围各地。③零落：这里指飘零。④捎云树：喻树长得很高，枝叶可捎到云霞。⑤门人：指门生、子弟。⑥郭：古代在城的外围加筑的一道城墙，这里指西山修道处。

赏　析

　　作者写这两首诗的时间在他西山修道后回到家乡分水时所作，自称仙客归乡。诗人是道士，飘零后又回到故乡来，院中的井边已长出参天大树，那是门生或子弟在他去西山后栽种的，可见诗人离乡已有多年了。第二首写：自己在西山学道不知过了多少岁月，如今回到故乡才知道人事大变了，族中老人有的已经过世，应烧香祭奠他们，表现出一种浓浓的眷恋乡亲之情感。

春词①

黄鸟②啼多春日高，红芳③开尽井边桃。
美人手暖裁衣易，片片轻云④落剪刀。

注　释

①春词：有关男女恋情的书信或文辞。②黄鸟：黄雀，麻雀的一种。③红芳：指桃花。④轻云：喻薄纱。

赏　析

这是一幅"春日美人裁衣图"。窗外黄鸟啼鸣，日高三丈，园中井边的桃树红芳尽开。在这融暖的天气里，美人梳妆后开始裁衣料，一个"易"字点出了她那娴熟的技艺，把薄纱剪成一片片的，是在给情人裁制衣服吧。诗句轻松活泼，意境艳丽。

妓人残①妆词

云鬟②已收金凤凰，巧云轻黛约残妆。
不知昨夜新歌响，犹在谁家绕画梁③。

注　释

①妓人：歌舞女艺人。②云鬟：高耸的发髻。③绕画梁：形容歌声美妙动听，长久留在人们耳中。

赏　析

　　唐代的"妓"既指卖艺女子，也指从事音乐歌舞、绳杆球马等的女艺人，因此有"听妓"（听音乐）、"观妓"（观歌舞）等称谓。所以"妓"是卖身者与女艺人的统称。有时卖身者要卖艺，卖艺者也要卖身。

　　据说中国妇女的发髻有几千年的历史，三国以前较为朴素，三国后变化就比较多了。到了唐朝，发髻的变化就更多了，额前开始有刘海，发髻可梳成云状、荷叶状。衣着也不再保守，肩膀有柔纱，透明，具有神秘之美。画眉之风更盛，据说风流的唐明皇对眉有特别的癖好，曾经让画师作《十眉图》让宫中的侍女作范本，这十眉分别是：一鸳鸯眉、二小山眉、三五岳眉、四三峰眉、五垂珠眉、六月棱眉、七分梢眉、八涵烟眉、九拂云眉、十倒晕眉，增加了女性的妩媚感。

　　诗中所说的妓人在卖唱后卸妆了，头上解开了金凤凰似的云髻，画眉轻黛约残妆，不知她昨夜在谁家歌唱，那优美的歌声，博得主人的欢心，在主人耳边留下了难以忘怀的绕梁之音。

钱塘渡口①

天堑茫茫连沃焦②，秦皇③何事不安桥。
钱塘渡口无钱纳④，已失西兴两信潮⑤。

～ 注　释 ～

①钱塘渡口：钱塘江渡口。旧称浙江，浙江省最大河流。②天堑：天然形成的隔断交通的大壕沟。沃焦：亦作"沃燋"。古代传说中东海南部的大石山。③秦皇：即秦始皇（前259—前210年），战国末期秦国君主及秦朝第一位皇帝，全称秦始皇帝。④纳：收入、缴付、纳税。⑤西兴：在浙江省杭州市萧山区西北，初名固陵，六朝名西陵，唐时称西兴，五代吴越改今名。信潮：定期而来的潮水。

～ 赏　析 ～

《历代诗话》载：周匡物进士及第前，因为家贫，徒步应举，到了钱塘没有船费，耽误行程，就题诗公馆："万里茫茫天堑遥，秦皇底事（底事：为何？）不安桥。钱塘江口无钱过，又阻西陵两信潮。"郡牧见了题诗就问罪津吏，据说从此之后，天下津渡，舟子不敢取应举者船钱。又据《太平广记》引《闽川名士传》：周匡物应考途中来到钱塘江边，因无钱交渡船费，被迫滞留南岸，遂于公馆题诗《应举题钱塘公馆》，杭州郡守见诗后，令津吏免费供渡，周匡物才得以如期抵达长安。以后，应考士子过钱塘免交过渡费遂成了一道律令。

周匡物，字几本，漳州人。元和十一年（816）进士及第，仕至高州刺史。施肩吾写这首诗是对周匡物诗的回忆和戏谑。

金吾词①

行拥朱轮锦幨儿②，望仙门外叱金羁③。
染须偷嫩无人觉，唯有平康④小妇知。

注 释

①金吾词：金吾：古官名。负责皇帝大臣警卫、仪仗以及绕循京师、掌管治安的武职官员。②行拥：行，步行的阵列。拥，围着，前呼后拥。朱轮：古代王侯显贵所乘的车子，因用朱红漆轮，故称。锦幨：用彩色花纹的丝织品作车子四周的布幔。③望仙门：唐代长安宫殿大明宫正门有五个门，丹凤门是正中间的一门，望仙门在丹凤门西面。叱：大声呵斥。金羁：金色的马络头，借指马。④平康：平康坊，唐代长安妓家毕集之地。

赏 析

诗中写一位将军，坐着一辆朱轮大马车，车座的四周围着锦幔，马夫在马上高声叱咤，在众人拥簇下驰出望仙门。这位将军把白发染成黑色，似乎年轻了一些，许多人觉察不出来。染须发是为了装嫩，瞒得了别人，但瞒不住平康坊妓院中相好的女子，这位金吾将军和他的平康小妇想必是常在一起耳鬓厮磨，你有没有白发人家是一清二楚的。从诗中我们可以了解到我国在唐代时就有美容染发之事。那时染发用的是一种含铅量很高的染发剂。从诗中我们可以看出，诗人对金吾这类达官显贵腐朽生活的揭露与批判。

襄阳①曲

大堤②女儿郎莫寻，三三五五结同心。
清晨对镜理（一作冶）容色，意欲取郎千万金。

注　释

①襄阳：今湖北省襄阳市襄州区。②大堤：大堤在襄阳城外，靠近横塘。宋随王刘诞《襄阳曲》云："朝发襄阳来，暮至大堤宿。大堤诸女儿，花艳惊郎目。"似乎此时，大堤已成了浪荡子们寻花问柳的去处。

赏　析

大堤女儿是在商埠码头接待旅客富商的妓女。那时往来于汉水上的行旅客商很多，也有许多文人墨客风流之士前往寻花问柳，于是襄阳大地便成了一个风花雪月的烟柳场。诗人告诫世人说：不要去追求大堤女儿，许多风姿绰约，打扮艳丽的年轻女子，欲投入你的怀抱，但那不是真情，而是看重你的钱财啊！

少妇游春词①

簇锦攒花斗胜游②，万人行处最风流。
无端③自向春园里，笑摘青梅叫阿侯④。

注　释

①少妇：年轻的已婚女子。游春：春天到郊外游览。②簇锦：簇，聚，成团。锦，有花纹的丝织品。形容五彩缤纷，繁华艳丽的装饰。攒花：用一大把东西聚在一起做成的花。斗胜：比赛争胜。③无端：无缘无故，没有来由。④青梅：梅子的别名，农历三月份可以采摘。俗语说："三月三，梅子尝咸淡。"味酸，可以制成果脯，清脆、香甜。阿侯：相传为古代美女莫愁的女儿。泛指美女。

赏　析

阳春三月，少女少妇们趁着大好春光，穿红戴绿，精心打扮后到郊外去踏青游玩，在人群中穿行，以显示其美色和风采，这也是少妇们最开心的时候。忽然一位少妇带着几个女伴，回到自家的园子里笑摘青梅尝新，青梅味酸涩，是不是这位少妇怀孕了，喜欢吃酸的果品？诗人这里用个"笑"字，是隐笔。

望骑马郎

碧蹄新压步初成①，玉色郎君弄影行②。
赚杀③唱歌楼上女，伊州误作石州声④。

～ 注　释 ～

①碧蹄：青绿色的马蹄。新压步初成：刚学骑马。②玉色：玉的颜色，比喻貌美。弄影行：影子随着摇晃或移动。南朝 宋 鲍照《舞鹤赋》："迭霜毛而弄影，振玉羽而临霞。"③赚杀：赢得，博得。④伊州：曲调名。王维《伊州歌》："清风明月苦相思，荡子从戎十载余。征人去日殷勤嘱，归雁来时数附书。"王维这首绝句是当时梨园传唱的名歌，语言平易可亲，意思显豁好懂，写来似不经意，这是艺术臻于化境，得鱼忘筌的表现。石州：曲调名。大多为描写相思情感的诗词曲调，后人把石州作为了相思的代名词。

～ 赏　析 ～

诗中描写一个英俊少年初学骑马，把全部精力投入到表演之中，他优美的姿色赢得歌楼上唱歌的歌女看得出神，不知觉地把《伊州》歌曲（表现征妇怨的望夫诗）误唱成《石州》歌曲（描写相思情感的诗词曲调）了。

寄隐者①

路绝空林无处问，幽奇②山水不知名。
松门拾得一片屦③，知是高人④向此行。

注 释

①寄隐者：寄，寄情、寄意。隐者，隐居山林，不愿出来做官的人，往往是品行高洁，超然物外之人。②幽奇：幽雅，奇妙。③屦：木头鞋，泛指鞋。④高人：指隐者，思想行为高尚，言论行动高明的人。

赏 析

这首诗与贾岛的《寻隐者不遇》有异曲同工之妙。诗人为寻访高人，不辞跋山涉水，但找不到一户人家，也就无处问询。这里的山水幽雅清妙，风光旖旎，可是不知道叫什么地名。他继续在山林中觅路，忽然在一座茅屋的松门旁拾得一只鞋，才知道高人曾从这里经过。诗人没有交代他有否找到高人，留给读者一个想象的空间。

古时隐逸者很多，中国的隐士在史上留名的不下万人。这些人大多与"道"有些关系，后来大多出山。今天，由于人们生存的社会环境发生了很大的变化，隐士已经很少。滚滚红尘，由于名利的诱惑，很少人选择避世。真隐者只为性格所致，曲隐者为避俗累，隐匿（假隐）者只是为了保全性命。

寄四明山子^①

高栖^②只在千峰里，尘世^③望君那得知。
长忆去年风雨夜，向君窗下听猿^④时。

注　释

①四明山：在浙江省宁波市西南。天台山支脉，南北走向。②高栖：指隐居。③尘世：指人世间。④猿：哺乳动物，与猴相似，比猴大，颊下没有囊，没有尾巴。猩猩、大猩猩、长臂猿等都是猿猴。

赏　析

诗人其时不在四明山，但他对四明山有很深的感情，这首诗是寄给四明山子的，表达了诗人对道友的思念，对共同在四明山上度过的那段美好时光的回忆。

隐居的人多住在很高的山峰上，凡夫俗子很难理解修道的乐趣。去年我与你同在四明山时，在那个风雨交加的夜晚谈经论道，倾听窗外山中猿猴的啼叫，山夜听雨，窗下听猿，那是一个多么使人难以忘怀的夜晚。

观美人

漆点双眸鬟绕蝉①，长留白雪②占胸前。
爱将红袖遮娇笑③，往往偷开水上莲。

注　释

①漆：黑。点：点缀。眸：眼中瞳仁，泛指眼睛。鬟绕蝉：鬟，脸旁靠近耳朵的头发；蝉鬟：古代妇女发式的一种，黑而光润，缥缈如蝉。②白雪：女子胸前露出雪白的肌肤。③红袖：女子的红色衣袖。娇笑：艳丽、柔嫩、娇滴滴的笑。

赏　析

这是一首描写美女的诗。美女的双眸，即眼中瞳仁像点了漆一样黑，眼白睛黑，黑白分明，更显亮丽。双鬟如绕蝉，倍添风姿。据说唐代比其他封建时代要开放些，在服装上也是如此，美女的服装在胸前露出一块，可以看到胸部洁白如玉的肌肤和微凸的乳边。美女的美还表现在矜持的气质上，双腕凝如雪，十指嫩如葱，她常将红袖遮盖其娇笑，那笑靥就像水上偷偷绽开的莲花。诗人不愧是一位观察细致，写艳诗的高手。

春日题罗处士①山舍

乱叠千峰掩翠微②，高人爱此自忘机③。
春风若扫阶前地，便是山花带锦飞。

注　释

①罗处士：唐御史罗万象。《光绪分水县志·人物》载：罗万象，唐时人，官御史，有政声，后弃职隐于邑之紫罗山，筑白云亭以居。②翠微：青翠的山色，也泛指青翠的山。③忘机：喻思想纯朴，与人交往没有心机。

赏　析

罗万象乃真隐士也，他原先隐居在分水县东乡紫罗山，在那里筑舍，后因来访者多，又迁移避居邑西蒿源（今分水百江镇东辉翰坂）。《全唐诗》有罗万象《白云亭》诗一首："一池荷叶衣无尽，数树松花食有余。刚被世人知住处，不如依旧再移居。"

这是诗人在一个春日到罗处士山舍游访时题写的。诗人用"乱叠千峰"四个字把分水的山景写活了，分水自古以来被称为"溪涧百道，万山丛中"。分水的山一眼望去，山后山、山外山、山叠山、山隐山，千姿百态，千峰乱叠，隐士最喜欢的就是这种环境氛围。春风有时温和，有时凛冷，有时乱旋，把山舍阶前的地扫得干干净净，还卷起山花如锦飞舞。诗人看了，为罗处士生活在这样幽静的环境中而感到羡慕。

下第①春游

羁情含蘖复含辛②，泪眼看花只似尘。
天遣春风领春色，不教分付与愁人。

注　释

①下第：科举时代考试不中者为下第，又称落第。②羁情：指下第后羁留长安之情。含蘖：口含黄蘖，比喻忍受痛苦。含辛：悲伤，心酸。

赏　析

诗人生于唐建中元年（780），至元和十五年（820）才考中进士，这时已四十一岁，人到中年了。从这首诗我们得知，诗人在科举上并非一帆风顺。这种情况唐代许多名人都有相同的遭遇，如韩愈曾三试不第，孟郊也屡次不第，直到四十六岁时才考上进士。

诗人由于不第，心情非常悲伤，连看花也如看尘雾一样。春天本应是春光明媚、春风柔和、春色撩人的时候，但是这一切似乎与落第的愁人都无缘。这首诗与他《及第后过扬子江》时的心情大相径庭，他本来想通过春游来消除心中的苦闷，可是再好的春景他都快乐不起来。孟郊在下第时也写过《落第》："晓月难为光，愁人难为肠。谁言春物荣，独见花上霜。雕鹗失势病，鹪鹩假翼翔。弃置复弃置，情如刀剑伤。"《再下第诗》："一夕九起嗟，梦短不到家。两度长安陌，空将泪见花。"然而孟郊并未气馁，继续拼搏，终于在德宗贞元十二年

（796）进士及第，意气风发地吟出《登科后》："昔日龌龊不足夸，今朝放荡思无涯。春风得意马蹄疾，一日看尽长安花。"诗人的境遇与孟郊也有相似之处。

诗人的际遇也给了我们一个有益的启示：人们要实现自己的理想，必须不怕困难和挫折，坚定意志，锲而不舍，才能攀登上光辉的顶点。

云中①道上作

羊马群中觅人道，雁门关②外绝人家。

昔时闻有云中郡，今日无云空见沙。

注　释

①云中：郡名，一说辖境相当于今内蒙古土默特右旗以东，大青山以南，卓资县以西，黄河南岸及长城以北。另说即现在的山西大同市。②雁门关：位于山西省代县城西北20公里处的雁门山腰，是长城要口之一，扼守山西南北交通要冲。

赏　析

诗人曾去云中游。我国历史上云中有今内蒙古托克托东北及山西大同两处。"羊马群中觅人道"似是写内蒙古景物。古时候雁门关外很荒凉，几乎看不到有人家居住。诗人听说早时就建有云中郡。他在那里看见的却是羊群、马群，人迹罕至，晴空万里，满目沙洲，一派荒凉的景象。

同诸隐者①夜登四明山

半夜寻幽上四明，手攀松桂触云行。
相呼已到无人境，何处玉箫②吹一声。

注　释

①隐者："有些人，很有学问和天才，但是深受当时政治动乱之苦，就退出人类社会，躲进自然天地，他们被称为'隐者'。道家者流盖出于隐者。"（冯友兰《中国哲学简史》）②玉箫：玉制的箫或箫的美称。

赏　析

诗人在中式前曾在浙江四明山住过一段时间，他的诗中有多首写到四明山。题中同诸隐者，可见同时登四明山的有多人。这次是在半夜上山，目的是寻求幽胜之处。诗人一行手攀松枝，在云中行走，相互呼喊照应，已到无人之境，忽然听到吹箫的声音，究竟是在何处？诗人把四明山的高峻、空旷及夜行之乐写得潇洒淋漓。

戏郑申府^①

年少郑郎那解愁，春来闲卧酒家楼。
胡姬若拟邀他宿^②，挂即金鞭系紫骝^③。

注　释

①一本题作《戏赠郑申府》。戏：调笑，逗趣。郑申府：生平不详。
②胡姬：据《唐代长安与西域文明》一书考证，当时流居长安的不少胡人，多以卖酒为生，酒店的招待员为西域胡人之女子，世谓"胡姬"。这些酒肆一般多卖西域名酒，为时人所称美。当时很多文人学士都到胡姬酒肆饮酒。胡姬酒肆之所以受到人们的欢迎赞赏，关键是胡姬在招待服务中，态度和蔼，主动热情。她们还以歌舞为顾客侍酒助兴。拟：打算。邀：约请。③挂即金鞭系紫骝：挂即：停止。金鞭：装饰华贵的马车。紫骝：古骏马名。《南史·羊侃传》："帝因赐侃河南国紫骝，令试之。侃执稍上马，左右击刺，特尽其妙。"整句意为停车系马。

赏　析

唐朝时的长安，是当时全国政治、经济、文化的中心。饭店酒楼、茶肆林立，商业异常繁荣。流居长安的许多文人骚客，达官贵人前往潇洒饮乐，这个郑申府就是其中典型的一位。他少年得志那知愁苦，经常去酒家宴卧，胡姬献媚邀宿，他忘乎所以沉湎其中，停车系马前往。这首诗是对当时长安市井生活社会风俗的描画，也是对不良风习的披露。

昭君①怨

马上徒劳别恨深，总缘如玉不输金。
已知贱妾无归日，空荷君王有悔心。

注 释

①昭君：王昭君，名嫱，字昭君，乳名皓月，汉族人，中国古代四大美女之一。汉元帝时期宫女，西汉南郡秭归（今湖北省兴山县）人。

赏 析

这是一首怀古诗，历史上有"昭君出塞"的故事。传为汉元帝时，昭君以良家女选入宫廷，其时元帝贮美甚多，难以一一亲临，召画师毛延寿画像选览，昭君生性正直，未贿赂画师，毛画师故降真容，昭君虽有绝色之美，入宫数岁，终未被元帝赏识。至匈奴求亲，昭君求行。临行时帝召五女示之，昭君丰容靓饰，帝见大惊，意欲留之，而难于失信，不得已放行，遂与匈奴。生二子。及匈奴单于呼韩邪死，她又嫁给呼韩邪前妻之子复株累若鞮单于。昭君上书求归，成帝令从胡俗，遂复为后单于阏氏。后世史学界对"昭君出塞"的事情感慨不一，对具"和番"的功过赞毁皆有。

这首诗的大意是：遥想当年昭君离别故国赴匈奴时徒然怨沉恨深，因没有

贿赂毛延寿纵有绝色也未被汉帝识宠。她自知一别难有归日，汉元帝虽亲见昭
君之美有后悔心，但已无法挽留。这首诗也从一个侧面说明了，人世间被埋没
了的人才知多少？罪魁祸首就是那些昏庸的统治者，贪官和谄谀之徒。

越溪怀古①

忆昔西施人未求，浣纱曾向此溪头。

一朝得侍君王侧，不见玉颜空水流。

注　释

①越溪：唐代大诗人李白的《西施》诗云："西施越溪女，出自苎
萝山。"越溪在今浙江省诸暨市，苎萝山西南有苎萝村，为西施出生
地。山东侧有浣纱江，即越溪。怀古：思念古代的人和事。

赏　析

传说曾为浣纱女的西施，在水边邂逅四处寻访美女的越国重臣范蠡。范蠡
有复国雪耻的计谋在心，欲献西施与吴王迷惑吴王，以图有朝一日里应外合，
共施灭吴兴越之大业，带西施至越都绍兴与诸多美女进行培训。三年后，西施
色艺双全，挥泪辞行，奔赴吴都姑苏。她在吴国以其美貌与聪慧，深得吴王的
信任与喜爱，获王后之称。但西施历经风险磨难，对故国忠心耿耿，若干年后
终于协助越王打败吴国。后传她和范蠡重续姻缘，远避尘嚣隐遁。

诗人来到西施故里诸暨的苎萝山下越溪畔游览。这条清澈的溪水当年曾是

西施浣纱的地方，它如一面明镜常常映照出西施那美丽的身影。西施为国家雪耻和复兴，毅然去了吴国，完成她神圣的使命。溪水仍在年复一年汩汩地流淌，但此后再也见不到那美丽的容颜了，使人倍感惆怅与流连。伊人虽逝，但西施那绝色美丽的形象和她的大义之行为永垂青史，苎萝山、浣纱溪也永远刻入人们的心中。

酬张明府①

潘令新诗忽寄来，分明绣段对花开。
此时欲醉红楼里，正被歌人劝一杯。

注　释

①酬：酬答，酬赠。张明府：生平不详。唐以后多用以称县令为明府。

赏　析

诗人收到张明府寄来的诗，他把张明府比作潘令，即潘岳。潘岳（247—300），即潘安，西晋时河南人，曾为河阳令，故称潘令。潘岳"才貌双全"，他是西晋文学史上有名的人，与《文赋》作者陆机齐名，史称"潘陆"。而民间念念不忘的是他的貌，"才比子建，貌若潘安"，他是中国历史上最著名的美男子。据说潘岳年轻时，坐车到洛阳城外游玩，当时不少妙龄姑娘见了他，都会怦然心动频频回头看，有的甚至忘情地跟着他走。有的怀春少女难以亲近他，就用水果来投掷他，每每满载而归，于是民间就有了"掷果盈车"之说。

诗中这位张明府看来也是一位才貌颇佳的风流男子，诗人称他绣段对花开，料想此时他正醉在红楼，被歌女们团团围住，频频劝杯，乐在沉醉之中。

过桐庐场郑判官①

荥阳郑君游说余②，偶因榷茗③来桐庐。

幽奇山水引高步，暐煜④风光随使车。

算缗⑤百万日不虚，吏人丛里惟簿书。

眼前横掣断犀剑，心中暗转灵蛇珠⑥。

有时退公兼退食⑦，一尊长在朱轩⑧侧。

胡商大鼻左右趋，赵妾细眉前后直。

醉来引客上红楼，面前一道桐溪流。

登临山色在掌内，指点霞光在杖头。

东郭野人慵栉沐⑨，使将破履升华屋。

数杯酪酊不得归，楼中便盖江云宿。

却被江郎湿我衣，赖君借我貂襜⑩归。

∽ 注 释 ∽

①桐庐：今浙江省桐庐县。郑判官：生平不详。判官：官名。唐代特派担任临时职务的大臣皆得自选中级官员奏请充任判官，以资佐理。中期以后，节度、观察等使均有判官，亦由本使选充，以备差遣。均非正官。②荥阳：荥阳市，位于河南省中北部，隶属于省会郑

州的一个县级市。郑君：时任桐庐县判官。③榷茗：榷茶，中国唐以后所实行的一种茶叶专卖制度。④暐煜：形容光彩明亮。⑤算缗：古时的一种税收。⑥灵蛇珠：即"隋侯珠"，古代与和氏璧同称稀世之宝之一。后以"灵蛇珠"喻锦绣文才。⑦退公兼退食：指公余休息。⑧朱轩：朱红色屋宇。⑨慵栉沐：慵，懒惰；栉沐，形容奔波劳苦。整句意为不愿奔波劳苦。⑩貂襜：貂皮制成的短衣。

赏　析

　　此诗约作于唐大和年间，其时施肩吾隐居于七里濑一带。诗人放纵山水，寄情诗酒，交游酬唱，郑判官就是他交往频繁的好友之一。诗的开头就介绍了荥阳郑判官到桐庐来的缘由是"榷茗"。所谓榷茗，就是朝廷对茶叶实行征税、专管的制度。郑判官受朝廷委派到桐庐榷茗，很快被桐庐秀丽的幽奇山水、暐煜风光所折服。"算缗"句写郑判官工作繁重，整日与书薄账册为伴。以何消解公务繁忙带来的烦躁与不快？诗人笔锋聚转，"眼前横掣断犀剑，心中暗转灵蛇珠"句写得跌宕起伏，以"断犀剑"、"灵蛇珠"这等贵重事物比喻郑判官"退公"、"退食"之后的生活。桐庐大街上大鼻子的胡商、细眉的赵姜、来往的小贩，还有穿梭在店铺的游人，让郑判官在热闹繁荣之外还感受到一份恬淡与闲适。于是邀了好友诗人一起登上酒楼，赏山光水色，品美酒佳酿。诗人虽不胜酒力，却也逸兴盎然，醉卧江楼。全诗脉络清晰，差词遣句信手拈来，平实而不落俗套，香醇浓郁的友情，旷达潇洒的性情更是弥漫诗间。这首诗是诗人去西山前的作品。（参章建钟文）

西山即事奉寄故园徐处士①

仆②作江西少施氏，君为城北老徐翁。

诗篇忆昔欢相接，颜貌如今恨不同。

世上尽忧蔬上露，时人皆怕烛前风。

唯余独慕神仙道，芥子虽穷寿不穷。

注　释

①西山：江西洪州西山。即事：多用为诗词题目。故园徐处士：故园指浙江睦州分水县，徐处士即徐凝。②仆：旧时男子谦称自己。

赏　析

施肩吾考取进士后，何去何从有两种说法，一是被朝廷派任江西观察使（可能是江西观察使幕僚），另一种说法，他虽中了进士，但无意仕途即返故里，后赴江西洪州西山修道。这首诗就是他在西山修道时写的，寄给远在分水故乡的徐凝。徐凝与施肩吾有"三同"，同乡、同学、同科，这是施肩吾存世二百多首诗中，唯一一首与徐凝的唱和诗。"诗篇忆昔欢相接"，估计施徐二人的唱和诗远不止这一首，但是没有收入施肩吾的诗集中，被湮没了。"颜貌如今恨不同"两人都已进入老年。光阴荏苒，人生短暂，许多老年人都担忧自己犹如朝露，风前残烛。但施肩吾身体尚健，这可能与他修道有关（气功养生术），同时诗人心态良好，保持着神仙一样的精神状态。也希望徐凝和他一样，乐观地对待生命和生活。

桐庐厅睹论事叟①

扰扰厅前走赢瘵②，中有老人扶杖拜。
天公霹雳③耳不闻，犹为子孙争地界。

注　释

①桐庐厅：桐庐古县衙。睹：看见，目睹。论事：争论事情。叟：年老的男人。②扰扰：形容纷乱的样子。走赢瘵：走，奔忙。赢瘵指代瘦弱疲病的人。③霹雳：响声极大的雷。

赏　析

诗人有一次在桐庐县衙里，亲眼看到那里纷纷扰扰的有人在打官司，一位瘦弱的老人扶着拐杖在向县官大人叩拜，原来是在与人争夺土地分界一事。天上忽然响起霹雳大雷，他充耳不闻，仍在喋喋不休地争论。

我国老百姓，历来就有很强的私有财产观念，特别在土地、房屋这两个问题上尤为明显。直到现在这些矛盾纠纷仍有不少。这位老人不顾自己身体有病，在为子孙争土地。

归分水留赠王少府①

仙吏饮冰多玉声②，新诗丽句遗狂生③。

不愁日暮归山去，故把隋珠④入夜行。

注　释

①王少府：唐代因县令称明府，县尉为县令之佐，也称为少府。
后世亦沿设。王少府待考。②仙吏：仙界、天庭的职事人员。饮冰：
谓清苦廉洁。玉声：敬称他人的诗文。③狂生：不受世俗观念的浸染，
崇尚真性情的人，这里是作者自称。④隋珠：夜明珠。

赏　析

这首诗题为归分水，即诗人自认分水人。作者的籍贯，历史上有多家之说。
这首诗的诗题就作了最好的回答。（详参附录《徐凝好友施肩吾探析》）

从许多历史文献和资料中，我们足以认定唐状元施肩吾为睦州分水人是确
切的。自唐武德四年（621）析桐庐西北七乡置分水县，施肩吾的故里分水县
桐岘乡宝城里施家村属睦州分水县管辖，这是有充分历史根据的。一直到中华
人民共和国成立后的 1958 年 11 月 21 日，撤销分水、新登县建置，分水所辖行
政区域与桐庐合并，定名桐庐县。1960 年 8 月 15 日富阳县并入桐庐县。1961
年 12 月 15 日，复置富阳县。原新登县行政区域和原分水县贤德公社（包括施
家村）划归富阳。也就是说，施肩吾的故乡施家村，在历史上从 621 年至 1958

年，在长达 1337 年的历史长河中都是归属睦州（严州）分水县管辖。直至 1961 年 12 月 15 日才划归富阳县管辖。所以施肩吾的生平事迹都是与分水县息息相关的。他年少时先在分水县十管的龙门寺读书，后到分水县城中五云山读书，他在五云山上度过了一生中最关键的时刻。至元和十五年（820）考中进士。

历史的涵义是以它特定的时间，地域和事件为根据的。我们说施肩吾是唐睦州分水人，应该原来是这样，现在是这样，将来还是这样。不能因后来行政区域的变更而改变他原来的籍贯和历史存根。正确的说法是：施肩吾，唐睦州分水县人。其故乡施家村现划属富阳市洞桥镇。

这首诗大意为：王少府为官清廉，写了许多美好的诗文，他把新近写的好诗送给了我作为临别之赠。不必担心太阳落山，认不清路，我身上带着夜明珠呢！

过桐庐①二首

水送山迎入富春②，一川如画晚晴新。
云低远浦帆来重，潮落寒汀鸟下频。
未必柳间无谢客③，也应花里有秦人④。
严光万古清风在，不敢停桡更问津⑤。

两岸山花中有溪，山花红白偏高低。
灵源忽若乘槎⑥到，仙洞还同采药迷。
二月辛夷⑦犹未放，五更鸦舅⑧最先啼。
茶烟渔火遥看画，一片人家在水西。

注 释

①这二首录自《万历严州府志·艺文》。②富春：富春江。③谢客：指南朝诗人谢灵运。④秦人：则指代超然世外的桃花源中人。⑤停桡：停船。问津：寻访或探求。⑥乘槎：神话谓乘木排上天。⑦辛夷：玉兰花。⑧鸦舅：鸟名。似鸦而小，黑色，嘴边有毛甚劲，能逐鸦，鸦见避之。

赏 析

这两首诗，前一首曾被认为唐吴融所作，题为《富春》，待考。分水与桐庐毗邻，唐时施山人去外地，一般都要坐船过桐庐。作品应是诗人乘船过桐庐时所作，主要是描画风光。船从分水江（古称天目溪）顺流而下，那流水也如在送客，那两岸的青山，也如同前来迎接诗人。从桐君山下驶入富春江后，水面开阔，景色如画。时值傍晚，观赏夕阳与映在江中的光辉，诗人感到非常快乐。天边云低，江流东去，颇为壮观。江上往来的帆船很多，大潮已经退去，沙洲上飞鸟频频下来栖憩。严子陵钓台，是被历代文人视为清高圣洁之地，诗人没有停船去探访。这与后来宋代杰出女词人李清照的《钓台》诗"巨舰只缘因利往，扁舟亦是为名来。往来有愧先生德，特地通宵过钓台"诗意一样。严光不为利名所动，隐居不出，后人每每自愧弗如，故过钓台者，常于夜间往来，或避而羞见。

第二首，亦是诗人乘船过桐庐时所作，时在早春二月。两岸的山花开始绽放，有红的、白的，多种色彩；有开在山顶上、山腰间、山脚下的，高低不一，烂漫争艳。人在舟中，眼前景色，有如同神话中所说的乘木排上天的感觉，亦如采药迷在仙洞。估计诗人在舟中宿了一夜。洁白的玉兰花尚未开放，天刚放亮，鸦舅争先啼鸣，捕鱼的灯火尚未熄灭，水上人家已开始升起炊烟，那是一幅多么清丽的画面！江边那朦胧的一片房屋楼舍，在慢慢散去的晨雾中显现，桐庐是江边古城，那美丽的富春江，古往今来承载着无数文人墨客、诗人画家的吟咏和描绘。

何希尧诗四首赏析

何希尧，生卒年不详，字唐臣，睦州分水人。施肩吾之婿，以乐府著名。其采莲曲、柳枝词、咏梅花、海棠等作，神采既融，情景俱到。天才流丽，节奏琅然，无愧冰清玉润。自号常欢居士，有诗集行世。《全唐诗》卷五百五，收何希尧诗四首。

操莲①曲

锦莲浮处水粼粼②，风外香生袜底尘。
荷叶荷裙相映色，闻歌不见采莲人。

注　释

（四首均录自《全唐诗》卷五百五，中华书局 1960 年版，第 5745、5746 页。）①操莲：操，从事，操作；操莲就是采莲。②粼粼：清澈明净的样子。

赏　析

人们常说诗中有画，画中有诗，这就是一幅诗中画。时值夏季，水面上波光粼粼，荷池中结满了锦莲，年轻的少女们划着小船在采莲。一阵阵香气从脚下透发上来，采莲少女的绿罗裙融入田田荷叶中，少女的脸庞掩映在盛开的荷花间，相互映照，人花难辨。浑然入莲池，听到歌声才觉察到有人在采莲。

一枝花

几树晴葩①映水开，乱红狼藉点苍苔②。

东风留得残枝在，为惜余芳③独看来。

注　释

①葩：花。引申为华美。②乱红狼藉：狼藉指多而散乱堆积，此处指红花繁茂重叠。点：点缀、装点。苍苔：青色苔藓。③余芳：剩余的花朵。

赏　析

暮春时节的一个晴日，诗人在溪边或在池边游赏，树上茂盛的桃花鲜艳美丽，这些花影还映照在水中，仿佛水中也绽开鲜花。一夜东风把花朵吹落在石苔上，那是天公无意的点缀。东风不忍将春光催逼得太匆匆，树上还留剩一些余芳，诗人特地前来观看，否则又要等待明年了。

柳枝词①

大堤②杨柳雨沉沉，万缕千条惹恨深。

飞絮满天人去远，东风无力系春心。

注　释

①柳枝词：唐代《新乐府·近代曲·杨柳枝词》的省称。唐《柳枝词》专咏柳。《柳枝词》即《杨柳枝词》，是中唐以后流行的歌曲之一，歌词则由诗人创作翻新。借咏柳抒写别情的，占有很大比例。此诗即属此类。②大堤：堤名。在今湖北襄阳。

赏　析

大堤在襄阳城外，靠近横塘。宋随王刘诞《襄阳曲》云：“朝发襄阳来，暮止大堤宿。大堤诸女儿，花艳惊郎目。”似乎南朝从这诗以后，大堤便成了情郎们寻花问柳的去处。唐人诗中写大堤，多有此意。如施肩吾《襄阳曲》：“大堤女儿郎莫寻，三三五五结同心。清晨对镜理容色，意欲取郎千万金。”李贺《大堤曲》：“莲风起，江畔春。大堤上，留北人。”这首《柳枝词》写的，便是大堤女儿在暮春时分送别情人的情景。

由于近水，堤上夹道的杨柳，枝条特别繁茂，丝条垂地，给人以袅娜娇怯之感。“柳条无力魏王堤”（白居易），写的便是这种情景。“晴烟漠漠柳毵毵，不那离情酒半酣”（韦庄），每逢折柳送别，即使晴天，也不免令人感伤，何况雨雾迷蒙，那是要倍增惆怅的。"大堤杨柳雨沉沉"，"沉沉"二字，既直接写雨雾（这不是滂沱大雨，否则不能飞絮）沉沉，又兼关柳枝带雨，显得沉甸甸的。而人的心情沉重，也在景物的映衬下透露出来。送别情人，离恨自深，说"万缕千条惹恨深"，不仅意味着看到那两行象征离别的垂柳，又使愁情加码，还无意中流露出女子因无奈而迁怨于景物的情态，显得娇痴可爱。

但此诗的精彩并不在前两句，三句写分手情景道："飞絮满天人去远"，意境绝妙。前两句写雨不写风，写柳不写絮，到写"人去远"时，才推出"飞絮满天"的画面，这样便使人事和自然间发生感应关系，其妙类似于"蒙太奇"手法。同时这句包含一隐一显两重意味，明说着"人去也"，而飞絮满天，又暗示"春去也"。宋人王观有"才始送春归，又送君归去"的名句，句下已有无尽惆怅；而两事同时发生，情何以堪！诗人都说风雪送人，景最凄迷；而"杨花似雪"、"飞絮满天"的景色，更易使人迷乱。"人去远"，是就行者而言；还有一个站在原地未动的人，一任柳絮飞怀扑面，此种神情意态，隐然见于言外。

"东风无力系春心。"结句含蓄，耐人寻味。从上句的"飞絮满天"看，这是就自然节物风光而言，谓东风无计留春长驻，春来春去，有其必然规律；从上句的"人去远"看，"春心"二字双关，实指恋情，则此句又意味着爱情未必持久，时间会暗中偷换人心。前一重必然影射着后一重必然。诗句既针对大堤男女情事，有特定的涵义；又超越这种情事，含有普遍的哲理。

这首诗的诗味浑厚，一句比一句有味，读之如嚼甘饴，其味无穷。

海　棠①

著雨胭脂②点点消，半开时节最妖娆③。
谁家更有黄金屋，深锁东风贮阿娇④。

注　释

①海棠花是我国的传统名花之一，海棠花姿潇洒，花开似锦，自古以来是雅俗共赏的名花，素有"国艳"之誉，历代文人墨客题咏不绝。②胭脂：胭脂亦作"臙脂"，亦泛指鲜艳的红色。③妖娆：亦作"妖饶"。妩媚多姿。④阿娇：原指汉武帝刘彻的表姐陈氏（《汉武故事》称其小名阿娇，是以后人称陈氏为陈阿娇）。汉武帝幼时喜爱表姐陈阿娇，并承诺如果能娶到阿娇做妻子，会造一个金屋子给她住。

赏　析

我国海棠资源比较丰富，常见的品种有：贴梗海棠、垂丝海棠、西府海棠、木瓜海棠。这些是木本的海棠，属蔷薇科。草本有秋海棠科统称秋海棠，种类很多，如：四季秋海棠、竹节秋海棠、铁十字秋海棠、蟆叶秋海棠等等。我们常说的海棠是木本的海棠。

花好怕风雨。花未全开月未满，最是人生得意时。诗人说，"半开时节最妖娆"。初生牛犊不畏虎，情窦初开备风流。自然界一切生物，青少年时期的生命力是最旺盛的。人间有黄金屋，还能留住陈阿娇，可是有谁能锁住东风，让好花长开不谢呢？这是无法做到的啊！

分阳山花带锦飞

陆春祥

公元 837 年，暮春三月。分水龙潭。诗人徐凝家门口，突然来了两位贵宾：一位是杭州老市长白居易，另一位是睦州老知府李幼清。徐诗人很激动，老友相访，千里迢迢，事先也不拍个电报告知一下。这个时候，白市长已经长居洛阳，洛阳到杭州，到分水，路途的艰难可想而知。六十多岁的老人，专访诗友，难怪徐凝要激动了。

徐凝一家极尽款待，都是自家劳动所得。蔬菜，自家菜园种的，鲜鱼，分水江里钓的，老酒，也是自家酿的，香醇得很。三杯两盏淡酒，叙的只是友情诗情。恳谈至深夜，白市长也不去县里的宾馆休息了，就在徐诗人家享受山趣吧。于是，留下了《凭李睦州访徐凝山人》诗："郡守轻诗客，乡人薄钓翁。解怜徐处士，唯有李郎中。"

这一段唐朝文人间的佳话，史上都有记载。

王顺庆先生的《分阳诗稿选赏》，为我们重温了这样温馨的场景，地点就在分水，一千多年的时间似乎并不久远，亲切得很。

《分阳诗稿选赏》虽是诗文，我却把它当做一部历史书来读，这是一部关于分水的人和事的历史书，只不过它以诗歌的方式呈现罢了。从历朝历代的零碎诗章中，我们可以拼接出一部脉络比较完整的分水 1300 多年厚重的人文历史。

分水，自然离不开施状元，他是分水历史上一个显著的人文符号。

　　施状元，叫肩吾，号东斋，是唐朝勤学苦读的好榜样之一，也是分水县一直来的骄傲。然而，中国自隋炀帝科举开考以来产生的 507 位状元中，并没有施肩吾的名字，施东斋只是进士，是历朝历代杭州地区 3307 位进士中较早的一位，是分水县历朝历代 42 位进士中的第一位。施肩吾、徐凝、贺知章，都是唐朝有名的进士。

　　但在我们心中，施肩吾就是状元。因为进士也是不得了的事情，唐宪宗元和十五年（公元 820 年），施肩吾以第十三名的优秀成绩和另外 28 人荣登进士榜。一个辽阔而欣欣向荣的大唐，没几把刷子，想从成千上万均带着必胜信心的考生中胜出，根本就不可能，可见难度。因此，清代的杭州著名诗人袁枚在《随园诗话》中也说，状元不必是第一名的，古人将新科进士都称作状元。难怪。

　　小时候，一说到施状元，有点文化的大人，马上绘声绘色地给我们讲分水新城两知县争状元的故事。说是按朝廷惯例，状元家乡的知县可以升三级，当年还能免去全县应缴纳的钱粮。因为施家就住在两县交界处，一条石磡之隔，一间房子由两县管辖。最后为争状元家乡，两县官司打到了皇帝那儿，皇帝一判，是好事啊，于是，两知县都升三级。自然，这肯定是杜撰的故事，施肩吾连状元都不是，哪来的升三级？即便是状元，我也没有看到哪里有升三级的记载。当然，故事里隐含的，却是对状元的崇拜和向往，对人才的重视。

　　我曾试图进入施状元的精神世界。

　　因为我这样和人高调宣称：我们分水很多人和施状元是校友哎。公元 792 年，分水县东面的五云山上有座闻名的庆云书院，13 岁的施状元，在那里苦读三年。公元 1980 年，五云山的书院早已变成了分水中学，我也在那苦读。

　　我们苦读的时候，为的也是考"状元"。我外公经常说我是考状元。课余时分，我常会跑到施状元的读书处去找背书的感觉，在"余韵亭"旁，在"洗砚池"边，状元读书的情景会生动地浮现：这三年里，他曾将 120 卷的《汉书》手抄两遍，洗砚池有墨荷花，相传是施状元洗砚时洒上的。13 岁哎，了不得，这个小状元真是超人！

　　小超人虽无意于官场，却留下了很多诗。这些诗虽称不上人人诵读，但在唐诗中也属上品，施状元，在唐朝完全可称得上一流作家。看他观察生活的功夫：幼女才六岁，未知巧与拙。向夜在堂前，学人拜新月（六岁孩子拜月的场景，童真幼稚让人忍俊不禁）；看他环境环保理念：天阴伛偻带嗽行，犹向岩前种松子（年纪都这么大了，身体还不怎么好，仍然不忘植树绿化）；对家乡山水的喜爱：乱叠千峰掩翠微，便是山花带锦飞（山是那么的错落有致，青葱翠绿，花是那么的娇姿百态，婀娜多姿）。

如前述，除了施肩吾，当数徐凝了。从文学成就上讲，我更喜欢徐诗人一些。看徐的传世名作《忆扬州》："萧娘脸薄难胜泪，桃叶眉尖易得愁。天下三分明月夜，二分无赖是扬州。"离恨千端，绵绵情怀，诗人在深夜抬头望月的时候，原本欲解脱这一段愁思，却想不到月光又来缠人，这扬州明月不是"无赖"吗？扬州明月成烦人的无赖，从来没有诗人这样写月亮的，这真是天下传神第一笔。现在的分水，可能很多人不知道徐凝，但在扬州，他却大大的有名，扬州有徐凝门，徐凝门桥，徐凝门大街，甚至还有徐凝门社区。我第二次去扬州，特意去了趟徐凝门大街，那里已没有更多的诗人印迹，只为了感受一下家乡文学先贤的风采。白居易为什么大老远来看徐凝除了他们的交情确实不一般外，徐的文学才能肯定也是白欣赏的，徐凝自己就有诗记载：一生所遇惟元白（元稹白居易）。他们是很要好的文友啊。徐诗中写到白居易的就有十多首。

我每次回百江老家，途经徐诗人的故里（柏山坞口）时，脑子里就会显现出徐白相会的场景，恨不得立马穿越回唐朝！

历史的长河流至宋代，分水也因此更加繁荣。

理论上，南宋移都临安，距分水不过百余里地，我推测，分水应该是文人雅士延伸游览的好地方。分水那时有多繁荣？黄铢的《江城子·晚泊分水》写活写尽："秋风袅袅夕阳红。晚烟浓，著云重，万叠青山，山外叫孤鸿。独上高楼三百尺，凭玉楯，睇层空。人间日月去匆匆。碧梧桐，又西风。北去南来，销尽几英雄。掷下玉尊天外去，多少事，不言中。"

不妨看一下王顺庆先生对这首词的解析：时间是在深秋，船行在分水江中，秋风飒飒，夕阳的余晖映红了江水，家家升起炊烟，天上布满云彩。环顾分水四围，群山环抱，"万叠青山"一句，真是把分水的地理环境写活了，写绝了！孤鸿鸣叫，似添羁人情愫。"独上高楼三百尺"，据史载，宋时分水建有玉华酒楼，孝宗帝曾御此楼。诗人所登的高楼应是该楼。手扶玉楯（阑干）登高望远，顿生无限感慨，光阴荏苒，古往今来多少英雄人物，也如匆匆过客，抛下名利，魂归天外，真是一言难尽！

沿宋代顺流而下，我的聚焦点落在了元代臧梦解的《守官四铭》上了。

这位臧先生，晚年隐居在分水的瑞云山，也算半个分水人了。他认为，做官必须铭记和坚守四条原则：硬竖脊梁、坚缚肚皮、净洗眼睛、牢立脚跟。甚有新意。

请看第二"坚缚肚皮铭"：这肚皮，长忍饥。众肥甘，我糠糜。将军腹，宽十围。贪以败，脂流脐。平生事，百瓮荠。咬菜根，事可为。

从肚皮的本性来说，饥也可，饱也可，美食也可，糠菜也能，但是，给肚皮喂什么食，就会有什么样的不同结果，如果粗菜淡饭，咬得菜根，那么就能身体健康，做对百姓有益的事；如果甘食美味，肚皮必定娇贵，胆固醇，啤酒肚，身体反而多病，百姓的钱，国家的税，都让你白白地浪费了。

嘿，这简直就是纪委书记对官员的谆谆教导啊！

到了明清，能够找得到记载的诗文，多是一些在分水做过县官留下的。他们在工作之余，走山访水，吟咏着分水的美景。文学成就虽然不高，但一位官员对任地的留恋，从另一侧面表明他们的深入基层，也是一种真实的历史反映。

无论诗与文，有 1300 多年的分水县，都永远成为了历史。

王顺庆先生，这些年一直在痴迷地打捞分水的历史文化。从《分水访碑录》到《分阳诗稿选赏》，寻断碑，拓残片，检古籍，搞注释，访名家，走东颠西，沙里披金，殚精竭虑，对保护分水传统文化，实在是功德无量。

分水的悠久历史不应该被湮没或断层，而应该以一种新的方式融合或继承，因为她是杭州、浙江乃至中华传统文化宝库中之有机组成。

是为序。

（序者为国家一级作家　鲁迅文学奖得主）

徐凝好友施肩吾探析

王顺庆

　　尊敬的各位领导、各位老师、各位同学，我今天应邀到这里来与大家一起研讨施肩吾这位家乡杰出的历史人物，参与讲座，感到非常高兴，非常荣幸。我在未谈施肩吾之前，先把我们家乡分水的历史文化向大家作个简要的概述。

　　分水原是古邑，于唐武德四年（公元 621 年）析桐庐西北七乡建分水县，至 1958 年 11 月 21 日撤销分水县建制，并入桐庐县。分水建县时间长达 1337 年，这是个不短的历史跨度，在这漫长的岁月中，勤劳智慧的分水人民和历代励精图治的官员，为分水创造了丰富灿烂的历史文化，除志书、家乘所载外，我们还能从许多资料上找到引证。出于对文史的爱好和对乡土的深情，我曾多次参与家乡历史文化的调查。我从小就有文艺阅读、旅游观光、探古寻幽的兴趣和爱好，几十年来几乎跑遍了分水的山山水水，在领略了家乡山水风光的同时也感悟到家乡深厚的历史文化积淀，这是一笔先贤们为我们留下的宝贵的精神财富和文化遗产，我们不能把它遗忘和抛却，以致湮没。应该得到进一步的发扬光大和传承。因为内容丰富而庞杂，今天简要地谈一谈以下几个方面：1. 施肩吾生平；2. 施肩吾刻苦求学、勇攀高峰的精神；3. 诗歌艺术上的成就；4. 道教文化上的贡献；5. 开发澎湖列岛的功绩；6. 我的感想与建议。还有更多的分水历史文化，如"历史地理"、"名胜古迹"、"分邑风云"、"历代人物"、"古碑石刻"、"艺文诗选"、"美食物产"、"乡村风光"、"水利工程"、"中国制笔之乡"等，下次有机会再交流。今天要谈的重点就是分水历史上第一位大人物唐状元施肩吾。这位状元公与分水五云山有着不解的缘分与深厚的情结，也可以说施肩吾的魂和根在五云山，五云山是施肩吾成才的摇篮。岁月易逝，沧海桑田，现在五云山上有关施肩吾的一些古迹多已毁湮，如"状元坊"、"洗砚池"、"玉尺楼"、宋"施肩吾寄徐凝诗碑"、"肩吾及第告身碑"、明"重修五云山宝宁塔院碑记"等都已不复存在。我认为今天很有必要重拾这些历史碎片，以彰显分水深厚的历史文化底蕴，以激励莘莘学子刻苦学习、树立爱国爱家乡的高尚情操，为把我们分水建设得更加美好而努力奋斗。

1. 施肩吾生平概况

施肩吾（780—861），字希圣，号东斋。唐代睦州分水县桐岘乡宝成里施家村人（后改延招乡）。他出生于唐建中元年（780），卒于咸通二年（861），享年八十二岁。施氏族人在唐天宝年间为避战乱，跋山涉水，几经波折迁移逃难来到当时分水县东境之桐岘乡宝成里，在此繁衍生息。唐代大诗人白居易于长庆年间到分水探访诗人徐凝时，还到过施肩吾的故居宅地，写有《施山人野居》诗一首："得道应无著，谋生亦不妨。春泥秧稻暖，夜火焙茶香。水巷风尘少，松斋日月长。高闲真是贵，何处觅侯王。"施肩吾也写有《山居乐》诗一首："鸾鹤每于松下见，笙歌常向坐中闻。手持十节龙头杖，下指虚空即指云。"

由于战乱，由于地处偏僻，当时施肩吾的家境并不见好，这从他的《山中得刘秀才京书》一诗中我们可以了解到："自笑家贫客到疏，满庭烟草不能锄。今朝谁料三千里，忽得刘京一纸书。"他大约十多岁时先到离家不远的龙门山（那时还不叫龙门山）安隐寺中读书，古人为什么常到寺庙中去寄读，这是因为那时的藏书没有像现在这样普及，一些寺庙中藏书比较丰富；再是有一些高人隐迹在寺庙，同时寺庙还有免费的食宿。施肩吾在安隐寺读了几年后，为了拓宽视野，增长学问，离开安隐寺来到分水县城龙口山（也叫庆云山）继续求学深造。在龙口山同窗就读的还有分水柏山村人徐凝。他俩在名师的指导下，经过近五年的刻苦攻读，成了"博古通今，学贯人天"的饱学之士。《光绪分水县志》载："唐元和十年，龙口山五色云起，占为大魁之兆，时施肩吾读书其上，后果以第一人及第。"前人题咏甚多，惜散佚不传。清朝光绪三年万载举人汤肇熙写有《游五云山记》，邑人王洽、章瀛、教谕樊廷简等等写有施肩吾与五云山诗多首。（我想这些诗最好能用石碑刻起来存在五云山上。）又传明朝万历丙午年（1606），广东黄孝廉士俊来访邑令卢公崇勋（与黄士俊同乡），寓庆云山。适五色云现，因谈昔年施公事，黄即赋诗曰："五云山上五云开，昔日肩吾今又来。姓系虽殊名则一，世人莫作二人猜。"次年果以第一人（状元）及第。

为了实现自己的远大志向和人生抱负，施肩吾与徐凝于元和十四年同赴京都长安（今陕西省西安市）参加科考，元和十五年，"权知贡举"的是太常少卿李建，施肩吾以《太羹赋》和《早春残雪诗》独占鳌头，命运之神终于青睐了这两位寒门之士，被录取进士，施肩吾被钦点为状元。《光绪分水县志·人物》载："徐凝与肩吾同时以诗名，同举进士，官至金部侍郎。肩吾居招贤乡，凝居柏山，今有施徐二村。"

施肩吾被录取进士、钦点状元后，又享受了"曲江宴"、"杏园观花"、"慈恩寺题名"等一系列殊荣活动。按当时的庆贺礼仪，施肩吾胸戴大红花，肩披黄绶带，头戴状元帽，身穿状元袍，鸣锣开道策马游街，长安市上观者如云，堵衢塞巷，家家的楼窗都扇扇打开，人们争拥着来一睹这位新科状元的风采，有的人还激动得向状元公身上抛掷花絮，以表敬慕之情，那威风凛凛的场面何等壮观。"十载寒窗无人问，一举成名天下知。"这消息如风驰电掣传到施肩吾家乡分水县，分水城中如八月潮涌，满城官民奔走相告欢呼雀跃，平时在地图上找都找不到的分水县施家村，也成了狂欢的海洋，分水知县偕僚属沐浴焚香，整冠理带迎接报喜官的到来。

唐代有个惯例，那个县出了状元，县官可连升三级，还可以拆了县里文庙中用砖头砌的一道封门墙，以示文风蔚兴。这个消息同时也传到与分水县临界的新城县（后称新登县）县官那里，这两个县的县官都争说自己是施肩吾的父母官，由于新城县走驿道比分水县要近，先把报喜官迎进县衙，报喜官一看不对，公文上施肩吾的籍贯是睦州分水人，而这里是新城县，欲策马掉头时被新城县官拦住，说施家村在两县临界上，施氏族人也有的住在叶家村，应属新城县人。官司一直打到京里，皇帝做了个和事佬，两县县官都各升三级才得平息。但施肩吾肚里清楚，自己是分水人，自己从少年时求学直到考中状元，都住在分水县施家村，在分水龙门山安隐寺及分水县城龙口山读书。后来唐僖宗敕封安隐寺为"龙门寺"，龙口山也更名为"五云山"。

　　施肩吾考中进士后前途如何？历史上有两种说法，一说是未待授除，即归故里；另一说是被朝廷派任江西观察使，这两种说法，哪一种属于历史的真实？有待专家学者们进一步研讨，作出定论。他虽中了进士，但从他写的《上礼部侍郎陈情》一诗："九重城里无亲识，八百人中独姓施。弱羽飞时攒箭险，蹇驴行处薄冰危。晴天欲照盆难反，贫女如花镜不知。却向从来受恩地，再求青律变寒枝。"及肩吾以长庆中隐洪州西山，尝贻徐凝书云："仆虽忝成名，自知命薄，遂栖心玄门，养性林壑，赖先圣扶持，虽年迫迟暮，幸免龙钟。观其所得，如此而已。"后题西山学仙者施肩吾顿首。徐五处士诗仙执事。（按公壮年及第，何以甘从赤松黄石之游？庸知非有见于，有唐末造之不可为，而托词以自放佚者哉。）京官中有一位叫张籍的人，此人爱才如命，其时授国子监助教，后迁秘书郎，他对施肩吾的文才大为赞赏。施肩吾东归时向张籍透露了心迹，张籍在长安灞桥驿亭为施肩吾设宴送别，惋惜留恋，情感至深。写了《送施肩吾东归》："知君本是烟霞客，被荐因来城阙间。世业偏临七里濑，仙游多在四明山。早闻诗句传人遍，新得科名到处闲。惆怅灞亭相送去，云中琪树不同攀。"诗意是："我知道你本来对山水就有特殊的癖好，才华出众被推荐来到京城。世代相传居住在与严子陵钓台不远的地方，常爱到四明山去神游。早就听说你的诗句人人传遍，如今高中状元却不想当官。今天在灞桥驿亭送你离去我感到很失意伤感，你迷恋神仙术胜过当官，人生的追求为什么这样不同啊？"后又写了首《赠施肩吾》："世间渐觉无多事，虽有空名未著身。合取药成相待吃，不须先作上天人。"

　　根据史料，唐代考取常科的人只是有了个出身，即做官资格，正式授予官职之前还要通过吏部的铨选考试。一般授八九品官。所以当时施肩吾即使授官，估计是江西观察使幕僚，并非江西观察使。施肩吾秉性忠厚，不善奉承，此际正值宦官专权，朋党倾轧，朝政混乱之时，他深感仕途险恶，不愿在宦海中沉浮。他到江西任上不久就毅然辞官，后到洪州西山修仙学道，走上了一条热爱自然，返璞归真，隐迹山林之路。我一直在思考这样一个问题：施肩吾本是一个热心追求功名，积极入世的人，在他得到功名后为什么又突然抛弃功名，而出世去当道士呢？我想大概有这样几种原因：一是他觉得自己的性格不适于做官，即使做了官，恐怕也看不到多好的前途，与其一步步看别人的脸色艰难地往上爬，倒不如乐得潇洒，去做自己高兴的事。再是他审时度势，当时宦官专权，藩镇割据，唐王朝政治日趋腐败，社会矛盾尖锐，国势日衰，加上天灾频发赋役沉重，百姓流离失所苦不堪言，造之不可为。另一个原因是他年轻时就热爱道教，曾先后到四明山、天台山云游，向往过那种不受羁束的神仙般的生活。

施肩吾隐于洪州西山后，自号栖真子，潜心学道。在此期间他写了许多道士生活的诗，大约有 60 多首。最著名的有《西山静中吟》："重重道气结成神，玉阙金堂逐日新。若数西山得道者，连予便是十三人。"任何时代的社会生活，都是以当时统治阶级的意志为基调的。道教产生于东汉时期，是黄老之学和神仙巫术结合的产物。唐朝皇帝尊崇道教有特别的原因。武德三年（620 年，也就是分水建县的前一年）有樵夫上奏，说自己在浮山县（今山西浮山县南）羊角山，见到一位素衣白马的老人，自称是当今皇帝的祖先太上老君。于是李渊改羊角山为神角山，在山上兴修《兴唐观》，造太上老君像，从此唐皇室尊奉老子为国祖，立祠奉祀，并因此对道教徒十分优遇。武德八年（625）唐高祖在国学释奠，规定儒释道三教的次序：道为先，儒次之，佛在后，确定了唐代崇道的政策。贞观中唐太宗继承了这一传统，明确提出老子是皇室祖先，名位称号应当在佛祖之前。规定道士、女冠在僧、尼之前。唐高宗追赠老子为太上玄元皇帝。玄宗时期，道教地位又有了提高。开元时全国道观共 1687 所，设有观主、上座、监斋各一人。唐皇室崇事道教，因此有许多公主做了女道士。朝臣

中也经常有弃官入道的。据宋末的记载，唐代共有道教寺观 1900 余所，道士
15000 人。

施肩吾在江西洪州西山学神仙术约二十余年，著有《辨疑论》一卷，《西山
集》十卷，《群仙会真记》五卷，《传道记》五卷，载《新唐书·艺文志》。施肩吾
对道教文化是有贡献的，他创立了休闲、气功、养生的理论和方法，是中国传
统医药的一个组成部分，有待我们进一步地去研究和利用。

施肩吾在西山隐居了二十年后，他告别西山，约在唐会昌五年（845）踏上
了回乡之路此时他已是六十多岁的老翁了。回到睦州分水县桐岘乡宝成里施家
村。施肩吾感叹人世变迁，写了《仙客归乡词》二首："六合八荒游未半，子孙
零落暂归来。井边不认捎云树，多是门人在后栽。""洞中日月洞中仙，不算离
家是几年。出廓始知人代变，又须抛却古时钱。"井边后人栽的树已高耸入云，
族中老人有些已过世了，应该祭奠他们。

施肩吾回到家乡住了一段时间后，又突发奇想，想到东海边去寻觅神山，
开辟新的天地。据《台湾通志》载："及唐中叶，施肩吾始率其族，迁居澎湖。
肩吾分水人，元和中举进士。隐居不仕，有诗行世。其题澎湖一诗，鬼市盐水，
足写当时景象。"在 1981 年 10 月出版的《台湾省地图册》的《台湾简史》中，也
提到"唐朝以后，东南沿海人民为逃避战乱，出现唐朝进士施肩吾族人到澎湖
定居。施肩吾字希圣，号东斋。《全唐诗》称施肩吾是洪州（今江西省南昌）人，
其实他是浙江省原分水县招贤乡人。"施肩吾写澎湖风光的诗有以下几首：

《咏澎湖屿》(岛夷行)

腥臊海边多鬼市，岛夷居处无乡里。

黑皮年少学采珠，手把生犀照盐水。

《海边远望》

扶桑枝边红皎皎，天鸡一声四溟晓。

偶看仙女上青天，鸾鹤无多采云少。

《感忆》

暂将一苇向东溟，来往随波总未宁。

忽见浮云归别坞，又看飞雁落前汀。

《赠友人归武林》

去去程何远，悠悠思不穷。

钱塘江上水，直与海潮通。

那时的澎湖还是一片荒蛮之地，施肩吾来到澎湖，在不经意或是经意中，把大陆比较先进的生产和生活方式带到澎湖，对开发澎湖起到了积极的作用，他是我国历史上吟咏澎湖的第一人，功不可没。

以上所讲是施肩吾大致的生平简历。纵观施肩吾的一生，是奋斗的一生，充满传奇色彩的一生，他的事业成就、道德文章对后世产生了深远的影响。

2. 施肩吾究竟是哪里人？

乡不在大，有才则名；人不在穷，有志则成。由于施肩吾的成名，小小分水县也名扬天下，至今各种文献中还记载着："施肩吾，字希圣，号东斋，睦州分水人。"这对我们分水人民来说，是光荣更是鞭策，由于施肩吾开了个好头，自唐至今分水人才辈出，昔时分水虽为睦州、严州府最小县，但异人代出，名士迭兴，深厚的历史文化和人物不让于名都大邑。自唐至清分水古邑出了四十二位进士，近百名举人，贡生更是不计其数，当代还出了中国工程院院士王三一（也是我们桐庐县至今唯一的院士），及两位中国科学院有效候选人钟章成、吴世法。根深渊远，学风纯正的分水中学培养出了许多博士生、硕士生和大批优秀人才，但是时光飞逝了近 1200 年，至今在学位和影响上超过施肩吾的人还没有出来，这有待于分水中学全体师生共同努力，培养出更多杰出人才为家乡争光。今天我们还在纪念和研讨施肩吾，是因为他不仅为家乡分水争了光，同时为我们留下了许多宝贵的精神财富，有待我们进一步的挖掘、研讨、学习和传承。由于自己学识浅薄，水平有限，今天到这里来是班门弄斧，现我就施肩吾的生平概况及学术价值提出自己粗浅的看法，与同志们商榷，目的是为了更好地传承家乡历史文化，为振兴家乡服务。

关于施肩吾究竟是哪里人的问题，历史文献中有各种记载，有说是唐睦州分水人的，有说是常州武进人的，有说是吴兴归安人的，有说是江西洪州人的，有说是富阳新登人的等等。这桩争论由来已久，现在我们从与他有关的历史资料中来分析他的归属。

（一）有关典籍：

（1）1979年版、1989年版、1999年版上海辞书出版社出版的《辞海》一书上均载："施肩吾，唐道士，字希圣，号东斋。睦州分水（今浙江桐庐西北）人。有诗名。元和十五年（820）进士，后隐于洪州西山（今江西新建西，一名南昌山）修道。世称华阳真人。南宋初，还有关于施肩吾的传说，《文献统考》卷二二五谓施肩吾似有二人。著有《西山群仙会真记》、《太白经》、《黄帝阴符经解》、《钟吕传道集》等，另有诗《西山集》十卷。"

（2）在1984年出版的《中国历代名人大辞典》里对施肩吾的籍贯清楚地记载着："施肩吾，唐朝道士，诗人，睦州分水人。宪宗时进士，后隐居洪州之西山修道，世称华阳真人。"

（3）元人辛文房《唐才子传》卷六"施肩吾"条也作睦州人，同卷"徐凝"条有"凝，睦州人，与施肩吾同里闬"的记载。

（4）《台湾通史》卷一载："及唐中叶，施肩吾始率其族，迁居澎湖。肩吾分水人，元和中举进士，隐居不仕，有诗行世。其题澎湖屿一诗，鬼市盐水，足写当时景象。"

（5）《全唐文》卷七三九有施肩吾文九篇，中有与徐凝书云："仆虽幸忝成名，自知命薄，遂栖心玄门，养性林壑，赖先圣扶持，虽年迫迟暮，幸免龙钟。"

（6）明三元（解元、会元、状元）商辂的《蔗山笔麈》载："施肩吾、徐凝皆分水人，复同时。皇佑中，孙陈倚为肩吾集后序，谓肩吾出于延招，徐凝居于柏山，两村以施徐为名，而宗裔甚繁。"

（二）府志县志：

（1）《光绪严州府志》卷十五选举志云："施肩吾，字希圣，分水人，元和中举进士第一。好神仙家言，栖隐于洪州西山以终。"《严州府志·艺文志》载明人陶望龄 所作《重修五云山保宁塔院碑记》上说："分阳五云山，去县治仅二百武许，旧建浮屠于其山，因名塔山。而以五云称者，为施肩吾先生登唐进士及第之年，卿云绚绕于山之巅，故时人嘉之，谓风气灵而人文蔚，遂以此名其山，所从来远矣。"

（2）《南昌府志》卷六十三仙释："施肩吾，字希圣，分水人，读五行俱下，太（元）和中举进士，后隐于洪州之西山以终。"另江西《新建县志》、《高安县志》都载施肩吾为分水人。

（3）《光绪分水县志》卷一疆域志："招贤乡旧辖里五，今为十都，分二图。"其十都下一图所辖二十六庄中，有施家庄之名。招贤乡在民国时仍为分水县建制乡镇之一，旧称十管，即清代之十都，其位置在与新登县毗邻之东北边界（见图）。"山川栏载："庆云山，一名五云山，在县治东，上有关帝庙、玉尺搂、洗砚池，山南有涌泉岩，岩下有唐公令庙，庙前有涌泉池，唐元和十年龙口山五色云起，占为大魁之兆，时施肩吾读书其上，后果以第一人及第。"又古迹栏载："唐施肩吾宅在延招乡，乡多施姓，皆其后裔。"卷二营建志载："龙门寺在县东五十里龙门山，初唐僧司璋创建。施东斋先生尝读书于此，僖宗朝敕赐今名。"又"擢秀坊，在县治河头埠，为唐状元施肩吾立。""状元坊，在县东，为唐状元施肩吾立。"又"唐状元施肩吾墓，在县东招贤乡凤凰山。"卷七选举志："唐进士，施肩吾，元和十五年登卢储榜及第第一。"卷八人物志："唐施肩吾，字希圣，号东斋，元和十五年殿试状元及第，后隐于西山学神仙术，著有《辨疑论》一卷、《西山集》十卷、《群仙会真记》五卷、《传道记》五卷、载唐书艺文志。"卷九艺文志："施肩吾诗：效古体、上礼部侍郎陈情、幼女词、幽居乐、杂古词五首、冲夜行、古相思、兰渚泊、湘竹词、自述、春日宴徐君池亭、山中得刘秀才京书、山中送友人、春日题罗处士山舍、访松岭徐鍊师、仙客归乡词二首。"清两浙督学谷应泰《施肩吾诗集序》："……奉命督学两浙，阅舆志知先生为严之分阳（分水亦称分阳）人，元和中赐状元及第，其出处详府、邑志中。"卷十杂志："唐元和十年，龙口山有五色云起，占为大魁之兆，时施肩吾读书其上，至十五年果状元及第，因名其山为五云山。"又佚事栏："《神仙通鉴》载：施肩吾严入西山访道栖真，初遇旌阳授五种内丹诀及外丹神方，后遇洞宾传内炼金液还丹，大道终隐西山。诗文甚多，所传未十之四。"白玉蟾跋《施华阳文集》云："李真多以'太乙刀圭火符诀'传钟离权，权传吕洞宾，即施师也。施授上足李文英十六字曰，一灵妙有法界圆通离种种边允执厥中。逝罕知者予得之，并以告胡，栖真使补其遗。"陆游《修心鉴》跋："高祖太傅公尝退朝，见异人行空中，足去地三尺许，邀与俱归，则古仙人栖真施先生肩吾也，因授炼丹辟谷之术。"

肩吾以长庆中隐洪州西山，尝贻徐凝书云："仆虽忝成名，自知命薄，遂栖心元门，养性林壑，赖先圣扶持，虽年迫迟暮，幸免龙钟。"后题西山学仙者施肩吾顿首。徐五处士诗仙执事。（按公壮年及第，何以甘从赤松黄石之游？庸知非有见于，有唐末造之不可为，而讬词以自放佚者哉。）

万历丙午（1606），广东黄孝廉士俊来访邑令卢公崇勋（与黄士俊同乡），寓庆云山。适五色云现，因谈昔年施公事，黄即赋诗曰："五云山上五云开，昔日肩吾今又来。姓系虽殊名则一，世人莫作二人猜。"次年果以第一人（状元）及第。

卷末《康熙壬子县志序》知县胡必誉"……五云洞口施状元之诗句流芳。"《道光丁亥县志稿序》知县饶芝"邑建于唐武德初，而有唐一代人特，唯施（施肩吾）徐（徐凝）罗（罗万象）三公。"

（三）施肩吾诗：

（1）《兰渚泊》"家在洞水西，身作兰渚客。天昼无纤云，独坐空江碧。"唐武德四年时，以桐水中分，析桐庐西北七乡建分水县，就是说他的家在桐庐西面的分水。

（2）《归分水留赠王少府》"仙吏饮冰多玉声，新诗丽句遣狂生。不愁日暮归山去，故把随珠入夜行。"从诗题上我们就可以知道，他自称分水人，不然何来归分水之说。

（3）《西山即事奉敬故园徐处士》"仆作江西少施氏，君为城北老徐翁。诗篇忆昔相欢接，颜貌如今恨不同。世上尽忧蔬上露，时人皆怕烛前风。唯余独慕神仙道，芥子虽穷寿不穷。"这首诗是施肩吾在洪州西山修道时寄给远在家乡的徐凝，故园即家乡分水。徐处士就是与他同科登榜的进士徐凝，其时徐凝已辞官隐居在分水柏山村。该诗回忆了他俩昔时的友情，又奉敬徐凝保重身体颐养天年。

（4）唐代著名诗人，水部员外郎张籍有《送施肩吾东归》："知君本是烟霞客，被荐因来城阙间。世业偏临七里濑，仙游多在四明山。早闻诗句传人遍，新得科名到处闲。惆怅灞亭相送去，云中琪树不同攀。"分水与桐庐同属睦州，分水偏临严子陵钓台。

（四）古碑镌刻

（1）宋熙宁间（1068—1077）分水知县徐谌，勒石施肩吾寄徐凝诗碑。建中靖国元年（1101）徐谌为转运使（官名。掌一路或数路财赋，有督促地方官吏的权力，为府州以上的地方长官。）复刻肩吾及第告身碑于碑阴。此碑已湮。

（2）清道光年间，邑令饶芝（道光二年至五年在任，七年复任。）在分水五云山勒石"唐状元施东斋先生读书处"和"洗砚池"碑，这两碑现存立在五云山上。

（五）施公墓记：

清乾隆四十年（1775）后学门婿，国学生王帝升撰《状元肩吾公墓记》："一身与日月增光，万世共山川并寿者，其唯吾乡东斋先生乎！先生纂圣贤之蕴奥，得天地之精华，博通古今，学贯人天，白屋掘（崛）起，弱冠成名，唐元和十年殿试中式后，复沐

特恩钦赐状元及第。自任江西观察使后，值日非之时，用民（明）哲保身之道归里，潜居东乡招贤里，抱道自处。穷六经之微旨，辨百家之遗篇，体孔、颜用含（舍）之宜，明尧、舜精一之旨，著述成帙刊行。宇内其所谓立德、立

言、立功，一身统备无遗矣。非为日月增光，山川并寿者乎。稽先生幼年，讲学于县治保宁庵。五云垂现，洗砚成池，载入统志，彰彰可考。实天地早已呈其瑞，先生即应发其祥。先生一生道德勋业，莫可名言，惟积厚者自流光。无论施姓遍天下，近而苏属入科甲，顶黄盖者，连绵无算。既嗣子嗣孙，若纲公、纪公并豹公，以及廷俊、廷启公者。济济英才，克绍箕裘，或分居杭属之新、於、临、余，并本府之桐庐、建德，亦无可终穷，将来长发其祥，未有艾也。

公讳肩吾，字希圣，号东斋，生于建中元年，享寿八十二岁；配刘氏夫人，生于建中二年，享年七十九岁，并于咸通二年合葬于新地之石壁山。非独人杰地灵，亦即地以人传，及后裔附葬纷纷，幸已立禁，余虽式微而不忘祖德，出资采石凿碑，命为之记。升忘固陋，忝在门婿，敢不应嘱。

皇清乾隆岁次乙未四十年仲秋月　日　嗣孙施像朝、一奇、绍年、兆元、御天、兆镒、有盛。后学门婿国学生王帝升沐手拜撰。

首事：　象功、象亨、兆洋、文绪、兆淞、国森、合族敬立。"

从以上许多历史文献和资料中，我们足以认定唐状元施肩吾为睦州分水人是确切的。自唐武德四年（621）析桐庐西北七乡置分水县，施肩吾的故里分水县桐岘乡宝城里施家村属睦州分水县管辖，这是有充分历史根据的。一直到1958年11月21日，撤销分水、新登县建置，分水所辖行政区域与桐庐合并，定名桐庐县。1960年8月15日富阳县并入桐庐县。1961年12月15日，复置富阳县。原新登县行政区域和原分水县贤德公社（包括施家村）划归富阳。也就是说，施肩吾的故乡施家村，在历史上从621年至1958年，在长达1337年的历史长河中都是归属睦州（严州）分水县管辖。直至1961年12月15日才划归富阳县管辖。所以施肩吾的生平事迹都是与分水县息息相关的。他年少时先在分水县十都的龙门寺读书，后到分水县城中五云山读书，他在五云山上度过了一生中最关键的时刻。至元和十五年（820）考中进士。

历史的涵义是以它特定的时间，地域和事件为根据的。我们说施肩吾是唐睦州分水人，应该原来是这样，现在是这样，将来还是这样。不能因后来行政区域的变更而改变他原来的籍贯和历史存根，这不符合历史唯物主义的观点。

正确的说法是：施肩吾，唐睦州分水县人。其故乡施家村现划属富阳市洞桥镇。

2007 年 12 月 20 日《富阳日报》第 9 版'人文'版 刊登一篇题为："开发过台湾澎湖的这位唐代状元，到底是富阳人还是桐庐人？专家：施肩吾故里在洞桥。社科院博士与富阳作家编的施肩吾文集中抛出这个观点"的文章。文中说，日前，中国社会科学院文学博士陈才智与富阳乡土作家王益庸联合编著的《施肩吾集》问世。这本文集能够出版，王益庸称之为"南北合作"的结果，它为施肩吾研究提供了基础性资料、第一手的基本文献。文集中，专家首次认定施肩吾的生卒年（780—861）、施肩吾的故乡在洞桥镇仁阮村施家自然村。文中有五个标题，即：（1）专家认定：施肩吾故乡在洞桥镇仁阮村施家自然村。（2）施肩吾故乡，引起国内专家学者浓厚兴趣。（3）富阳第一位状元，留给后人的特殊财富。（4）开发台湾澎湖列岛，是施肩吾一生最大的功绩。（5）施肩吾得到两岸人士关注，洞桥准备筹建纪念馆。报面上还刊登了从《施氏宗谱》中摄下的施肩吾像及《施肩吾集》书的封面照片。桐庐县迅速作出反应，县委书记戚啸虎指示桐庐县宣传、文化部门领导为搞清这件事召开了一个座谈会。12 月 25 日，我代表分水镇人民政府参加该座谈会。会议地点在县委宣传部会议室，参加人员有宣传部副部长孙建新、县文明办副主任朱素芳、宣传部干部程大鹏、县文广新局局长王维棕、农工民主党桐庐支部主席徐嘉惠、桐庐县文管会许重岗、桐庐县文联主席董利荣、桐庐县原政协主席李锡元、县文史学者申屠丹荣等。会上大家踊跃发言，气氛热烈，摆事实、讲道理，引经据典从大量的历史著作和材料中，充分认定施肩吾是唐代睦州分水人，后来由于行政区域的变更，施肩吾的故乡原分水县招延乡唐留里施家村现属富阳县洞桥镇管辖。会后申屠丹荣与李锡元合写了一篇文章，在《桐庐报》上刊出，对此事予以澄清。

接着，关心家乡历史文化的黄良起先生到洞桥镇搞来了一本《施肩吾集》，我初读了一篇，内有九人题词三人写序。序一由杭州师范大学教授马成生写，其关键句为：开头"唐德宗建中元年（780 年），施肩吾出生于今浙江省富阳市洞桥镇施家村。"这个说法没有错，巧妙的是这个"今"字，他没有提及同时回避了历史存根：施肩吾出生于唐代睦州分水县招贤乡施家村。接着："原来，施肩吾世居上施家村，原属分水县。到他父辈，迁居到叶家村，与上施家村虽然只是隔一石坎，却属于新登县。”这是在打擦边球，不知马教授是否有可靠的文字根据，还是想象出来的？序二由浙江大学教授孔令宏写，因孔先生是浙大道教文化研究中心主任，序文主要是谈道教文化，对施肩吾的籍贯生平没有涉及，他说：“不过，我们今天对他（施肩吾）的生平事迹所知甚少，以至于有晚唐至北宋初施肩吾究竟是有两人还是一人的争论。”还说“对历史文化的研究和使用，必须尊重事实。”孔先生的这句话我是非常赞同的。序三由洞桥镇委书记郭林平、镇长潘渭撰，主要是宣传家乡历史文化。

　　书的内容分栖真子施肩吾集·五言、栖真子施肩吾集·七言、栖真子施肩吾集·其他、栖真子施肩吾文集、华阳真人施肩吾集等章节，基本上是刊载原诗原文，无解读（文加标点）。附录一为陈才智编《施肩吾相关文献》108 条，（点到古书中涉及施肩吾的文章）及研究论文 19 篇。附录二陈才智著《元白诗派研究：白派及门弟子施肩吾》。附录三为清光绪十八年（1892）三友堂刊重修《施氏宗谱》书页，若干页、施肩吾画像。再后王益庸一篇“让我们永远记住施肩吾写在《施肩吾集》后面”的文章。共八个标题：让我们记住中国历史上的那个著名的施肩吾；让我们记住施肩吾的生卒年；让我们记住施肩吾的故乡；让我们记住施肩吾的生平简述；让我们记住中国民间开发台湾澎湖的第一人施肩吾；让我们记住施肩吾的诗；让我们记住中国气功养生理论的先驱者施肩吾；让我们共同努力，建造一个施肩吾纪念馆。

　　作者王益庸先生，1977 年 3 月生，富阳洞桥人，只有 33 岁，对家乡历史文化的热爱，为宣传和传承历史文化的精神令人敬佩！我甚至想，我们分水能多几个这样的学子才好。但是从这篇文章中有几处我不能苟同，第 301 页上写：“我再把施肩吾故里的所在，明确而完整地说一遍：施肩吾，今浙江省富阳市洞桥镇贤德片仁阮施家自然村人。”施肩吾是唐代人，怎么能是今人呢？又317 页《归分水留赠王少府》诗后说，这分水肯定是今天的洞桥。等等。王先生未免太武断了，施肩吾自称“归分水”这百分之百的证明他是分水县人，怎样能说这分水肯定是今天的洞桥呢？他为什么不写“归洞桥”呢？

接着，我的老同学，分水城西村的阮志耿又赠给我一本由王益庸与另一位洞桥人朱健文（1962年12月生）于2009年12月合写的《施肩吾传》。我也粗略地拜读了，扉页也有12位教授及名人题词，3篇序。序一为湖北大学教授佘大平先生写，未谈及施肩吾的籍贯与生平。序二由浙江大学教授吕洪年写，"施肩吾是个历史人物，出生于今浙江省富阳市洞桥镇施家村。……施肩吾在成名之前，曾在当地的五云山（这里没有点到分水，不知情者还以为五云山是富阳洞桥镇的）寺庙读书……"说实在，要写施肩吾的传记。需要大量的可靠资料……朱、王两位作者在资料的搜集上，特别是对它们的甄别、分析以及利用上，都是颇为费心和化力的。他俩出于对乡土文化的热爱和对乡贤的崇敬，居然在资料不十分充裕的情况下，能融会文献、考古、口碑而构架一部详述施肩吾一生事迹、功业成就、诗文创作等的传记，洋洋几十万言，实在是难能可贵的。……这样，这本《施肩吾传》便不同凡响了，它发掘了传主的生平事迹，并作出了客观、中肯的评价。……特别是某些情节和人物对话，不排斥作者的虚饰与想象，但也没有胡编和乱造。……本传在对施肩吾尚存争议的一些关节问题，采取巧妙回避的态度，也许是无奈的做法，但对全书保持基调的统一，肯定是带来好处的。"吕教授肯定了王、朱两人对乡土文化热爱和作出的努力和成绩，同时也指出："对施肩吾尚存争议的一些关节问题，采取巧妙回避的态度，也许是无奈的做法。"这一存疑。序三是洞桥镇委书记潘渭与镇长蒋文军写。

《施肩吾传》共十七章，第一章"大唐"；第二章"诞生"；第三章"神童"；第四章"苦读"；第五章"居家"；第六章"壮行"；第七章"会试"；第八章"循吏"；第九章"隐居"；第十章"修道"；第十一章"著述"；第十二章"神游"；第十三章"诗路"；第十四章"回乡"；第十五章"泛海"；第十六章"拓荒"；第十七章"涟漪"。

王益庸、朱健文两位作者为写这本书是化了相当精力的，精神可嘉。但我发现书中存在一些问题，首先作为"传"记。是应以史实为主，相对严肃的作品，不然还不如称"传说"。 文中我发现有如下一些问题（粗读）：第一章介绍历史背景，三节只字未及施肩吾。第二章介绍施氏渊源，应考证。第三章，说了几个近乎神童的故事。第四章说施肩吾于唐贞元八年（792）十三岁时到分水县庆云山庆云书院读书，庆云书院有一个颜老夫子是大历七年（772）第十一名进士。施肩吾在庆云书院读书三年，他曾将有一百二十卷之多的《汉书》手抄两遍。这与史料记载的他于元和十年（815）在庆云山读书时见五色祥云，在时间上相差23年，与元和十五年（十四年还在山上读书？）相差28年。第五章74页上说"徐凝是分水县柏山人。"（终于承认徐凝是分水人）。76页，颜老夫子一天召见施肩吾说，为师已经没有什么可教你的了，你收拾行李下山去吧。这年施肩吾才15岁，难道已达到进士水平？与事实不相符。颜老夫子又介绍施肩吾去龙门山龙门寺（那时应叫安隐寺，而误称灵苑寺）休粮和尚那里继读。而分水民间传说为施肩吾先在安隐寺读书，后到分水县城庆云山读书，先近后远，比较客观。第五章第二节"破案"中，85页"分水县令叫唐继勋，河南新郑人，刚从浙江开化调来此地。笔者查了《光绪分水县志·官师》，唐继勋是清光绪三十四年分水县令，湖南澧州人。唐代县令姓名缺载，这是杜撰的。故事是说王敬舅父钱刚贪没王敬母牛的事，这个故事大概是从《旧唐书》十五卷上、列传第一百三十五上、良吏上4784页上借张元济审牛案故事改编的。第六章100页："施肩吾的祖籍是吴兴，祖父时到了上施家，属于睦州分水，父亲又徙居'香炉坪'属杭州新城。最后，他选择到睦州去参加州试，所以，他也是属于"寄客"的身份。"当时的科举考试也是像现在一样按户籍所在地申报的，唐代科举考试，要核查考生户籍，严禁考生更改户籍异地报考。因施是分水人，当然在睦州考，不存在"寄客"的问题。212页："老家新城城北的忘年交徐鼎，此时还在健壮地安享晚年，施肩吾也没有忘记他，有《西山即事奉寄故园徐处士》诗为证：仆作江西少施氏……"这里明显的把施肩吾寄给徐凝的诗误写为是寄给徐鼎的。我看了后记才知道，原来前半部分从第一章到第九章由朱健文执笔，第十章至第十七章由王益庸写，故发生前后自相矛盾的错误。218页："所以他写了一首诗遥寄九泉之下的王维：采松仙子徒销日，吃菜山僧枉过生。多谢蓝田王少府，人间诗酒最关情。"（应该不是王维，待考。）282页："下面来看他写富阳普照寺的一首诗："问人知寺路……"据笔者所知，普照寺在浙江临安天目山麓，并非在富阳。

后记最后写："由于时间仓促，加之学力与道法所限，书中的粗浅和失误肯定不少，另外，本书引用他人成果也较多，未一一指出，敬请读者诸君不吝指正与谅解。"

粗读了以上两书，总的感觉是：作者为弘扬家乡历史文化以施肩吾为载体和平台，艰苦挖掘的精神值得我们敬佩和学习，当然离不开当地政府和有关部门的重视和支持。接着他们又于2010年1月30日上午在洞桥镇举行了"施肩吾纪念馆暨爱国主义教育基地授牌仪式在洞桥隆重举行"。现在打开网页，施肩吾的名字大多数是与富阳连在一起的，还听说连权威的《辞海》中有关施肩吾的籍贯也被作了改动（听说2009年版已改）他们这种为家乡争名人的努力，真使人佩服得五体投地！桐庐的申屠丹荣先生曾与我说："老王你是分水人，要把施肩吾的事迹与分水联系起来。"的确，施肩吾本是古邑分水人，我已在上面举出了许多历史根据，但是由于许多实物的湮没，说实话我们对施肩吾还缺乏像富阳人那样的热情和热争，这是愧对先贤的，若干年后恐怕人们只知道施肩吾是富阳人而不知道他是分水人了，这是使人遗憾的。

据说当年施肩吾高中状元后，分水县官与新登（古称新城）县官立马派人去迎接，结果互不服气争了起来把官司一直打到京城，因按唐代惯例，哪个县官的治下出了状元，这个县的县官便可提升三级，县官们关心的是自己的升官，施肩吾这个寒门弟子在深山冷坞里艰苦生活和在龙门山、庆云山刻苦攻读的时候县官们何曾关心过他啊！传说皇帝老爷做了个和事佬把分水、新城两县县官各升三级，皆大欢喜了事。难怪韩愈曾有"千里马常有而伯乐不常有"的感叹。我们分水在明朝的时候就有一位"伯乐"，潘仲春。潘仲春，分水人，其父潘访卒后，与兄孟春、弟应春曾在墓旁建房守孝，知县吴希孟为此作《潘氏三孝子传》。后以明经官江西抚州府教授，屡摄县事，治绩优良，颇有声誉。因潘仲春曾在明代戏曲大家、文学家汤显祖（1550—1616）的故乡江西抚州临川为官，那时他就发现并非常欣赏汤显祖的才华，对他特别喜爱和拔举，知他日后必有大的建树。（这在《光绪分水县志》上有记载）汤显祖深感其栽培之恩，曾于万历二十一年（1593）年任浙江遂昌知县期间来分水拜访恩师潘仲春，有《分水县访桃溪潘公仲春，出桐庐，秉烛游仙洞，香袭人衣，十余里不绝》一首："分水悬帆就索居，沾巾信宿下桐庐。青山晚眺桃溪远，红树秋灯草阁虚。仙洞半空行巨蜡，生香何处满簪裾。开舟更下神灵雨，烟雾霏霏总袭予。"有人说，人才不光是靠培养的，主要是发现，我很赞同这个观点。就像石板下面的笋，它从石板边的间隙缝中都要顽强地探出头来。作为领导作为教师，就是要有伯乐的眼光来发现人才，爱护人才。

为争名人施肩吾这场官司，从古代一直到今天还在继续，我们作为分水人不能忘记这位先贤，他为我们留下的许多宝贵的精神财富，更值得我们去挖掘、研讨、弘扬和传承，分水高中章建中、王志伟等老师对施肩吾研究多年并有一定的研究成果。分水五云山是施肩吾成才的摇篮，昔时有许多古建筑，如洗砚池、余韵亭、玉尺楼、状元坊、古碑刻等等，现在大多湮没，仅存清道光年间邑令饶芝的两块碑刻，后复建了余韵亭，但洗砚池、玉尺楼、状元坊及宋熙宁间分水县令、后升转运使的齐谌刻的"施肩吾寄徐凝诗碑"、"肩吾及第告身碑"还没有恢复。有关施肩吾在五云山读书的史料有多处，《严州府志》、《分水县志》、《重修五云山保宁塔院碑记》、《状元肩吾公墓记》等等都有详确的记载。说实话，我们对家乡历史名人施肩吾的宣传还不够，应努力赶上。这其间有许多工作可做，散佚在民间的许多有关施肩吾的资料需我们去搜集整理；学术界有关施肩吾的评论同样需要搜集整理；施肩吾的诗作我们要认真研读，作出注释和赏析，这也是寻觅施肩吾生平经历和思想内涵的有效途径。许多古迹要复建，让人们从直观到的实物硬件中去感知历史，了解施肩吾。

2008年我参加桐庐县非物质文化遗产普查领导小组与分水镇非物质文化遗产普查领导小组时曾建议分水镇人民政府以《施肩吾的传说》为题作为分水镇申报非遗名录。《施肩吾的传说》该名录曾上报，内有申报项目简介、基本信息、项目说明、项目论证、项目管理、保护计划、重要申报辅助材料等详细内容。

我个人认为施肩吾与我们分水及五云山是永远也分不开的，施肩吾的魂和根在五云山，施肩吾历史文化的挖掘和传承离不开分水高级中学领导和全体师生的共同努力，希望分水的文史爱好者与志士仁人，能为传承家乡的文脉作出更大的努力。

（2010年12月5日晚在分水高级中学《施肩吾论坛》上的演讲稿）

徐凝故里

进士之乡

白居易访徐凝品三鲜

王顺庆

合村乡在桐庐县西北，距县城 55 公里，距分水镇 18 公里，是一个山清水秀、民风淳朴、物产丰饶、人才辈出的古村落。远在黄武五年（226）有九真太守何瑛寓桐庐生仙乡，即今合村乡琅玗村，其后裔世代为官，何瑛殁后葬豪山脚下，至今墓地仍在。唐宝应元年（762）析分水县地置昭德县，大历六年（771）省地归分水，故合村乡也曾是古邑旧址。其地古迹颇多，有早建于此地的麻姑庙，有建于唐代景福二年（893）的龙翔寺，有豪山庙、白公庙、禧公祠、义祖祠、范王祠、太子祠、庆龙庵、古茆庵、护龙庵、云峰庵；有双溪桥、陈村桥、宝定桥、东平桥、书桥、长安桥、殿山桥、丹霞桥、迎神桥、万善桥、琅玗桥、洪济桥、瑞霭桥等；有碧水亭、望霞亭、樵隐亭、白水亭、迥龙亭等；有贞女坊、白塔（断塔）；有《亘古流芳碑》、《汉中宪大夫何瑛公墓碑》、《总兵墓碑》、《麻姑庙碑》、《安乐桥碑》等；村民家中藏有多套各氏宗谱。

从以上这许多古营建、古人物、古宗谱等历史遗存中，我们可以想象合村乡其历史文化积淀是多么深厚！

合村乡是一块秀丽神奇的土地，地处淳安、临安、桐庐三县交界处的丛山峻岭之中，千峰竞秀、溪涧百道、躬耕陇亩、村舍俨然；山穷水复疑无路，柳暗花明又一村。特别是这里的天荒坪、觉道山、麻姑庙、白公祠等古迹，留下许多美丽的传说故事，令人神往。

《民国分水县志》载："白公祠在县北合村，前志称俗传神号白五公，民国二十三年（1934）里人修神像得其腹中书存之，履历则白太傅乐天也，乃知白五为白傅之误，按前志称白乐天刺杭州时与徐凝为诗友，艺文志亦载两人赠答诗句，意者白傅尝游谶此地，乡人仰其流风余韵，故祀之钦。"

白居易于开成二年（837）在李睦州的陪同下来分水柏山村探望徐凝时，曾写有《凭李睦州访徐凝山人》："郡守轻诗客，乡人薄钓翁。解怜徐处士，唯有李郎中。"白居易其实也是个"吃货"，他到哪里，都希望能尝到该地的乡土美食，他在徐凝家就品尝了徐凝亲手钓来并亲自烧制的"徐凝鱼"。白居易还去了分水县桐岘乡宝成里施家村，进士施肩吾家。写有《题施山人野居》："得道应无著，谋生亦不妨。春泥秧稻暖，夜火焙茶香。水巷风尘少，松斋日月长。高闲真是贵，何处觅侯王"。诗人去时在春天，村民们白天在翻土耕种，晚上炒茶烘焙，香气扑鼻。这里没有大的溪流，只有小涧溪，挺拔的松枝上挂月落日，也真是清闲高贵之处，人生不一定要寻贵觅侯不可，自由自在的生活才是最幸福的。

当白居易得知县北合村生仙里，曾于唐宝应元年（762）析分水县地置昭德县，并有麻姑生仙庙时，即要徐凝、施肩吾陪他前往同游。暮春时节，一路行来桃红柳绿、莺歌燕语。溯源后溪而上，溪水清澈、游鱼戏石，但见两旁山上树木葱茏、白云飘悠、山舍错落，好一幅分阳山居图。

来到合村村口，村前小桥流水、田野翠绿、古陌纵横、野花闻香，一棵古槐耸立道旁，刚巧有一个老者路过，问了才知道已经到了古邑旧址昭德地。这个老人见几位来者文质彬彬、气宇轩昂，识知非一般人士，遂邀至家中休息。该村民姓何，名大成，自称是汉中宪大夫何瑛的后裔。而徐凝等也自称山人，分水人；并介绍白公居易说他曾在杭州任过刺史，其时已致仕，居河南洛阳故里。贵客临门，老人不吝招待，遂唤来两个儿子，一个去拔青笋、一个去捕溪鱼，嘱妻宰中鸡一只烧炖，这三鲜：合村青笋干、生仙里鸡煲、风炉石斑鱼，乃是合村美食"生仙里三宝"。就地取材、天然品质、秘笈烹技、美味绝伦！

不多时，儿子拔来鲜嫩的青笋，剥洗干净，那笋肉如青春玉臂，白里生润；取三年以上挂在膳房上方熏烤的火腿腊肉，腊肉中又以腰峰为最，晶莹透红、香味独特，清洗切片后与青笋先在锅中翻炒，放入佐料黄酒、少许红椒壳等，不用放盐，然后放在火锅中慢炖，锅中汁水翻腾、浓香四溢，人闻之不到口中就已急不可待。

小儿子捕来山溪沟里的石斑鱼，喜欢美食的人都知道，溪石斑的鲜味超过其它同类鱼，更况此鱼在山溪里是吸吮着大山深处的精华——山泉孕育而成，更胜一筹。石斑鱼不能食籽，去薄鳞、剔肚脏，清洗干净，然后在背上切上几刀，不要切断，这样可以使鱼更好的入味；配以黄酒、姜蒜、麻辣汤料，将鱼先稍煎快翻后和豆腐一起放入汤中，大火煮开后，转中小火慢炖入味，加入山菇再慢火微炖，亦可加芹菜叶或其它绿叶菜，此味甚佳。

老妻宰中鸡一只，约二斤左右，退毛去肚清洗，因中鸡不大不小，生养期约一至二年，肉质不嫩不老，太嫩太老的鸡肉都缺鲜味，故民间有"斤鸡马蹄鳖"之说。合村放养在竹林中的土鸡啄食山虫、满山飞跑、活泼可爱，与圈养的鸡质地不同。生仙里的仙鸡还沐浴仙气，与凡鸡也大有区别。翁媪二人忙着烹膳，此菜就是生炒后放在锅内清炖，加盐少许，配以生姜黄酒等佐料，先大火，后慢火，可见炖锅中汤汁金黄泛油，肉质鲜美。

老人拿出自酿的春酒，与四位客人边吃边谈，白公偕友今天在好客的合村村民何大成家中大饱口福，说是其山肴鲜美无比。闲谈中老人也非常开心，能与这四位名人雅士相处，实乃天赐机缘，人世间、人生中确有许多人和事是可遇而不可求的啊。餐后白公掏出银子酬谢，老人死活不肯收钱，无奈乡人淳朴真诚，四人深深作谢告别，遂去游生仙里麻姑庙。

白居易与徐凝等游合村生仙里应有史实，但后被湮没。民国时乡人修其白公祠时得其神像腹中遗书，尚认定其事。可惜事未详，姑且存之待考。

2019 年 7 月 24 日

　　流光飞逝了一千二百多年，徐凝的诗至今仍在被人们流传赞美，足以证明
他的诗有顽强的生命力和无穷的魅力！浙江省桐庐县分水镇，原是睦州、严州
府的一个属县，远在唐代就出了施肩吾、徐凝、何希尧（施肩吾婿）等著名诗
人，他们的诗在全唐诗中占有一席之地，也是睦州派诗人中的杰出代表人物。

　　古邑分水，昔时是穷乡僻壤之地，然而现在已成为闻名全国的"中国制笔
之乡"、"全国首批特色小镇"，徐凝故里分水镇东溪村柏山诗社，乡人仰其流风
余韵，为传承历史文脉并使之发扬光大，在不遗余力地挖掘、整理、和关注徐
凝诗，珍惜乡土文化遗产，这是一种难能可贵的文化自觉和使命感。

　　笔者从小爱好诗词，尤爱先贤徐凝、施肩吾、何希尧诗。徐凝的诗心惊元
远、闲淡孤清、翛然自得于言外；施肩吾诗仙风道骨、为诗奇丽；何希尧诗神采
既融、情景俱到、天才流丽、节奏琅然、无媲冰清玉润。吟咏他们的诗就是一
种高雅的精神享受。徐凝不仅诗才出众，还以他清高廉洁的品性深得世人景仰，
故在赏诗之外他还是一个道德榜样。

　　笔者难以割舍这份情感，虽长期患病身体不好，但仍苦心孤志希图把徐凝
的诗全部注评出来，搜阅有关解读徐凝诗的资料历时断续有五六年时间，也作

了不少努力，有时夜间醒来也会神迷地陷入思考。其析文注评，囿于自己的思考理解，也参考了一些学者的论文著作，文中不当之处敬请专家学者和读者批评指正。文学是不死的梦！

　　为避免错误和提高书的质量，笔者向文友及所认识的教授请教，通过乡贤孔志红老师帮助联系到浙江省诗词与楹联学会常务副会长、浙江省文史研究馆研究员尚佐文先生，先生是北大高材生，对古诗词研究有很深造诣，能请到这样一位专家审稿指教并赐序，实是余三生有幸！感谢郎岚女士和所有关爱、支持本书出版的学者和友人。

王顺庆

2020 年 2 月

参考文献

1. （清）彭定球等编：《全唐诗》，中华书局 1960 年版。

2. 王重民辑录：《全唐诗外编》，中华书局 1982 年版。

3. 陈伯海等编：《唐诗汇评》，浙江教育出版社 1995 年版。

4. （唐）张为：《诗人主客图》。

5. （唐）范摅撰，唐雯校笺：《云溪友议》，中华书局 2017 年版。

6. （宋）计有功撰，王仲镛校笺：《唐诗纪事校笺》，中华书局 2007 年版。

7. 《雍正浙江通志》。

8. （清）徐松：《登科记考》，中华书局 1984 年版。

9. 孟二冬：《登科记考补正》，北京燕山出版社 2003 年版。

10. 岑仲勉：《读全唐诗札记》，《唐人行第录》，中华书局 2004 年版。

11. （宋）洪迈：《容斋随笔》，中华书局 2005 年版。

12. 谭正璧：《中国文学家大辞典》，上海书店出版社 1981 年版。

13. 朱金诚：《白居易研究》，陕西人民出版社 1987 年版。

14. 朱金诚：《白居易集笺校》，上海古籍出版社 1988 年版。

15. 傅璇琮主编：《唐才子传校笺》，中华书局 1987 年版。

16. 吴汝煜、胡可先：《全唐诗人名考》，江苏教育出版社 1990 年版。

17. （五代）王定保：《唐摭言》，上海古籍出版社 2012 年版。

18. （宋）王谠撰，周勋初校证：《唐语林校证》，中华书局 1987 年版。

19. （宋）尤袤：《全唐诗话》，中华书局 1985 年版。

20. 傅璇琮：《唐代科举与文学》，陕西人民出版社 2007 年版。

21. 张安祖：《白居易荐徐凝屈张祜真伪考》，《北方论丛》，1995 年第 5 期。

22. 程千帆:《关于李白和徐凝的庐山瀑布诗》,《唐代进士行卷与文学 古诗考索》,商务印书馆 2017 年版。

23. 吴在庆:《白居易为何荐徐凝而抑张祜》,《文史知识》,1985 年第 4 期。

24. 《新唐书·艺文志》,中华书局点校本二十四史。

25. (宋)晁公武撰,孙猛校证:《郡斋读书志校证》,上海古籍出版社 2006 年版。

26. (宋)陈振孙:《直斋书录解题》,上海古籍出版社 1987 年版。

27. 陈尚君:《〈新唐书·艺文志〉未著录唐人别集辑存》,《陈尚君自选集》,广西师范大学出版社 2000 年版。

28. 《宋史·艺文志》,中华书局点校本二十四史。

29. 陈尚君:《徐凝、徐嶷诗甄辨》,《唐诗求是》,上海古籍出版社 2018 年版。

30. 周相录:《一首署名徐凝的元稹诗作》,《江海学刊》,2004 年第 4 期。

31. 陈才智:《〈主客图〉白派及门弟子徐凝述论》,《北京联合大学学报》(人文社会科学版),2007 年第 2 期。

32. 陈耀东:《桐庐诗人徐凝的成就》,《宁波大学学报》(人文科学版),2011 年第 1 期。

33. 陈贻焮主编:《增订注释全唐诗》,文化艺术出版社 2001 年版。

34. 《严陵杂志》。

35. 《万历严州府志》。

36. 闻一多:《唐诗大系》,《闻一多全集》,生活·读书·新知三联书店 1982 年版。

37. 吴在庆:《关于张祜生平及诗歌系年、辨伪的几个问题》,《文学遗产》,1985 年第 4 期。

38. 尹占华:《张祜系年考》,《唐代文学研究》1990 年辑。

39. 吴在庆:《增补唐五代文史从考》,黄山书社 2006 年版。

40. (宋)陈公亮、刘文富修:《淳熙严州图经》。

41. (清)董诰等编:《全唐文》,中华书局 1983 年版。

42. （宋）潘若冲：《郡阁雅谈》。

43. （宋）尤袤：《遂初堂书目》，《丛书集成初编》本。

44. 童养年：《全唐诗续补遗》，中华书局 2013 年版。

45. 陈尚君：《全唐诗续拾》，中华书局 2013 年版。

46. （五代）孙光宪：《北梦琐言》，中华书局 2002 年版。

47. （宋）阮阅：《增修诗话总龟》，《四部丛刊》本。

48. 尹占华：《唐诗人考辨五则》，《中国典籍与文化》，2004 年第 2 期。

49. （宋）王象之：《舆地纪胜》，浙江古籍出版社 2012 年版。

50. [美] 宇文所安：《晚唐：九世纪中叶的中国诗歌 (827—860)》，生活·读书·新知三联书店 2011 年版。

51. （宋）佚名撰，桂第子译注：《宣和书谱》，湖南美术出版社 1999 年版。

52. 刘洪胜：《晚唐诗人徐凝及其诗歌研究》，南京师范大学硕士学位论文，2015 年。

53. 李军：《徐凝诗歌新论》，伊犁师范学院学报（社会科学版），2011 年第 2 期。

54. 张兴：《徐凝及其诗歌研究》，广西师范学院硕士学位论文，2014 年。

55. 张慧：《徐凝诗歌浅析》，《青年文学家》，2011 年第 5 期。

56. 王文坤：《徐凝及其诗歌研究》，辽宁大学硕士学位论文，2014 年。

郡守轻诗客
乡人薄钓翁
翻怜徐处士
唯有李郎中
白居易诗
凭李睦州访徐凝山人

白居易《凭李睦州访徐凝山人》诗意图。

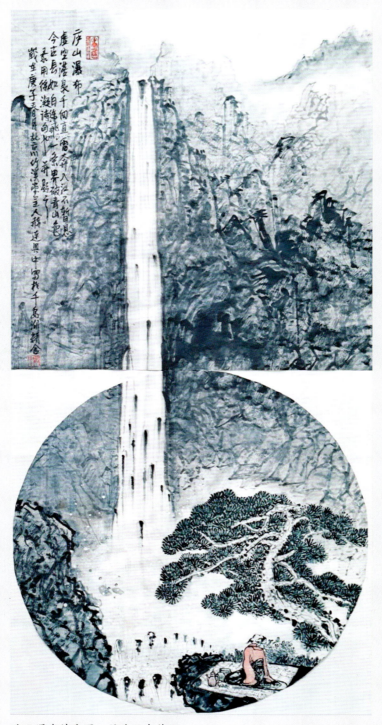

庐山瀑布诗意图，赫连兴中作品。

《全唐诗》一、二

《徐凝诗抄卷》一、二

徐凝诗抄　　　　　　　柏山诗集　　　　　　杭州日报·唐代进士徐凝重返故里

扬州遗迹·徐凝门大街、徐凝门路。王懿敏摄。

扬州遗迹·徐凝门街社区、徐凝门桥。王懿敏摄。

施肩吾33代孙施金根，与作者到分水五云山缅怀施肩吾、徐凝读书处。
范伟平摄。

但是扬州人从唐代到现在一直没有忘记他

2018年，桐庐电视台记者何琅采访作者，制作《富春乡韵》专题片。
王晓军拍摄

《咏徐凝一》：白头游子苦吟身，赢得扬州无赖神。不谒朱门求富贵，孤云野鹤作山人。
王顺庆诗，陈小景摄。

《咏徐凝二》：志行高洁澈晶莹，扬州明月特传神。遥想当年白居易，千里迢迢访徐凝。
王顺庆诗，陈小景摄。

学校交流

与杭师大师生交流碑刻文化（2009）

在分水高级中学演讲《徐凝好友施肩吾探析》（2010）

在分水初中教育集团演讲徐凝等文史（2018）

在分水实验小学讲解徐凝诗歌（2018）

向浙江传媒学院图书馆赠书，右馆长阮海红。

复旦大学盛益民教授（左）访作者家。右浙江电视台记者徐玲莹、罗博超来作者家录制节目（2018）。
王刚摄

陪北大范国强教授（左二）考察分水范蠡
隐居地。(2019)
陈国强摄

与浙大应伯根教授（右）在玉泉校区参观
（2019）
王慧富摄

巾帼义举

郎岚，女，1983年5月生，桐庐县分水镇东溪村柏山自然村人。中共党员。

温州岚舞艺术中心创始人。温州鹿城区舞蹈家协会理事，温州中老年舞蹈协会会长，温州鹿城区流行音乐协会副主席。北京舞蹈学院中国舞考级教师，中国民族民间舞考级教师。

荣获奖项：温州城市社区舞蹈大赛金奖。温州市青少年舞蹈大赛金奖。浙江省首届广场舞大赛特等奖。温州市第三届电视舞蹈大赛表演金奖、优秀指导奖。浙江省第四届社会团体文艺汇演表演金奖，创作金奖。

公益事迹：连续担任"传·老少同乐"温州老年春节联欢晚会五届导演，带领团队加入全市文化进万家送戏下乡演出活动几十场，担任"舞彩人生"温州市中老年舞蹈展演两届导演。

郎岚，是分水镇"柏山诗社"社长郎忠根先生的女儿。巾帼不让须眉。她热爱家乡，深明大义，为《徐凝诗注评》的出版资助叁万元。为传承乡土优秀历史文化作出了重要贡献。

1.送马向入蜀

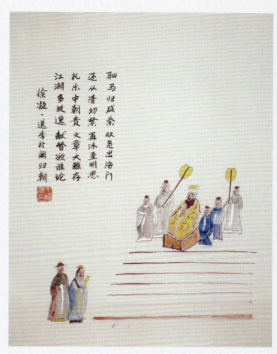

2.送李补阙归朝

3.送日本使还

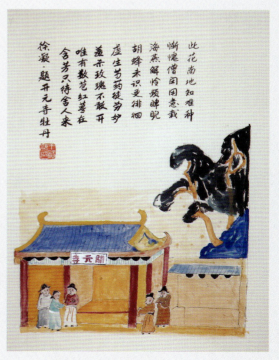

4.题开元寺牡丹

香炉一峰绝
顶在寺门前
尽是玲珑石
时生旦暮烟

徐凝·香炉峰

5.香炉峰

腰褭锦障泥
楼头日又西
留欢住不住
素齿白铜鞮

徐凝·白铜鞮

6.白铜鞮

哀怨杨叛儿
骀荡郎知否
香死博山炉
烟生白门柳

徐凝·杨叛儿

7.杨叛儿

乱雪从教舞
回风任听吹
春寒能作底
已被柳条欺

徐凝·春寒

8.春寒

寒空五老雪
斜月九江云
钟声如何处
苍苍树里闻
　徐凝
庐山独夜

9.庐山独夜

银地秋月色
石梁夜溪声
谁知展出尽
为破烟萝行
徐凝 天台独夜

10.天台独夜

不挂丝纱衣
归向寒岩栖
寒岩风雪夜
又过岩前溪
徐凝 送寒岩
归士

11.送寒岩归士

家寄茅洞中
身游越城下
宁知许长史
不忆陈司马
徐凝 送陈司马

12.送陈司马

避暑二首

一株金染密
数面碧鲜疏
避暑临溪坐
何妨直钓鱼
斑多筒算冷
发少角冠清
避暑长林下
寒蝉又有声
徐凝·

14.避暑二首

武夷无上路
毛径不通风
欲共麻姑住
仙城半在空
徐凝·武夷山
仙城

13.武夷山仙城

传闻废淫祀
万里静山陂
欲慰灵均恨
先烧渐尚祠
徐凝·浙西李尚书
奏毁淫昏庙

15.浙西李尚书奏毁淫昏庙

远羡五云路
逶迤千骑回
遗簪唯一去
贵赏不重来
徐凝·酬相公
再游云门寺

16.酬相公再游云门寺

不道沙堤冬　犹欺石栈顽　寄言飞白雪　休去打青山　倒打钱塘郭　长驱白浪花　吞吴休得也　输却五千家　徐凝·杭州祝涛头二首

17.杭州祝涛头二首

生事同漂梗　机心在野船　如何临逝水　白发未忘筌　徐凝·问渔叟

18.问渔叟

登岩背山河　立石秋风里　隐见浙江涛　一尺东淘水　徐凝·云封庵

19.云封庵

水色帘前　流玉霜　赵家飞燕　待昭阳　掌中舞罢　箫声绝　三十六宫　秋夜长　徐凝·汉宫曲

20.汉宫曲

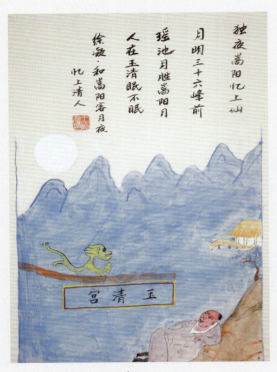

独夜嵩阳忆上仙
月明三十六峰前
瑶池月胜嵩阳月
人在玉清眠不眠
徐凝·和嵩阳客月夜
忆上清人

21.和嵩阳客月夜忆上清人

今年八月十五夜
寒雨萧萧不可闻
如练如霜在何处
吴山越水万重云
徐凝·八月望夕雨

22.八月望夕雨

浙江悠悠海西绿
惊涛日夜两翻复
钱塘郭里看潮人
直至白头看不足
徐凝·观浙江涛

23.观浙江涛

虚空落泉
千仞直
雷奔入江
不暂息
今古长如
白练飞
一条界破
青山色
徐凝·庐山瀑布

24.庐山瀑布

嘉兴寒日

嘉兴郭里逢寒日
落日家家拜扫回
唯有县前苏小小
无人送与纸钱来

徐凝·嘉兴寒日

25.嘉兴寒日

忆扬州

萧娘脸下难胜泪
桃叶眉头易得愁
天下三分明月夜
二分无赖是扬州

徐凝·忆扬州

26.忆扬州

八月灯夕寄游越施秀才

四天净色寒如水
八月清辉冷似霜
想得越人今夜见
孟家珠在镜中央

徐凝·八月灯夕寄
游越施秀才

27.八月灯夕寄游越施秀才

八月十五夜

皎皎秋空八月圆
嫦娥端正桂枝鲜
一年无似如今夜
十二峰前看不眠

徐凝·八月十五夜

28.八月十五夜

千载空祠云海头
夫差亡国已千秋
浙波只有灵涛在
拜莫青山人不休
徐凝·题伍员庙

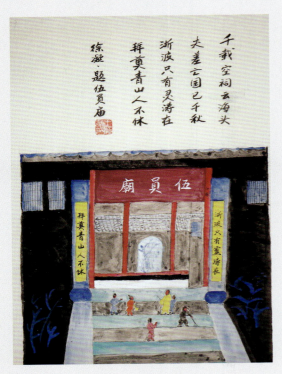

29.伍员庙

员峤先生元白发
海烟深处采青芝
逢人借问陶唐主
欲进水螓五色丝
徐凝·员峤先生

30.员峤先生

玳瑁床头刺战袍
碧纱窗外叶骚骚
若为教作还西梦
月冷如丁风似刀
徐凝·莫愁曲

31.莫愁曲

三条九陌花时节
万户千车看牡丹
争遣江州白司马
五年风景忆长安
徐凝·寄白司马

32.寄白司马

游客远游新过岭
每逢芳树问芳名
长林遍是相思树
争遣愁人独自行
徐凝·相思林

33.相思林

万丈只愁海海浅
一身谁测岁华遥
自言来此云边往
曾看秦王树石桥
徐凝·寄海峤丈人

34.寄海峤丈人

至人知姓不知名
闻道黄金骨最轻
世上仙方元觅处
欲平西岳事先生
徐凝·寄潘先生

35.寄潘先生

披香侍宴插山花
灰著龙绡著越纱
持颜倾城人不及
檀妆唯约数条霞
身轻入宠尽恩私
腰细偏能舞拓枝
一日新妆抛旧样
六宫争画黑烟眉
徐凝·宫中曲二首

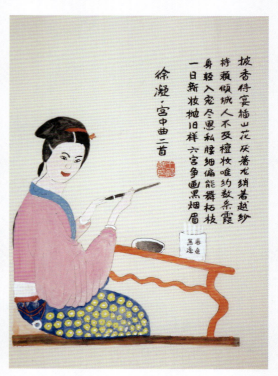

36.宫中曲二首

一道鹊桥横
渺渺
千声玉佩过
玲玲
别离还有经
年客
怅望不如河
鼓星

徐凝·七夕

37.七夕

八月繁云连九月
两回三五晚漫漫
一年怅望秋将尽
不得嫦娥正面看

徐凝·八月九月
望夕雨

38.八月九月望夕雨

长爱谢家能咏雪
今朝见雪亦狂歌
杨花道即偷人句
不那杨花似雪何

徐凝·喜雪

39.喜雪

乌家若下蚁还浮
白玉尊前倒即休
不是春来偏爱酒
应须得酒遣春愁

徐凝·春饮

40.春饮

长短一年相似夜
中秋未必胜中春
不寒不暖看明月
况是从来少睡人

徐凝·二月望日

41.二月望日

两鬓三回读远书

画楼愁见燕归初
百花时节教人懒
云髻朝来不放梳

徐凝·读远书

42.读远书

古树敬斜临古道
枝不生花复生草
行人不见树少时
树见行人几番老

徐凝·古树

43.古树

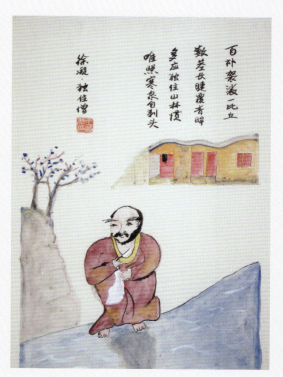

百补袈裟一比丘

数茎长睡覆青眸
更应栖住山林惯
唯照寒泉自剃头

徐凝·独住僧

44.独住僧

百法驱驰百年寿　五劳消瘦五株松
昨来闻道严陵死　画到青山第几重
徐凝·伤画松道芬上人

一水寂寥青霭合
两崖萧萃白云残
画人心到啼猿破
欲作三声出树难
徐凝·观钓台画图

45.伤画松道芬上人

46.观钓台画图

楚水白波风嫋嫋
荆门暮色雨萧萧
相思今眼梦何处
十二峰高巴字遥
徐凝·荆巫梦思

孟家种柳东城去
临水逶迤思故人
不似当时大司马
重来得见汉南春
徐凝·浙东故孟尚书种柳

47.荆巫梦思

48.浙东故孟尚书种柳

吴王上国长洲奢
翠黛寒江一道斜
伤见摧残旧宫树
美人曾插九枝花
徐凝·长洲览古

49.长洲览古

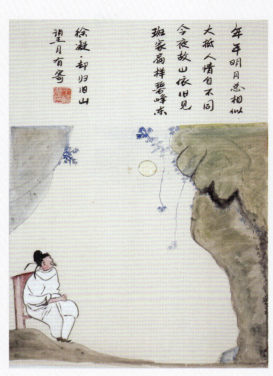

年年明月总相似
大抵人情自不同
今夜故山依旧见
班家扇样碧峰东
徐凝·却归旧山望月有寄

50.却归旧山望月有寄

五粒松深
溪水清
众山摇落
月偏明
西林静夜
重来宿
暗记人家
犬吠声
徐凝·再归松溪旧居宿西林

51.再归松溪旧居宿西林

一树梨花春向暮
雪残残处思风来
明朝渐校元多处
看到黄昏不欲回
鞠尘溪上束红枝
影在溪流半落时
时人自惜花肠断
春风却是等闲吹
朱霞焰焰山枝动
绿野声声杜宇来
谁为蜀王身作烈
自啼还自有花开
谁家婀娜青丝里
半见般花焰焰枝
忆得楼人迷送客
源红衫子影门时
花剥蔷薇明艳地
装支颗破青凤秋
番弄色一番退
小妇轻妆大妇愁
徐凝·玩花五首

52.玩花五首

山头水色白笼烟
久客新愁长庆年
身上五劳似病酒
天桃窗下看花眠

徐凝·长庆春

53.长庆春

南越岭头山鹧鸪
传是当时守贞女
化为飞鸟怨何人
犹有啼声带蛮语

徐凝·山鹧鸪词

54.山鹧鸪词

凤钗翠翘双宛转
出见丈人梳洗晚
犁牛罗绔跪拜时
柳条无力花枝软

徐凝·郑女出参
丈人词

55.郑女出参丈人词

花时闽见连绵雨
云入人家水毁堤
昨日春风源上路
可怜红锦柱抛泥

徐凝·春雨

56.春雨

枝枝轿势雕弓动
片片摇光玉剑斜
见说木兰征戏女
不知那作酒边花
徐凝·和白使君木兰花

57.和白使君木兰花

宵游二万七千人
独坐重城圉一身
步月游山俱不得
可怜孤负白头春
徐凝·正月十五夜呈幕中诸公

58.正月十五夜呈幕中诸公

一声庐女
十三弦
早嫁城西
好少年
不羡越溪
歌者苦
采莲归去
绿窗眠
徐凝·乐府新诗

59.乐府新诗

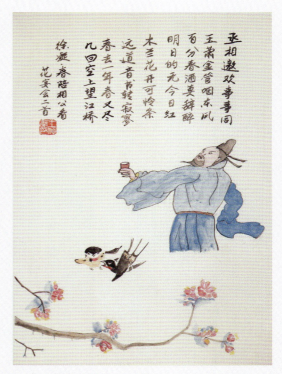

丞相邀欢事事同
玉萧金管咽东风
百分春酒更辞醉
明日的无今日红
木兰花开可怜条
远道音书轻寂寥
春去一年春又尽
几回空上望江桥
徐凝·春陪相公看花宴会二首

60.春陪相公看花宴会二首

何人不爱
牡丹花
占断城中
好物华
疑是洛川
神女作
千娇万态
破朝霞
徐凝·牡丹

61.牡丹

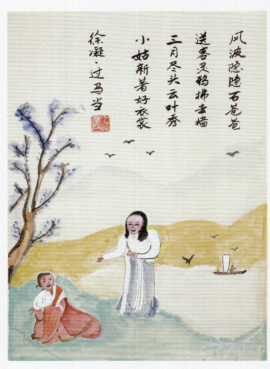

风波隐隐石苍苍
送客灵鸦拂去樯
三月尽头云叶秀
小姑新著好衣裳
徐凝·过马当

62.过马当

金谷园中数尺土
同人知是绿珠台
绿珠歌舞天下绝
唯与石家生祸胎
徐凝·金谷览古

63.金谷览古

洛下三分红叶秋
二分翻作上阳愁
千声万片御沟上
一片出宫何处流
徐凝·上阳红叶

64.上阳红叶

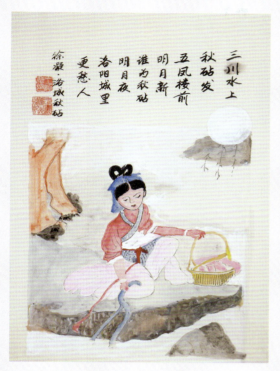

三川水上秋砧发
五凤楼前明月新
谁为秋砧明月夜
洛阳城里更愁人
徐凝·洛城秋砧

65.洛城秋砧

王子缑山石殿明
白家诗句咏吹笙
安知散席人间曲
不是寥天鹤上声
徐凝·和川守侍郎缑山题仙庙

66.和川守侍郎缑山题仙庙

岁岁云山五泉寺
年年车马洛阳城
风清水冷水边宿
诗好官高能几人
徐凝·和夜题玉泉寺

67.和夜题玉泉寺

洛阳自古多才子
唯爱春风浪漫游
今到白家诗句出
无人不咏洛阳秋
徐凝·和秋游洛阳

68.和秋游洛阳

源上拂桃烧水发　江边吹杏暗园开
可怜半死龙门树　惆怅春风作底来
徐凝·和嘲春风

69.和嘲春风

莲里花边回竹岸
鸡头叶上荡兰舟
谁知洛北朱门里
便到江南绿水游
徐凝·侍郎宅
泛池

70.侍郎宅泛池

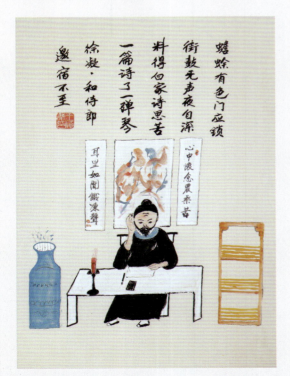

蟾蜍有色门应锁
街鼓无声夜自深
料得白家诗思苦
一篇诗了一弹琴
徐凝·和侍郎
邀宿不至

耳里如闻铁拨声
心中怀念最辛苦

71.和侍郎邀宿不至

一生所遇
唯元白
天下元人
重布衣
欲别朱门
泪先尽
白头游子
白身归
徐凝·自鄂渚至河南
将归江外留辞侍郎

72.自鄂渚至河南将归江外留辞侍郎

守隘一关何处在
长桥万里只雄夸
纷纷塞外乌蛮贼
驱尽江头濯锦娘

徐凝·蛮入西川后

73.蛮入西川后

长忆紫溪春欲尽
千岩交映水回斜
岩空水满溪自绿
水态更怜南坞花

徐凝·忆紫溪

74.忆紫溪

谁道槿花生感促
可怜相计半年红
何如桃李无多少
新打千枝一夜风

徐凝·夸红槿

花是深红叶翠尘
不将桃李共争春
今日惊秋自怜客
折来持赠少年人
唐·徐凝·红槿花

75.夸红槿

黄辛雄旗去不回
空余片石碧崔嵬
有时风卷牌湖浪
散作晴天雨点来
天池茫茫成古今
仙郡凡有几人寻
到来唯见山高下
只是不知湖浅深

徐凝·题缙云山
鼎池二首

76.题缙云山鼎池二首

浮生不定若蓬飘 林下真僧
偶见招觉后始知身似梦更
闻寒雨滴芭蕉
徐凝·宿冽上人房

77.宿冽上人房

炀帝龙舟向此行
三千宫女采桃樱
渡河不似如今唱
为是杨家妒宠声
徐凝·汴河览古

78.汴河览古

昔时丈人发髯白
千年松下锄茯苓
今来见此松树死
丈人新新鬃髯青
徐凝·東白丈人

79.東白丈人

宝镜磨来寒水清
青衣把就绿窗明
潘郎懊恼新秋发
拔却一茎生两茎
徐凝·览镜词

80.览镜词

81.寄元阳先生

82.白人

83.奉酬元相公上元

84.奉和鹦鹉

清风嫋嫋越水陵
远树苍苍妙喜寺
自有车轮与马蹄
未曾到此波心地
徐凝·将至
妙喜寺

85.将至妙喜寺

红蕉曾到岭南
道
枝小芭蕉几一
般
差是斜刀剪
红绡
卷来卷去叶
中央
徐凝·红蕉

86.红蕉

逢我一箪孤客性
问人三十六峰名
青云无忘白云在
便可嵩阳老此生
徐凝·见少室

87.见少室

几处天边见新月
经过草市忆西施
娟娟水宿初三夜
曾伴嫦娥到语儿
徐凝·语儿见
新月

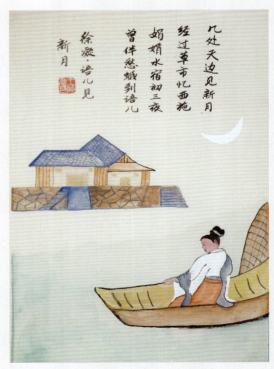

88.语儿见新月

九华仙子西山卷
读了条绝凉又开
此卷玉清宫里少
曾子其谐读诗来
紫河车里丹成也
鬼英核头卒晚飞
料得仙宫列仙籍
如君进士出身稀
徐凝·回施先辈见寄
新诗二首

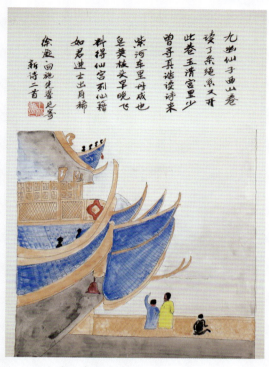

89.回施先辈见寄新诗二首

千万乘骢沈司户
不须惆怅郢中游
几年白雪无人唱
今日唯君上雪楼
徐凝·送沈亚之
赴郢掾

90.送沈亚之赴郢掾

高景争来草木头
一生心事酒前休
山公自是仙人侣
携手醉登城上楼
徐凝·答白公

91.答白公

欲到安禅游胜概
先观涌塔出寒城
楼台有目连云汉
鳌谷无年新水声
倚竹并肩青玉立
上桥如路白虹行
伤嗟置寺碑交辟
不见梁朝施主名
徐凝·游安禅寺

92.游安禅寺

同人知寺路
松竹暗春山
潭黑龙应在
巢空鹤未还
经年为客倦
半日与僧闲
更共尝新茗
闻钟语笑间
徐凝·普照寺

93.普照寺

人行之字
路嵌嵌
九锁青山
胜九疑
祗被白云
无端点破
生不断
碧琉璃
徐凝·九锁山

94.九锁山

古木寒鸦噪夕阳
六朝遗恨草茫茫
水如香篆船如叶
怎尺西陵不见郎
徐凝·苏小小墓

95.苏小小墓

陪省教育厅语保团队许巧枝、施伟伟老师登玉尺
楼。玉尺楼在分水五云山,是施肩吾、徐凝读书处